선생님,
뭐하세요?

선생님, 뭐하세요?

21년 차이 꼰대와 MZ, 두 교사의 학교생활

초 판 1쇄 2024년 11월 26일

지은이 박세은, 김민석
펴낸이 류종렬

펴낸곳 미다스북스
본부장 임종익
편집장 이다경, 김가영
디자인 윤가희, 임인영
책임진행 이예나, 김요섭, 안채원, 김은진, 장민주

등록 2001년 3월 21일 제2001-000040호
주소 서울시 마포구 양화로 133 서교타워 711호
전화 02) 322-7802~3
팩스 02) 6007-1845
블로그 http://blog.naver.com/midasbooks
전자주소 midasbooks@hanmail.net
페이스북 https://www.facebook.com/midasbooks425
인스타그램 https://www.instagram.com/midasbooks

ISBN 979-11-6910-925-3 03810

값 19,000원

미다스북스는 다음세대에게 필요한 지혜와 교양을 생각합니다.

21년 차이 **꼰대**와 MZ,
두 교사의 학교생활

선생님, 뭐하세요?

박세은

김민석

미다스북스

추천사

1.

참으로 오랜만에 마음을 상큼하게 해 주는 책입니다. 이 책은 서로 다른 세대의 초등학교 교사가 동학년 담임을 맡으면서 학교 현장에서 일어난 교직 생활 모습을 담담하고 진솔하게 전하고 있습니다. 교직은 다른 조직과 마찬가지로 다양한 연령의 구성원이 모인 조직입니다. 그러나 학교는 대표적인 조직화된 무질서 조직으로 불릴 만큼 대단히 복잡하고, 쉽게 이해하기 어려운 구조를 가지고 있습니다. 이러한 학교 안에서의 경험을 이 책의 저자는 'MZ교사'와 '꼰대교사'라는 용어를 설정하여 복잡하고 어려운 교사 문화를 생생하면서도 이해하기 쉽게 드러내 주고 있습니다. 이 책은 평범한 교사의 이야기이지만 큰 울림을 주고 있습니다.

우선 이 책은 학부모를 포함한 외부인들에게 교직 문화를 이해할 수 있도록 해 주는 소중한 선물과도 같은 책입니다. 교직 문화의 폐쇄적 속성으로 인해 학교 구성원이 아닌 외부인들은 교사들의 문화와 생활을 제대로 알기에 어려움이 있습니다. 학교에서 교사의 역할에 대해 단순히 학생을 가르치는 것 정도로 이해하는 사람이 많으며, 교사에게 수업 이외에도 원활한 교육활동을 위해 많은 업무가 부여 된다는 사실을 알지 못하는 경우도 많습니다. 그로 인해 때로는 불필요한 오해가 발생하기도 합니다. 최근 초등학교 현장은 가슴 아픈 사건을 겪었습니다. 지금 이 순간에도 많은 초등학교 교사들이 학부모와의 관계에 어려움을 호소하고 있습니다. 그런데 이러한 갈등과 어려움은 서로 정확한 이해가 부족한 오해에서 비롯되는 경우가 많습니다. 서로가 서로를 제대로 이해한다면 갈등이나 어려움은 훨씬 더 줄어들 것입니다. 그런 면에서 이 책은 초등학교 교사인 저자가 자신들의 교직 생활과 문화를 기꺼이 드러내 학부모와 소통하고 교감하고자 하는 따뜻한 마음을 가득 담고 있습니다.

이 책은 또한 예비 교사들에게도 귀중한 보고(寶庫)가 될 수 있는 책입니다. 교직은 사회에서 여전히 매력적인 직업 중 하나로 분류되고 있으나, 실제 교육 현장에서는 교직 생활의 어려움으로 인해 직무 만족도가 떨어지고, 퇴직을 고민하는 교사가 늘어나는 상황입니다. 이 책은 교직 생활에서 누구나 겪을 수 있는 희로애락을 생생하게 보여줌으로써, 예비 교사들이 교직을 어떻게 바라보고 준비해야 하는지를 알게 해 줍니다. 더불어, 예비교사들이 미래의 교직 생활에서 어떻게 동료 교사들과 협력하고 교직 문화를 형성할 수 있을지를 생각하게 되는 지침서의 역할을 하기도 합니다. 학교도 결국 사람들이 모여 있는 조직이며, 구성원들 스스로 학교 문화를 만들어 나가는 것입니다. 교사 개개인의 노력이 모여 충분히 행복하고 즐거운 교직 문화를 만들어갈 수 있다는 통찰을 이 책이 제공해 주고 있습니다.

아울러 이 책은 학교 현장 교사들에게 위로를 주는 책이기도 합니다. 이 책은 단순히 교사 개인의 경험담을 넘어, 교사로서의 삶에 대한 깊은 통찰과 이해를 제공합니다. 가벼운 것 같으면서도 무겁습니다. 다소 산만한 것 같으면서도 일목요연합니다. 무엇보다도 솔직합니다. '나와 같은 고민과 갈등을 하는 교사가 또 있구나.'라는 것을 깨닫게 해 주고, 그러면서 교사의 고민과 아픔을 자연스럽게 공유하고 공감하게 해 주는 책입니다.

이 책은 교사가 학교 일상에서 겪는 교직 생활의 다양한 측면을 생생하게 보여주고 있습니다. 이 책을 읽으며 독자들은 교사라는 직업에 대해 더 깊이 이해하고, 이러한 이해를 바탕으로 우리 교육의 희망을 보게 될 것입니다. 교직 여건이 어려운 상황이지만 이 책은 우리 학교 현장은 희망이 있다는 것을 묵직하게 증언하고 있습니다. 학부모, 예비교사, 현직교사뿐만 아니라 학교 관리자, 교육정책 담당자분들께도 큰 울림을 줄 수 있는 책이기에 적극 일독을 권합니다.

김병찬 경희대학교 교육대학원 교수

2.

교사는 수많은 학생에게 둘러싸여 생활하지만, 그 삶은 생각보다 외롭고 고단합니다. 학생들을 가르치는 동시에 동료와의 협력도 필요하며, 교사 자신도 끊임없이 배우고 성장해야 합니다. 이 책은 그 과정에서 동료 교사들이 서로에게 어떻게 큰 힘과 위로가 되는지를 보여줍니다. 교사의 일상을 엿볼 수 있는 생생한 에피소드를 통해 교육의 진정한 의미를 저도 다시 생각하게 되었습니다.

함께할 때 더 큰 힘을 발휘하는 곳이 교직입니다. 세대와 경력을 뛰어넘어 소통하고 성장하는 이 두 선생님의 이야기는 교육 현장에 계신 많은 선생님을 공감하게 할 것입니다. 두 교사의 이야기는 인간관계와 삶의 의미를 되새기게 하기도 합니다. 삶이라는 길을 함께 걸어가는 모든 이들에게 이 책은 따뜻한 위로와 웃음을 줄 듯합니다. 일상에서 무심결에 놓친 사랑을 이 책을 통해 발견할 수도 있을 것입니다. 희미해진 삶의 의미를 다시금 생각하게 하는 소중한 계기가 되어줄 것입니다.

이 책을 교직의 길을 걸어가는 분들뿐만 아니라, 학교에 아이들을 맡겨주신 우리 학부모님들께도 추천합니다. 이 책을 통해 교육 현장의 아름다움과 교사의 깊은 사명감을 다시금 느끼실 수 있기를 바랍니다.

김명숙 화성 이솔초등학교 교장

3.

『선생님, 뭐하세요?』는 21년 차이의 선배 교사와 MZ세대 후배 교사가 각자의 교육 경험을 공유하며 세대 간 갈등과 공감을 통해 함께 성장하는 따뜻한 이야기를 담고 있습니다. 이 책은 단순한 학교생활의 일상을 넘어, 두 교사가 같은 상황을 서로 다른 시각과 배경에서 바라보며 학생들과의 관계를 맺고, 서로를 이해하게 되는 과정을 진솔하게 풀어냈습니다.

책 속에서 선배 교사는 오랜 교육 경험에서 우러나온 깊이 있는 조언과 다양한 에피소드를 나누며 후배에게 든든한 조력자가 되어줍니다. 후배 교사는 학생들과 함께 경험하고 소통하며 교육에 대한 열정을 드러냅니다.

이 책은 서로 다른 세대가 어떻게 서로를 이해하고 협력하여 더 나은 교육 환경을 만들어갈 수 있는지를 보여줍니다. 선배와 후배가 각자의 경험과 시각을 나누며 함께 성장해 나가는 과정은 우리 모두에게 큰 영감을 줍니다. 교직이라는 길을 함께 걸어가는 모든 이들에게 이 책은 따뜻한 동반자가 될 것입니다.

또한 서로 다른 시대가 하나로 연결되는 이 특별한 여정을 통해, 우리 모두가 교육이라는 아름다운 길을 함께 걸어가길 바랍니다. 유쾌함을 넘어서 깊은 감동과 새로운 통찰을 선사하는 이 책을 진심으로 추천합니다.

조난실 경기도용인교육지원청 장학사

4.

처음은 늘 새롭고 설렙니다. 누구에게나 처음은 있습니다. 인생을 살면서 처음을 누구와 어떤 마음으로 시작하는지는 매우 중요합니다. 모든 순간을 스스로 이겨내야 하지만 그 과정을 함께 할 수 있는 동료가 있다는 건 삶을 좀 더 안정되고 풍요롭게 만들어 줍니다. 또한 동료가 있다면, 삶은 어려운 순간에도 위로가 있는 행복한 여정이 될 것입니다.

이 책은 21년이라는 경험의 차이 속에서 아이들을 위해 헌신하는 두 선생님의 학교생활에 관한 이야기입니다. 열정·도전·긍정의 3박자를 골고루 갖추신 박세은 선생님과 모든 게 처음이라 새롭고 낯설지만, 자신만의 교육적 가치관을 찾기 위해 노력하는 신규 교사 김민석 선생님의 모습이 잘 담겨 있습니다.

선생님들은 아이들에게 포기하지 말라고 늘 가르칩니다. 매 순간 깊이 고민하고 새롭게 다시 일어서는 두 선생님의 모습을 읽었습니다. 어려움을 회피하기보다는 설령 해결하지 못하더라도 도전하는 용기를 우리 아이들이 본받았으면 합니다.

우리가 알지 못했던 선생님들의 하루가 이 책에 고스란히 담겨 있습니다. 선생님들의 하루를 엿볼 수 있어서 흥미롭고 재밌었습니다. 한편으로는 안쓰럽기도 합니다. 교사를 누가 편한 직업이라 했던가요. 외로움을 잊을 정도의 바쁜 학교생활을 하며 아이들의 배움을 위해 끊임없이 연구하고 노력하는 선생님들께 진심으로 감사의 마음을 전합니다. 선생님들이 계시기에 우리 아이들이 꿈과 미래를 향해 나아가고 있는 것 같습니다.

처음이라 힘들지만 설렘을 품고 함께 성장하는 선생님들의 이야기를 모든 분께 추천합니다.

김혜진 화성 이솔초등학교 학부모회 회장

5.

이 책은 참 솔직한 두 선생님께서 쓰신 글입니다. 같은 상황을 경험한 두 선생님 각각의 시각에서 만들어진 글입니다. 한 상황을 두고 경력이 많은 선생님과 신규 선생님이 이렇게나 다를 수 있을까 싶을 정도로 각각의 글을 비교하며 읽는 재미가 있었습니다. 저는 심지어, 책 출판으로 인해 선생님 두 분 중 한 분은 서로의 글을 읽다 마음이 상하시지 않았을까 싶은 걱정이 되었습니다. 그만큼 두 분의 관계가 친밀하고 글은 매우 솔직하게 담아내셨다는 뜻이겠지요.

한 상황에 대해 경력 교사와 신규 교사의 시선을 동시에 보여줍니다. 신규 교사인 제게 경력 교사가 쓴 부분은 아직은 먼 이야기처럼 느껴집니다. 반면에 신규 교사가 쓴 글을 읽으면 같은 MZ로서 공감되는 부분이 참 많았습니다. 어떤 부분에서는 '맞지, 맞지.' 하며 혼자 고개를 끄덕였습니다. 그러다가 다시 다음 장에 나오는 경력 교사의 글을 읽으면 '박세은 선생님께서 신규 선생님들께 정말 큰 애정을 쏟고 있는 것처럼, 나의 선배 선생님들께서도 나를 이렇게 예쁜 시선으로 바라봐 주시겠지.' 하는 생각에 마음이 따뜻해집니다.

이 책은 어떤 선생님께서 말씀하신 '교사는 동료가 복지다.'라는 명언을 다시금 되새기게 합니다. 아직 신규 교사 혼자서는 부족하지만, 동료 선생님들과 함께할 때 더 큰 힘을 발휘할 수 있습니다. 오늘도 저는 옆 반 문을 두드리며 선생님들을 귀찮게 하는 질문을 꺼냅니다. "선생님, 뭐하세요?"

권수민 포항 달전초등학교 신규 교사

꼰대는 여전히 교직의 희열을 느끼며 성장하는 여정을 꿈꾼다!

'이게 될까?'

"어? 이게 되네."

교직에서 희열을 느끼는 순간이다. 아이들은 하루에도 몇 번씩 나에게 이런 희열을 경험하게 한다. 여기서 말하는 희열이 단순히 아이들이 모를 것 같던 내용을 척척 대답하는 데서 오는 것만은 아니다. 오히려 자신의 욕구를 조절하며 친구들과 갈등을 해결하려고 노력하는 아이들의 모습을 보면서 느끼는 기쁨이 더 크다. 어른들도 어려워하는 이런 복합적인 과정을 아이들이 기대 이상으로 잘 해낼 때가 있다.

교직의 희열은 아이들에게서뿐만 아니라 동료 교사에게서도 경험된다. 수십 번 반복되는 의견 조율과 서로의 아이디어를 인정하면서 만들어 가는 교육활동은 최고의 희열을 안겨 준다. 이렇게 탄생한 교육활동이 아이들에게 어떤 영향을 미치고 성장을 이루게 할지 상상하는 것만으로도 가슴이 설렌다.

어떤 유명한 교육 방법보다 교직에서 희열을 느끼는 교사 자체가 최고의 교육 방법이라고 생각한다. 그 희열을 사랑하는 후배 교사와 함께 나누고 싶었다. 그런데 민석샘과의 희열을 위한 여정은 순탄치 않았다. 학교생활 속 희로애락을 함께 겪으며 21년이라는 시간 차이를 이해하기 위해 노력했고, 우리의 아이들이 건강하게 성장할 수 있도록 힘을 모았다.

학교에는 막 교사의 길을 시작한 신규 교사부터 반평생을 교직에 바쳐 온 선배 교사까지 다양한 사람들이 한 목표를 위해 함께 일한다. 나는 이들이 교육이라는 인류의 큰 과업을 위해 지치거나 좌절하지 않고, 함께 희열을 느끼면서 걸어갔으면 좋겠다.

이 책이 교사가 되기를 꿈꾸는 사람들, 이제 막 교사의 길에 첫발을 내디딘 초보 교사들, 그리고 오늘도 학교 현장에서 아이들과 치열하게 생활하고 있는 모든 교사에게 작은 공감과 희열의 매개체가 되기를 희망한다.

박세은 드림

프롤로그

나는 1998년생
MZ세대 초등교사다!

2021년 초등교사로 임용된 후 만 4년 정도 근무했다. 정년퇴직이 몇 세까지로 연장될지는 모르겠지만, 나는 적어도 40년 이상 교사로서 일해야 한다. 아직 10분의 1지점도 지나지 못한 셈이다. 지난 4년이 짧지 않았기에, 앞으로 교직에서 보낼 40년이라는 시간이 아득하게 느껴진다.

이 책은 그 여정을 시작하며 남기는 첫 기록이다. 교사로서 학교에 머무르는 동안 겪었던 경험이 담겼다. 특히 같이 책을 쓰자고 제안하신 박세은 선생님과 동학년을 하였던 2022년의 사건을 중심으로 이야기를 풀어나갈 것이다. 보여주고자 하는 의미들을 풀어진 이야기 사이사이에 살포시 놓겠다. 지루하지 않게 나름의 유머를 넣어서 말이다.

교사가 되기 전 나는, 교사라는 직업을 훤히 아는 줄 알았다. 어릴 적 매일 보던 선생님들의 모습을 떠올리며 교직을 충분히 알고 있다고 생각했다.

14   선생님, 뭐하세요?

그런데 근무 첫 주에 깨달았다. 내가 '학교'와 '선생님'이라는 단어가 주는 친숙함에 속아, 교직을 이해한다고 착각하고 있었던 것을….

교사가 된 후 교탁에 서서 학교라는 공간을 전과는 다른 각도에서 바라보며 그런 사실을 알게 됐다. 교육대학교를 졸업한 나조차 교사로서 학교에서 근무하기 전까지는 '교사의 학교'에 대해 잘 몰랐다. 이 책은 사람들은 잘 모를 '교사의 학교 이야기'다.

교실에 앉아 있으면 잘 구분도 안 되는 비슷한 하루들이 이어진다. 그런 느낌이 들 때마다 주의를 환기하고 교실을 찬찬히 살펴본다. 재잘대는 아이들을 바라보며, 한 치도 다름없이 똑같은 날은 없다는 것을 깨닫는다. 매 순간은 비슷해 보이는 새로움이다. 그렇기에 누구에게나 매 순간은 삶의 첫 순간이다. 나에게도 그렇다. 무수히 이어졌던 첫 순간들을 마주하며 품었던 심상들을 글에 정성스럽게 담았다.

김민석 드림

차 례

추천사 005

프롤로그 012

♥ 꼰대는 여전히 교직의 희열을 느끼며 성장하는 여정을 꿈꾼다!

♡ 나는 1998년생 MZ세대 초등교사다!

1. 꼰대 교사와 MZ 교사의 첫 만남

♥ 닿을 듯 말 듯, 우리 찐 신규! 023

♡ 돌아온 학교, 교사라는 낯선 나 030

2. 꽃길만 걸어요

♥ 선배 교사들의 마음을 담은 선물 039

♡ 책장에 꽂혀 있는 꼰대의 선물 047

3. 학교에 울려 퍼진 베토벤 소나타

　♥　너를 위해 준비했어, 할 거지?　061
　♡　시청각실에서 연주회를 하라고요!　070

4. 좌충우돌, '텃밭 프로젝트'

　♥　하늘과 맞닿은 학교 공간에 펼친 꿈　079
　♡　사실 농사는 싫었어요　088

5. 선생님들의 여름 방학

　♥　MZ야 모여라, 여행 가자!　101
　♡　어라, 반딧불이는 못 봤는데요?　110

6. 소풍, 수라상을 받은 꼰대

　♥　나, 구첩반상 받은 선배야!　121
　♡　구첩 도시락에 담긴 비화　128

7. 학생들이 뛰는 날

　♥　네가 왜 뛰어?　137
　♡　뛰고 싶던 날　146

8. 춤추고 눈 던지는 2반 선생님

♥   나도 춤추고 눈 던지고 싶다   155

♡   나는 오늘도 춤춘다   164

9. 또각또각 학부모들이 찾아온 날

♥   토닥토닥, 우리 신규 힘내라   177

♡   다시 하면 잘할 수 있어요!   186

10. 뮤지컬 보러 간 날

♥   단둘이라도 갈 거야   199

♡   뮤지컬 공연장에 끌려간 MZ   207

11. 다면평가 대혼란

♥   끌어내려야 올라가는 구조, OUT!   217

♡   저는 B등급 교사입니다   226

12. 급식 없는 날

♥ 새 학년을 준비하는 고소한 향기   239

♡ 흑백요리사가 두둥등장   247

13. 엄마가 72년생

♥ 어느새 나도 모르게   255

♡ 저도 이제는 어리지 않아요   261

에필로그   275

1.

끈대 고사와
MZ 고사의 첫 만남

꼰대

**"저는 찐 신규를 간절히 원합니다.
우리 민석샘을 5학년 3반에 보내주세요."**

MZ

**"김밥의 고장 김천에서 온 신규 교사 김민석입니다.
제가 무엇을 하면 될까요?"**

♥

닿을 듯 말 듯, 우리 찐 신규!

교사들은 일정 기간 한 학교에서 근무하면 다른 학교로 옮겨야 한다. 그 시기가 다가오면 새로운 근무지의 출퇴근 거리, 학교 분위기, 맡게 될 업무 등 다양한 정보를 모으며 고민에 빠진다. 원하는 곳으로 발령받을 확률이 높지 않다는 걸 알면서도 최선을 다해 내신을 작성한다. 특히 지역을 옮겨야 할 때는 고민이 더욱 복잡해진다.

나는 수원에서 근무했는데, 집은 화성에 있었기에 집과 가까운 학교로 발령받기를 바랐다. 하지만 예상과 달리 근무지는 더 멀어졌다. 출근에 고속도로를 이용해 1시간 30분이 걸리는 곳으로 발령받은 것이다. 퇴근은 1시간 정도 걸렸지만, 오후 4시 30분에 '칼퇴'를 해야만 퇴근길 혼잡을 피할 수 있었다. 교직 생활 20년 동안 이렇게 출퇴근이 힘든 적은 처음이었다. 출퇴근의 어려움 탓에 학교생활에 집중하기도 쉽지 않았다.

출퇴근의 고통에서 벗어나는 유일한 방법은 집 근처 신설 학교로 옮기는 것이었다. 교사는 보통 한 학교에 최소 2년은 근무해야 이동할 수 있지만, 신설 학교는 예외적으로 1년 만에 내신을 낼 수 있었다. 신설 학교는 일이 많아 교사들이 기피하는 경향이 있었기 때문이다. 내가 사는 신도시에는 신설 학교가 많았고, 첫 1년만 고생하면 출퇴근의 고통을 잊을 수 있을 것 같아 고민 없이 신설 학교에 지원했고 발령받았다.

　신설 학교는 나에게 하얀 백지로 보였다. 그동안 꿈꾸던 학교의 모습을 하얀 도화지에 마음껏 그리고 색칠하듯 만들어 보고 싶었다. 마치 신혼집의 콘셉트를 정한 후 꿈꾸던 인테리어에 어울리는 가구를 배치하는 신혼부부의 설렘과 같았다. 공간 구성부터 교육과정의 기틀 마련까지 이상적인 학교로 가꿀 계획에 들떠 있었다. 출퇴근 고통에서 벗어나려 신설 학교에 온 평교사였지만, 마음만큼은 새로운 나라를 세우는 태조의 심정이었다.

　학교 주변에는 아직 아파트단지가 완성되지 않아 공터가 많았다. 이는 지금은 작은 학교지만 몇 년 안에 규모가 커질 것을 의미했다. 우리 학교는 13학급으로 개교했는데, 내가 맡은 5학년은 2개 반으로 구성되었다. 이는 동학년 교사가 나를 포함해 단 두 명뿐이라는 뜻이었다.

　초등학교에서는 동학년 교사들끼리 협력해야 할 일이 많다. 그래서 누구와 동학년을 하게 되는지는 모든 초등교사의 큰 관심사다. 초등교사는 예측하기 어려운 학생들과 그들의 부모와도 함께 생활해야 하기에 어려움이 많다. 그 어려움을 이해하고 의지할 수 있는 동료 교사는 매우 소중하다.

　2021학년도에 나와 같은 5학년을 맡은 혜진샘은 코로나19의 어려운 상황 속에서 결혼식을 마친 신혼의 교사였다. 경력 8년 차의 스마트한 그녀 덕분에 학년의 작은 일들을 챙길 수 있었다. 학년 교육과정에 열정을 쏟아 부은 나머지 다른 것을 보기 어려웠던 나에게 혜진샘은 은인과 같은 존재였다.

"부장님, 옆에 이거 쓰세요. 그리고 다음 주 화요일 2교시에 안전교육 넣으셔야 해요."

주간학습안내를 작성할 때면 혜진샘은 바로 옆에 앉아 띄어쓰기부터 각 부서에서 보내온 메시지까지 하나하나 확인하며 내가 고려해야 할 사항을 알려주었다. 덕분에 복잡했던 내 머리는 잠시나마 쉴 수 있었다. 참으로 고마운 일이었다.

"이번 국어 단원과 온책 읽기 활동을 엮어 프로젝트로 구성하고 있어요. 워크북도 만들고 있는데, 함께 할 거죠?"

"당연하죠. 제가 도서관에서 책 가져올게요. 부장님이 워크북 만드시면 두 반 분량으로 출력할게요."

우리는 말이 통하는 환상의 콤비였다.

1학기 말쯤 근처 테라스하우스에 입주가 시작되면서 전학생들이 들어왔고, 2학기에는 학급이 하나 더 늘었다. 이는 동학년 교사가 한 명 더 생긴다는 뜻이었다. 혜진샘과의 콤비 플레이가 좋았지만, 학년 운영이 수월하려면 한 명의 교사가 더 필요했다. 나는 새로 올 동학년 교사가 환상의 콤비를 깨지 않을 조화로운 인물이길 두 손 모아 빌었다.

여름 방학이 끝나기도 전부터 나는 개학 준비로 학교에 자주 나갔다. 그날도 교무실에 들러 교감 선생님께 내가 왔음을 당당하게 알리는 인사를 드리려는 순간, 교감 선생님께서 손짓하며 나를 부르셨다.

"박부장, 5학년 3반에 새로운 선생님이 왔어요."

"어떤 분이세요? 경력은요? 남자예요? 여자예요? 어디서 오셨어요? 인상은 어때요?"

나는 기대감에 차서 질문을 마구 쏟아냈다.

"찐 신규 교사 2명과 경력 신규 교사 1명이 왔는데, 경력 신규가 5학년을 원해서 3반으로 배정했어요. 부장님이 잘 안내해주고 학교에 적응하는데 어렵지 않게 도와줘요."

"경력 신규요? 경력이 얼마나 되는데요?"

"10년 정도로 기억하는데. 어느 정도 경력이 있으니 알아서 잘할 겁니다."

"예? 이제 찐 신규로 교체는 안 되는 건가요?"

내 바람이 교감 선생님 뜻대로 될 수 없다는 걸 알면서도 괜히 아쉬운 마음에 나는 찐 신규를 원한다고 어필해 보았다.

이렇게 내가 동학년 교사로 신규 교사를 원했던 이유는 간단했다. 신설 학교라는 백지 위에 품었던 꿈들을 펼치려면 백지와 같은 신규 교사와 함께하는 게 좋겠다고 생각했기 때문이다. 경력이 10년이나 된 신규 교사라면 이미 가지고 있는 교육관이 굳어질 만하고, 새로운 것을 같이 하자고 했을 때 걱정거리도 많을 것 같았다. 그러나 신선한 새바람 신규 교사가 3

반에 온다면 환상의 콤비인 2반 선생님과 함께 셋이 더 신나고 도전적인 교육 활동들도 시도해 볼 수 있을 것이라는 기대도 있었다. 하지만 나의 바람은 이루어지지 않았다.

10년 경력의 3반 선생님은 타 시도에서 근무하다 경기도로 오기 위해 임용시험을 다시 본 신규 교사였다. 지금은 그와 둘도 없는 교육동반자가 되었지만, 그때는 그에 대하여 제대로 알 수 없었기에 나는 간절히 찐 신규를 원했다고 고백한다. 나의 찐 신규에 대한 바람은 쉽게 사라지지 않았다. 우리 학년 전담 교사로 배치된 남자 신규 교사에게 어쨌든 동학년 소속이라 우겨보려 했다. 그리고 그와 함께 뭔가 재미있는 일들을 도모하고 싶은 생각을 하며 나는 또 과도한 열정의 늪에 빠지기 시작했다.

다음 날도 나는 학교에 도착하자마자 교무실 문을 힘차게 열었다. 반겨주는 이가 있든 없든 오늘도 내가 왔음을 알리는 인사를 했다. 그때 탁자 앞에 앉아 있는 누군가의 뒷모습이 눈에 들어왔다.

'앗! 저 뒤태는 젊은 청년의 뒤태가 아닌가!'

필시 그리도 바라고 기다리던 찐 신규 교사의 뒤태라고 확신하며 한껏 기대감에 들떠 다짜고짜 그 청년 앞으로 다가갔다. 교감 선생님께서 그 뒤태의 주인공을 소개해 주셨다.

"박부장, 5학년 과학·음악 전담 선생님이에요. 성함은 김민석 선생님. 많이 도와줘요."

교감 선생님의 소개를 흘려들으며 무작정 내 얼굴을 그에게 들이밀고 인사했다.

"안녕하세요? 5학년 부장이에요. 우리 학년 소속인가? 뭐 궁금한 거 있으면 언제든지 물어보세요. 학년 연구실에 자주 놀러 와요."

"아, 예. 안녕하세요?"

인사를 하고 나니, 나는 깨졌던 꿈을 다시 한번 어필해 보고 싶었다. 그래서 교감 선생님을 향해 당돌하게 물어보았다.

"교감 선생님, 우리 민석샘으로 어떻게 5학년 3반 안 되나요?"

벌써, '우리' 민석샘이 돼버렸다. 교감 선생님께서는 무슨 말 같지도 않은 소리냐는 듯 대꾸도 안 하셨다. 볼수록 이 청년을 동학년으로 데려오고 싶어져서 인사가 끝났음에도 불구하고 나는 계속 민석샘 주변을 어슬렁거렸다.

'이 신규 선생님이 우리 학년에 오면 남은 2학기를 재밌게 보낼 수 있을 것 같은데…. 뭐든 열심히 잘할 것 같고 사람도 친절하니 좋아 보이고…. 2반 선생님과 만든 우리의 쿵 짝 학년에 딱 맞는데….'

나의 망상이 계속될 즈음, 교감 선생님께서 갑자기 동탄신도시 지도를 책상 위에 펼치셨다. 그리고 민석샘에게 이사할 만한 집의 위치를 거의 부동산중개업자처럼 자세히 설명하기 시작하셨다. 민석샘은 현재 집이 경북 김천에 있어, 학교 출퇴근이 편한 곳에 집을 구해야 하는 상황이라고 했다. 교감 선생님의 진심 어린 부동산 브리핑이 이어지는 동안, 나는 하이에나처럼 민석샘과 무엇을 해볼 수 있을지 계속 머릿속으로 구상하며 그를 뚫어지게 쳐다보고 있었다.

아마도 교대를 갓 졸업하고 학교에 온 신규 교사라면 이런 이상한 학교 분위기에 당황했을 것이다. 교감 선생님의 부동산 브리핑이 점점 길어지자, 민석샘은 도망가지도 못한 채 애써 표정 관리하며 듣는 척하고 있었다. 시간이 흐를수록 그의 얼굴에는 지쳐가는 기색이 뚜렷해졌다. 더는 버티기 힘들었던 민석샘이 김천으로 내려가야 한다며 조심스레 자리에서 일어섰다. 나는 '학교 첫인상이 이렇게 되면 안 되는데….'라는 쓸데없는 걱정을 하며 그의 뒷모습을 바라보았다.

이렇게 교감 선생님의 부동산 브리핑과 함께 민석샘과 엉뚱한 첫 만남이 시작되었다. 예전부터 나는 남다른 감이나 촉이 있다는 말을 종종 들었는데, 이번에도 그런 예감이 들었다. 이 신규 교사는 그냥 스쳐 가는 사람이 아닐 것 같았다. 뭔가 함께 기억에 남을 만한 일들을 해낼 것 같은 느낌이 들었다. 아무것도 없는 신설 학교에서 하고 싶은 일이 많아 동료를 찾던 내 열정이 만들어 낸 바람이었을지도 모른다. 하지만 그 바람이 현실이 될 수도 있지 않을까?

돌아온 학교, 교사라는 낯선 나

"김천에서 왔어요."

"어디라고요? 김천이요? 분명 들어봤는데 어디였더라⋯."

"아, 확실하게 많이 가봤어요. 김.밥.천.국!"

경기도 학교에는 전국 각지 출신의 교사들이 모인다. 고향 이야기를 하며 나의 출신지를 밝힐 때 장난기 넘치는 사람들은 꼭 김밥천국이란 단어를 꺼내온다. 살면서 나는 김밥천국을 김천이라고 줄여 불러본 적이 없는데 다른 사람들이 김밥천국을 김천이라고 일상에서 줄여 부르는지는 모르겠다. 나는 저런 농담을 들을 때마다 '즉석에서 생각 해낸 유머'라고 생각했다. 김천시를 작명한 옛사람은 자신이 고심하여 지은 이름 때문에 그 땅에서 사는 후대가 시답잖은 농담을 듣게 될 줄 알았을까.

경상북도 김천에서 교직 생활을 시작했다. 임용시험에 합격한 후 정식으로 발령받기 전 잠시 기간제 교사로 근무했다. 기간제 교사는 원하는 지역과 학교를 선택해 일할 수 있는데, 나는 김천의 한 초등학교를 선택했다. 대학생 때부터 고향에서 교직을 해보리라 벼르고 있었다. 어릴 때 걸었던 등굣길을 따라 다시 '내 학교'에 가고 싶었다. 내게 학교는 돌아가고 싶은 공간이었다. 학교에 대한 긍정적 심상은 교사가 된 계기다.

어렸을 때 살던 아파트단지는 막 지어진 새것이었다. 아파트 뒤편, 학교 가는 길에는 각이 살아있는 벽돌들이 길쭉한 마름모 문양을 이루며 끝없이 이어졌다. 매일 새로운 규칙을 만들어 길바닥의 문양을 고무줄놀이하듯 걸었다. 아마 깔린 벽돌 하나하나를 거의 다 밟아 보았을 것이다.

20년 전 이 벽돌을 밟을 때 누군가가 내 등을 '짝' 소리가 나게 쳤다. 뒷모습만으로 나임을 알아보고 달려와 내 등짝을 때린 친구는 어린아이다운 웃음을 보이며 도망칠 자세를 취했다. 또 이 벽돌에는 어렸던 내가 주저앉아 울고 있다. 여름 방학식 날, 사물함을 비운다고 교과서를 가방에 꽉꽉 눌러 담았다. 발뒤꿈치를 기분 좋게 하던 촉촉한 느낌은 불안감을 일깨웠다. 순간 든 불길한 예감에 가방을 벗어 열었다. 터진 우유갑에서 흰 물이 뚝뚝 흘렀다. 교과서도 가방도 나도 각자 나름의 것을 뚝뚝 흘렸다.

20년이 지난 지금 벽돌들은 새것으로 교체되어 낯선 문양을 띤다. 그 옆으로 심긴 이제는 무성해진 가로수들을 보며 이 길이 유년의 내가 걸었던 길임을 아련한 분위기로써 깨닫는다.

내 학교는 많이 바뀌었다. 외벽 페인트를 다시 칠했는데 좀 촌스러웠다.

진분홍, 샛노랑과 같은 원색이 강하게 도드라지는 유치한 색감이다. "김천이 촌이라서 그렇다."라고 하면 할 말은 없겠으나 경기도에 와보니 여기도 그렇다.

내 취향이 아니라는 것이지 아이들은 그런 색을 좋아한다. 미술 시간에 아이들은 도드라지는 색 앞에서 "와, 예쁘다!" 하며 입을 벌린다. 반 아이들을 대상으로 MBTI 검사를 하면 매년 놀란다. 20명 중 17명은 E 성향이다. MBTI 검사 결과서를 받아보면 전국 초등학교들이 왜 그런 색깔인지 이해할 수 있다. 아이들은 생각보다도 활발하면서 외향적이며 뽐내는 것을 좋아한다.

텃밭이 있던 자리는 정비되어 공원 같은 풍광이 되었다. 토끼풀을 꼬아 반지를 만들어 친구에게 주던 그 자리가 어딘지 못 찾겠더라. 그래도 운동장은 여전히 모래로 차 있었다. 가장 즐겼던 놀이기구인 지구본은 없어졌다. 대신 아파트 놀이터에 있을 듯한 세련된 플라스틱 재질 놀이시설이 들어섰다.

목문을 열고 그리웠던 교실에 들어왔다. 교실에 서고 나서야 깨달았다. 줄곧 그리워한 것은 학교라는 공간만이 아니었다. 다시금 보고 싶었던 것은 앞에 앉은 선생님과 어렸던 친구들 그리고 유년의 나, 이 모든 이가 함께하는 '그때'였다. 함께 있던 교실에 교사가 되어 홀로 돌아왔다. 교사라는 직함을 단 내가 낯설었다. 묘한 감정과 함께 교직 생활은 시작됐다.

2학년 담임 교사로서 아이들을 맞이한 첫날 무엇을 했는지 모르겠다. 다만 속으로 '왜 이렇게 할 말이 안 떠오르지, 뻘쭘하다. 원래 이런가?'라는 생각은 분명하게 했다.

초등학교의 한 교시는 40분이다. 학교 밖 일상에서 40분은 짧게 느껴진다. 아침에 일어나 출근 준비를 하는데 40분은 촉박하다. 유행하는 게임 한판을 즐기려면 40분은 아쉽다. 마음 맞는 사람과 대화할 때 40분은 금방이다.

생애 첫 1교시, 40분간 식은땀으로 등을 적셨다. 앞에는 만 7에서 8세 아동들이 25명 정도 앉아 있었다. 그 작은 존재들은 나를 멀뚱멀뚱 쳐다봤다. 그 누구도 우왕좌왕하던 나를 닦달하지 않았다. 그럼에도 긴장됐다. 나는 사람들 앞에서 자신감을 잃지 않는다. 다수 앞에서 말하기를 다소 즐기던 시절도 있었다. 분위기가 좋다면 청중들을 웃길 수도 있다. 그런데 2학년 아이들은 내가 어떤 말을 하든 크게 반응하지 않았다. 중간중간 위트를 넣어 말해도 물끄러미 쳐다만 볼 뿐이었다.

지금은 아이들이 그때 왜 그랬는지 안다. 교사로서의 경험이 없던 나는 초등학교 2학년 아이들이 알아들을 수 없는 '어른의 어휘'를 사용했다. 관객이 알아들을 수 없는 말을 했던 나는 무언의 혹평을 받은 것이다. 학기를 몇 번 거친 지금은 아이들이 충분히 이해할 수 있도록 적절한 단어를 사용해 수업할 수 있다. 내 말은 이제 아이들을 빵빵 터뜨린다.

그러나 초임 때는 '교사의 어휘'를 사용할 줄 몰랐다. 또한 안타까울 정도로 가르치는 기술이 정비되지 않았었다. 고백하자면 그 당시 맡았던 2학년 아이들에게 너무나 미안하다. '그때로 돌아간다면 훨씬 잘해줄 수 있는데.' 하는 후회를 가끔 급식 먹으며 한다. 그러다 별의별 이유로 교실에서 다투는 아이들의 소리를 들으며 계단을 오를 때 '지금 맡은 애들한테나 잘해야지.'라는 생각이 번뜩 들며 환상에서 깨어난다.

행정도 미숙했다. 공문 쓰는 일도 학년의 부장 선생님께서 밀착 지도해주셨기에 가능했다. 길 가는 똘똘한 대학생을 한 명 잡아다가 교실에 세운 후 '일하세요.'라고 했어도, 당시의 나만큼은 했을 것이다. 교육 대학교를 4년이나 다녔기에 나름의 교육관은 있었다. 그러나 경험 없는 신념은 공허하다. 대학 졸업 후 한 달도 되지 않아 학교로 출근하니 참 무능했다. 이런 자책도 지금에서야 하는 것이다. 당시에는 이런 자각심도 없었다. 주먹구구로 하루하루를 연명했다.

2021년 8월 정식으로 발령을 받아 경기도로 직장을 옮겼다. 집에 15년 정도 된 차가 한 대 있었다. 그 차를 타고 발령받은 학교로 가 교무실 문을 열었다. 막 개교하여 외견은 깔끔하였으나 근무하던 김천의 학교보다 으스스했다. 각 학년은 두세 반으로 이루어져 있었다. 학교 안에 있는 절반 이상의 교실이 비어 있었다. 사람의 온기가 없는 공간들은 겉보기에 서늘했다. 교무실에 들어가니 술을 좋아하실 것 같은 교감 선생님께서 악수를 청하셨다.

"김민석 선생님? 어 사진하고 좀 다른데, 하여튼 반가워요."

"예 안녕하십니까?"

"어, 오늘 부른 것은 다름이 아니라 업무 분담과 인수인계를 하기 위함이에요. 이렇게 얼굴을 보며 인사도 하는 거죠. 일단 선생님 말고도 두 분의 선생님께서 같이 학교에 들어오셨는데 김민석 선생님이 경력상 막내야. 실제로 나이도 제일 적고. 다른 두 분은 엊그제 먼저 오셔서 어떤 업무를 하고 싶다 의견을 전하고 가셨어요. 그렇게 과학, 음악 수업 및 과학실 관련 업무 자리가 남아 있는 상태에요. 쉽게 말해서 과학, 음악 전담 선생님 자리가 남은 거죠. 지금 딱 보니 남은 그 업무를 잘하실 것 같아요. 괜찮으세요?"

"예 좋습니다."

"그러면 여기 사인하세요."

그날 사인을 하긴 했지만, 수업 관련 업무 외의 행정적 업무들이 어떤 것인지 정확히는 몰랐다. 하라면 하라는 대로 하겠다고 다짐한 상태였다. 애초에 어떤 업무가 성향에 적합한지 알 턱이 없었다. 관리자라는 직급자의 관록을 믿었다.

교무실에서 몇몇 서류들을 작성하던 중 새파란 신규가 왔다는 소문을 들은 교사들이 나를 구경하러 왔다. 얼마나 궁금했겠는가. 그분들 중에는 박세은 선생님도 계셨다. 그날 제대로 된 대화를 나누지는 못했다.

"나 5학년인데 학년 연구실로 자주 놀러 와요."

"예 알겠습니다."

5학년 연구실이 어딘지도 모른 채 대답했다. 박세은 선생님께서 나에게 더 말을 걸고 싶으셨더라도 그럴 수 없었을 것이다. 교감 선생님께서 갑자기 동탄신도시 지도를 펼치셨다.

"집은 전세로 구할 거야 아니면 월세로 구할 거야?"

"전세는 뭐고 월세는 뭐죠?"

"흠…. 기다려 봐요."

교감 선생님께서는 자신이 잘 아는 부동산 중개인이 있으시다며 몇 군데 전화를 돌리셨다.

"내가 잘 아는 부동산 중개인 명함인데 생각 있으면 연락해 봐요."

"감사합니다. 연락해 보겠습니다."

피곤함과 설렘을 담아 김천으로 내려왔다. 동탄에서 김천까지는 고속도로가 막히지 않아도 2시간은 족히 걸리는 거리지만 즐거웠다. 집에 와서 교감 선생님께 받은 명함을 엄마에게 보여줬는데 "아는 사람을 통하면 곤란한 일이 생겼을 때 불편하다."라고 하시며 명함을 버리셨다.

8월의 마지막 주, 아빠의 수많은 출근길과 경기도로의 내 첫 출근길을 배웅해 준 15년 된 차를 폐차시켰다. 중고차를 한 대 샀고 경기도로 올라왔다. 낯선 땅에서, 새로운 젊은 날은 그렇게 시작되었다.

2.

꽃길만 걸어요

꼰대

"선배 교사의 진심을 담은 편지와 쿠폰이야.
쿠폰은 쓰고 싶을 때 마음껏 써. 뭐든 들어줄 테니까."

MZ

"쿠폰 좀 쓸게요. 이제 안 된다고요?"

♥

선배 교사들의 마음을 담은 선물

"도대체 학교는 왜 맨날 바쁜 거야?"

"그건 나도 모르지. 일의 끝이 없어. 화장실 갈 시간도 없다니까."

동료 교사들과 나누는 이야기의 단골 질문과 대답이다.

학교는 항상 바쁘다. 일의 끝이 보이는 직업은 드물다. 교사라는 직업도 마찬가지다. 한숨 돌릴 틈이 있어야 할 법도 한데, 학교는 언제나 숨 가쁘다. 이유를 알 수 없는 신기한 일이다. 이런 의문에 대한 시원한 답을 찾지 못한 채, 신규 교사들은 바쁜 학교생활의 소용돌이 속에 던져진다.

그토록 바라던 찐 신규와 동학년이 되지는 못했지만, 경력 10년 차의 신규 교사가 5학년 3반에 배정되었다. '아니! 이 멋진 신규는 누구야?' 180cm가 훌쩍 넘는 훤칠한 키에 뚜렷한 이목구비! 차분하면서도 예의 바른 태도를 갖춘 훈남 선생님이다. 찐 신규가 아님을 아쉬워하던 마음은 이미 사라지고 없었다. 나는 새로운 희망을 보았다. 그가 지닌 10년 차의 노하우가 우리 학년에 더해진다면 분명 멋진 일이 일어날 것만 같았다. 더불어 연구실 높은 곳에 있는 물건을 손쉽게 꺼내줄 사람이 생긴 것도 큰 기쁨이었다.

신규 교사가 부임한 2021년은 코로나19로 인해 대면 수업과 비대면 수업이 공존하던 시기였다. 실시간 온라인 수업에서는 전담 선생님들이 담임 교사가 열어둔 온라인 학습방에서 수업을 진행했다. 대개는 마이크와 화면을 꺼 두고 다른 업무를 처리하지만, 원하면 전담 선생님의 수업을 마음껏 볼 수 있었다.

마침내 찐 신규 민석샘의 첫 수업 날이 되었다. 다른 전담 선생님들의 수업에는 애써 관심을 두지 않았지만, 민석샘의 첫 수업만큼은 호기심을 자극했다. 청학동 스타일의 특유한 말투와 단정하면서도 젊은 청년 교사의 화면 등장은 아이들의 관심을 단번에 끌었다. '이 아이들이 이렇게 집중해서 공부하는 아이들이었나?' 나는 살짝 귀여운 배신감을 느끼며 민석샘의 수업을 지켜보았다.

정현종 시인의 「방문객」에서는 '사람이 온다는 건 그의 과거와 현재 그리고 미래가 함께 오는 것이다.'라는 의미의 이야기를 한다. 민석샘의 첫 수업을 지켜보며 나도 모르는 수많은 일을 거쳐 그는 지금 이 순간 아이들을 가르치고 있다는 생각이 들었다. 한편으로는 험난한 교직 생활 속에서 신규 교사들이 잘 버티고 살아남길 바랐다. 각자의 바쁨에 지쳐 서로 지지해줄 여유가 부족한 학교생활에서 좌절하지 않고, 사람 냄새 나는 관계를 느끼며 생활했으면 좋겠다는 마음도 들었다. 그래서 나는 신규 교사들에게 뭔가를 해 주고 싶었다.

나 역시 동료 교사들에게 배웠고, 이전 학교에서도 신규 교사가 왔을 때 했던 '신규 교사 선물 패키지'를 떠올렸다. 2학기에 새로 온 신규 교사 3명에게 선물해야겠다고 생각했다. 오늘 첫 수업을 한 민석샘, 6학년에 배정된 또 다른 찐 신규 예은샘, 그리고 비록 경력은 10년이지만 신규라 불리는 3반의 규진샘에게 이 패키지를 건네기로 마음먹었다.

'신규 교사 선물 패키지'는 편지 모음 책과 쿠폰북으로 구성된다. 먼저 편지 모음 책은 선배 교사들이 신규 후배 교사에게 들려주는 꿀팁과 응원의 마음을 담아 손수 쓴 편지들을 모아 만든 책이다. 이 책은 옛날 책처럼 끈으로 묶어 완성하는 수제품이다.

나는 A4 색지를 반으로 잘라 교장, 교감 선생님부터 2년 차 막내 선생님까지 모두에게 나눠 드리며 이 책의 의미를 설명해 드렸다. 선생님들께서는 매우 반기시며 흔쾌히 색지를 받아 드셨다. 편지를 써주시는 속도는 제각각이었다. 색지를 나눠 드린 지 한 시간도 되지 않아 작성해 주신 분도 계셨고, 내가 직접 교실을 방문해 수거할 때가 돼서야 급히 써주신 분도 있었다. 하지만, 선생님들 모두 진심으로 편지를 쓰고 싶어 하는 마음만큼은 같았다.

이렇게 모은 편지 뭉치 위에 미리 준비해 둔 '꽃길만 걸어요'라는 표지를 덮고, 한쪽에 구멍을 뚫어 끈으로 묶으니 꽤 그럴듯한 책이 완성됐다. 신규 교사가 3명이었기에 편지 모음 책도 3권 만들었다. 선생님들께서는 각

기 다른 신규 교사를 떠올리며 총 3편의 글을 정성껏 써 주셨다. 요즘 손
편지를 쓰는 일이 흔치 않음에도 불구하고, 심지어 3명에게 각각 다른 편
지를 써야 하는 번거로움에도 대충 쓰거나 복사해서 작성하신 분은 아무
도 없었다.

비록 내가 받을 편지가 아니기에 읽지 않으려 했지만, 편집자로서 내용
을 훑어보지 않을 수 없었다. 특히 책의 앞부분에 배치된 교장, 교감 선생
님의 편지를 먼저 보게 되었다. 명조체로 또박또박 적힌 두 분의 편지에는
칭찬과 격려가 가득했다. 직위에서 비롯된 격려라기보다는, 두 분이 걸어
온 길을 돌아보며 선배 교사의 마음으로 신규 교사를 응원하신 듯했다.

문득 20년 전 나의 교직 초기 시절이 떠올랐다. 그때는 이런 격려의 글
을 기대하기 어려운 분위기였다. 신규 교사를 위해 편지를 부탁하는 것조
차 감히 상상하기 힘들었다. 설령 부탁해 편지를 받았더라도, 격려와 응원
보다는 주의할 점이나 조심해야 할 것들이 더 많았을 것이다.

교장, 교감 선생님의 편지에 이어 다른 선생님들의 편지를 색지의 조화
를 고려해 정리만 하려고 했으나, 나는 호기심을 참지 못하고 선생님들의
글을 계속 읽어 내려갔다. 어떤 분은 자신의 신규 시절을 회상하며 썼고,
또 어떤 분은 학교생활의 처세술을 담았다. 교직이 힘들지만 보람이 크다
는 소감을 전하는 글, 어떻게 살아가야 할지에 대한 삶의 철학을 펼치는
글, 그리고 함께 일하게 된 것을 환영하는 인사를 전하는 글 등 다양하고
따뜻한 메시지들로 가득했다. 나 역시 한 편의 편지를 추가했다. 모든 선생
님이 어떤 이야기를 해 주면 좋을지 고민하며 진심을 담아 썼을 것이다. 신

규 교사들은 이 편지들 속에서 선배 교사들의 진심을 읽어낼 수 있었을까?

쿠폰북은 선배 교사가 신규 교사에게 줄 여러 가지 쿠폰을 모아 만든 것이다. 예를 들어, '도와주세요' 쿠폰을 받은 선배 교사는 신규 교사가 무엇을 부탁하든 해결해 주어야 한다. '커피 & 티' 쿠폰을 제시하면 맛있는 커피나 차를 대접해야 한다. '놀아줘' 쿠폰을 사용하면 아무리 바빠도 일을 제쳐두고 신규 교사와 시간을 보내야 한다. '난 힘이 없어요' 쿠폰을 받으면 선배 교사는 신규 교사의 짐을 대신 옮겨 주어야 하는데, 새 학기 교실 이동 때 매우 유용한 쿠폰이다. '지니 램프' 쿠폰은 조커 쿠폰으로, 신규 교사가 원하는 어떤 일이든 들어주어야 한다.

이 쿠폰들은 모두 유효기간이 정해져 있다. 새로운 신규 교사가 학교에 오기 전까지만 사용할 수 있다. 쿠폰북을 작성하기에 앞서 모든 선배 교사에게 의미를 설명하고 동의를 구했다. 선배 교사 대부분은 아이디어가 재미있다며 흔쾌히 동의해 주셨다.

신규 교사들과 이야기를 나누다 보면 '신규 교사 선물 패키지'에 대해 종종 묻곤 한다. 편지 모음 책은 감동적인 선물이라며 책장에 꽂아 두었다고 한다. 쿠폰북은 보관만 한 채 사용하지 않고 있었다. 얼마 전, 쿠폰북 발행 후 3년이 지났다. 그런데 민석샘이 드디어 '난 힘이 없어요' 쿠폰을 사용했다는 소식을 전해주었다. 올해 2월 교실 짐을 옮기던 중, 바로 위 선배 교사인 재영샘에게 이 쿠폰을 사용해 짐을 쉽게 옮겼다고 했다. 그때까지도 새로운 신규 교사가 오지 않아 유효기간이 예상보다 길어졌던 덕분에 가능했던 일이었다.

　그러나 이제는 그 쿠폰북도 사용 불가다. 올해 2학기 시작과 함께 몇 명의 신규 교사가 새로 발령받아 학교에 왔기 때문이다. 이는 3명의 교사가 받았던 신규 교사 쿠폰북의 만료를 알리는 일이기도 하다. '신규 교사 쿠폰북의 만료', 이 말이 참 뭉클하게 들린다. 이제 그들은 더 이상 신규 교사가 아니며, 누군가에게 선배 교사로 불리게 된 것이다.

　경력 10년 차의 신규였던 규진샘은 벌써 연구부장 3년 차다. 그는 나와 교육에 대한 의견을 나누며 서로 지원하는 든든한 교육동반자가 되었다. 나는 그를 믿고 다소 무모한 일도 도전하곤 한다. 교사마다 의견이 다르고, 학교라는 공간에는 여러 가지 제약이 있다. 새로운 교육 방법을 시도하고 싶어도 혼자라면 두렵고 망설여질 것이다. 하지만, 지지해 주는 동료 교사가 있으면 끝까지 밀고 나아갈 수 있다. 내가 처음에 다소 반갑지 않게 맞이했던 규진샘이 바로 그런 든든한 지원군이었다. 복덩이 같은 경력 신규 교사였다.

　찐 신규였던 민석샘과 예은샘은 이번 여름 방학에 1급 정교사 연수를 받았다. 교대를 졸업하면 초등 2급 정교사 자격이 주어지며, 만 3년의 근무 경력을 채운 후 1급 정교사 자격연수 대상자가 된다. 온라인으로 첫 수업을 시작했던 민석샘이 이제는 경력 20년이 넘는 나와 같은 1급 정교사가 되었다. 이로써 신규 교사 쿠폰의 만료는 확실해졌다.

이번 2학기에는 학교 주변 아파트단지 완공과 입주로 여러 학급이 증설되면서 새로운 신규 교사들이 부임했다. 나는 올해 연구년 교사로 학교에 출근하지 않지만, 그 소식을 듣고 문득 학교에 가고 싶어졌다. 이 오지랖 넓은 열정 교사는 새로 온 신규 교사들에게도 '신규 교사 선물 패키지'를 준비하고 싶어진 것이다. 교장, 교감 선생님도 바뀌었고, 선배 교사들도 많이 바뀌었다. 그래서 이번에는 처음부터 신규 교사 선물 패키지의 의미를 다시 설명해야 한다. 그러나 그들의 반응이 예전과 다르지는 않을 것이라 믿는다. 예전처럼 흔쾌히 반기며 신규 교사가 몇 명이든 기꺼이 편지를 써 주실 것이고, 어떤 쿠폰이든 즐겁게 동의해 주실 것이다.

3년 전 '신규 교사 선물 패키지'를 받았던 3명의 '구' 신규 교사들이 이제는 신규 교사들을 위해 어떤 편지를 쓸지 참 궁금하다. 더 이상 신규 교사가 아닌 그들이 선배 교사로서 편지에 담을 내용이 행복했으면 좋겠다. 힘들다고 불행한 것은 아니다. 그들은 많은 어려움을 겪었고, 이를 잘 극복해 냈다. 그 과정에서 얻은 소중한 깨달음을 편지에 담아낼 수 있기를 바란다.

나는 신규 교사 연수가 특별한 것이 아니라고 생각한다. 바로 자신이 근무하는 학교에서 매일 만나는 선배 교사들과 함께 호흡하며 배우는 것이야말로 최고의 연수일 것이다. 선배 교사 대부분은 진심으로 새로운 후배 교사들을 지지하고 도와주고 싶어 한다. 하지만 바쁜 학교생활 속에서 그들을 살뜰히 챙길 여유가 부족한 것이 현실이다. 만약 이런 작은 이벤트마저 없다면, 학교는 큰 꿈을 품고 첫발을 내딛는 신규 교사들에게 기댈 곳

없는 차갑고 외로운 현장이 될지도 모른다. '신규 교사 선물 패키지'는 교
직이 함께 가는 길임을 확인하며 신규 교사들을 안심시켜 주는 선배 교사
들의 따뜻한 선물이다.

$\heartsuit$

책장에 꽂혀 있는 꼰대의 선물

마음을 오래 얽매었던 임용이라는 시험이 사라진 쾌활한 기분은 임용합격 후 몇 주간 지속됐다. 참 평온했던 시기다. 모든 MZ세대 교사에게는 임용시험에 대한 추억이 있을 것이다.

2020년 3월부터 임용시험을 준비했다. 대학 입학 후 매일 얼굴을 보며 줄곧 함께 한 정겨운 동기들은 더 이상 나와 놀아주지 않았다. 어쩔 수 없이 동기들을 따라 독서실에 갔다. 공부를 싫어하는 학생도 처음에는 흥미를 보이는 법! 오랜만에 공부해서 그런지 첫 한 달은 재미있었다. 그러나 금방 흥미를 잃었고 '시험이 코앞인데.' 하는 초조함만이 남았다.

'공부하기 싫다.'라는 억압감을 표현하는 방법은 실로 다양하다. 중학생 때 독서실을 같이 다닌 한 친구는 평소 안 하던 청소 및 짐 정리를, 자리에 앉기 전에 그렇게 열심히 했다. 문제집들을 국영수사과 순서대로 맞추어 일렬 배치했고 물티슈로 책상에 달린 형광등까지 꼼꼼하게 닦아댔다. 매일 같이 해대는 청소에 날릴 먼지도 없던 그 옆에서 나는 문제집 위에 소설책을 포개어 펴놓고 읽었다.

모두가 일어났을 법한 늦은 아침, 은은한 물소리가 흐르는 제민천을 따라 공주시 시내에 있던 독서실로 갔다. 독서실에 도착해 임용시험 관련 책을 펴려고 하면 중학생 때의 습관이 나를 괴롭혔다. 나는 '책 좀 읽다 공부해야지.' 하고는 점심 무렵까지 책을 읽었다.

배가 고파지면 독서실 바로 앞 롯데리아에서 점심을 주로 먹었다. 그때 꼭 임용시험 관련 서적을 들고 갔다. "공부 못하는 애들은 밥 먹을 때도 꼭 책을 들고 다녀요."라고 하시던 중학교 선생님을 가끔 떠올렸다. 소금이 성글게 씹히는 감자튀김까지 모조리 먹고 난 후에야 독서실로 돌아갔다. '삐리리 삐리리' 하며 울리는 튀김기 소리를 롯데리아에서 들을 때면 하얀 소스가 묻은 양상추 조각이 떨어진 작은 식탁에 앉아 책을 보던 순간들이 떠오른다.

독서실의 무거운 공기에서 벗어나 바람을 쐬고 싶던 탓에 저녁 시간에는 밖을 나돌았다. 노을을 정면에 두고 제민천을 거슬러 올라 학교 앞에 있던 자취방으로 갔다. 흰 물감을 섞어 놓은 것 같은 흐릿한 창문은 이미 어둑어둑했다. 방에서 메이플스토리라는 게임을 했다. 온전한 어둠이 찾아오고 나서야 다시 독서실에 갔고, 그제야 임용 공부를 했던 날들이 있다.

임용시험 탈락에 대한 위기감이 찾아오던 여름이었다. 경상북도 상주에 있던 고등학교 동창이 흥미로운 제안을 했다. 집에서 멀지 않은 산속에 고시원이 있는데 같이 가자는 것이었다. 당시 나는 대학교 4학년으로 재학 중인 상황이었지만 수업을 들으러 학교에 갈 필요는 없었다. 코로나19로 인해 대면 수업이 동영상 시청 비대면 수업으로 전환됐었기 때문이다. 살짝 망설이다가 경상북도 상주의 한 산속 고시원으로 들어갔다.

폐교를 리모델링한 고시원은 교실이었던 공간을 쪼개어 방으로 제공했다. 나는 모로 가도 학교로 가는구나 싶었다. 빨래 건조대를 펼 공간이 없었고, 책상 위에 빨래를 널어 말렸다. 바닥에 누울 공간이 충분하지 않아 책상 밑에 발이나 얼굴을 밀어 넣고 잤다. 옥색의 낡은 선풍기가 벽에 한 대 달려 있었다. 에어컨은 공부하는 공용 공간에 있는 것이 유일했다.

산이기에 벌레가 많았다. 밤이면 풀벌레 소리가 온 공간을 가득 메웠다. 풀벌레 소리가 이상하리만큼 크게 들리는 날이면 소름이 돋았다. 방에 무언가 들어왔다는 직감 때문이었다. 그럴 때마다 황급히 친구 방으로 달려가 "내 방에 벌레가 있다, 분명히 있다."라며 호들갑을 떨었다.

고시원은 월 45만 원에 머물 방과 삼시 세끼를 제공했다. 엄마는 "이런 곳에서 어떻게 사람이 살아." 하며 걱정하셨었는데 밥 세 끼를 챙겨주는 점은 마음에 든다고 하셨다. 아침은 8시 전에 일어나야 먹을 수 있었고 이용한 기억은 없다. 이모와 나이가 비슷하실 것 같은 한국인 여성분과 베트남에서 오신 듯한 비교적 젊은 여성분께서는 항상 웃는 얼굴로 식사를 준비해 주셨다. 화장실과 방을 커튼 하나로 구분하던 주거 환경에 비하면 두 분께서 준비해 주시던 식사는 훌륭했다.

　다만 학교 급식보다 메뉴의 레퍼토리가 짧고 좁았다. 가령 잡채가 나오는 주간은 잡채가 냉장고에서 자연 증식하는지, 3일 내내 반찬으로 나왔다. 끈질기게 먹었고 '더 이상 못 먹겠다.'라는 패배감이 들 때가 되어서야 식판의 잡채를 받던 칸에는 다른 찬이 실렸다. 그러나 3주가 채 되지 않아 잡채는 식판으로 돌아왔다.

　고기반찬이 매일 있었으나 어느 순간부터 컵라면을 이틀에 한 번은 먹어댔다. 고시원에 처음 입소했을 때 부스스한 추리닝 차림의 생원들이 컵라면을 식당에 가져와 먹던 것을 보았었다. '굳이 라면까지 먹을 필요가 있나?'라고 생각했는데 어느 순간 라면이 떨어질 때마다 네이버로 육개장 사발면을 주문하는 나를 작은 방에서 발견했다.

　밤에는 친구와 휴게실에서 닭을 시켜 먹기도 했다. 그 마을의 프랜차이즈 치킨집은 처갓집양념치킨밖에 없었는데 항상 슈프림 양념치킨이라는 메뉴를 주문했다. 주에 두 번을 배달시켜 먹은 적이 있을 정도로 자주 먹었다.

　그 경험은 치킨을 주문하던 근래의 선택에 큰 영향을 주었다.

　"처갓집양념치킨 먹고 싶어."

　"맛있지 거기. 그런데 다른데 시키자. 지금 시키려는 지점을 최근 몇 번 이용해 봤는데 별로였어."

거짓말을 하더라도 왜인지 먹기 싫었다. 분명 맛있게 먹었으나 질려버린 탓인지 고시원에서 나온 이후로는 처갓집양념치킨을 한 번도 주문한적이 없는 듯하다.

고시원에 들어간 처음 한 달은 규칙적으로 생활하며 공부했다. 그러나어느 순간부터 나는 또다시 소설책을 폈다. 친구는 소설에는 흥미가 없었고 방에서 노트북으로 게임을 했다. 사실 나도 게임을 좋아한다. 게임을하자는 친구의 꼬드김에 항상 넘어갔다. 라면이 담겨온 빈 택배 상자를 책상 삼았다. 노트북을 맞대어 올려놓고 스타크래프트를 자주 했다.

고시원에 들어온 지 2달이 지나기 전 친구는 환경이 너무 열악하다며 방을 뺐다. 나는 임용시험 바로 전 달인 10월 초까지 그곳에서 생활했다. 고시원에는 작은 운동 시설이 있었는데 친구가 떠난 후 많이 이용했다. 심심함에 고시생들과도 교류했다. 마음에 드는 여자를 만나 저녁 이후 산책을즐기기도 하였다.

도심의 멀끔한 공원길을 산책했으리라 상상한다면 그는 오산이다. 함께걸었던 길은 포도밭이 즐비한 산길이었다. 비닐하우스를 덮는 비닐을 접어서 쌓아놓은 곳을 지날 때쯤이면 바스락거리는 소리가 적막을 깨며 달려왔다. 비닐 무더기 위에서 쉬고 있던 고라니가 두 남녀를 보고 화들짝놀라 달아나던 외진 시골길을 정말 많이 걸었다. 언덕을 넘어 도착한 마을에는 언제나 느긋한 누런 소가 있었다. 토끼장에 갇힌 어리석어 보이는 거

위도 있었다.

　당시 어몽어스라는 게임이 유행했다. 산책이 끝나 고시원 입구가 보일 때쯤 논두렁 경계석에 앉아 휴대전화기로 어몽어스를 같이 하곤 했다. 그러던 중 논에서 들리는 스산한 소리에 놀라 소리가 들리는 쪽을 쳐다본다. 한밤중에도 푸른빛이 살아 있는 논 저 안쪽의 볏잎들이 아이의 잘못 깎은 까까머리처럼 움푹 파여 있다. 깜짝 놀라 서로를 쳐다본다. "어쩌면 저것은 고라니가 아닐지도 몰라." 하며 서로를 겁주며 웃었던 순간이 있다.

　일찍 잠에서 깬 날은 고시원 옆 마을 길을 홀로 걷기도 했다. 빨래를 말리기 힘든 고시원 환경 때문에 개량 한복을 잠옷 겸 생활복으로 입었다. 나는 개량 한복이 편하여 어디든 입고 다녔다. 고시원에서 한복을 입던 습관 탓에 교사 생활 첫 2년간은 한복을 입고 출근했다. 한 날은 교감 선생님께서 넌지시 물어보셨다.
　"종교적인 이유에요? 아니면 다른 신념이 있나?"
　"그냥 편해서 입고 다녀요."
　"흠. 민족정신이 투철해서 좋네."
　저 멀리 나타나는 마을 어귀 정자는 아침부터 왁자지껄하다. 이른 아침부터 마을 할아버지들께서는 넓고 얇은 쇠 밥그릇에 안주 없이 막걸리를 드셨다. 옆을 지나갈 때 "뉘 집 손자냐, 입은 것이 한복이냐?"라고 물으시던 그분들께서는 내일 아침에도 그곳에 나오셔서 주름진 손으로 막걸리

그릇을 드실 것이다.

고시원에 살며 산책길에 뱀도 가까이서 참 많이 보았다. 덕분에 뱀은 그다지 무섭지 않다. 꽃도 새도 나무도 참 많이 보았다. 앞으로 살며 그런 존재들을 그렇게 자세히 볼 수 있는 날들이 다시 올까? 떠나는 여름 바람이 머문 자리에 스멀스멀 청포도 내음이 흠뻑 들이차던, 작은 방에서의 일상이다.

어찌저찌 시험에 붙었는데 엄마가 참 좋아했다. 임용시험에 합격하면 졸업 2주 정도 후 학교 현장에 투입된다. 2주 전까지 대학생이었던 자도 40년 경력의 교사와 같은 조건으로 일할 수 있는 곳이 교직이다. '같은 조건' 즉 '동등한 교사'가 된다.

동등하다는 말이 좋은 것만은 아니다. 똑같은 업무를 맡아도 신규 교사에게는 경력 교사에 비해 어려움이 많다. 그러나 신규 교사들이여, 맘을 편히 가지자. 시험에 갓 합격한 신규 교사가 처리하지 못할 업무는 학교에 없다. 내 생각에 학교의 행정적 일은 누구나 처리할 수 있다. 다만 똑같은 일을 처리할 때 신규 교사는 경험 많은 교사에 비해 정말 많은 시간을 들여야 할 뿐이다.

처음에는 전부 다 어려웠다. 지금 같으면 5분이면 작성할 공문서를 30분 넘게 소요해 작성한 기억이 많다. 30분 걸려 작성한 문서에는 첨부파일이 잘못 첨부돼 있었다. 나는 그 사실을 꼭, '결재요청' 버튼을 누르고 난 후에야 파악했다. 결재 올린 문서를 회수한 후 수정했고 다시 결재를 올렸다. "끝냈다!"라고 속으로 외치며 기뻐했다. 그러나 혹시나 하는 마음에 또다시 확인을 해보면 제목에 오탈자가 있었다. 한숨을 쉬며 제목을 고쳐 다시 결재를 올리고 확인한다. 첨부파일을 또다시 빠뜨려 놓았다. 시답지 않은 일을 반복했다.

행정적 업무는 고사하고 학생들과의 생활도 쉽지 않았다. 요새는 공개수업 같은 특별한 날에만 땀을 흘린다. 처음 아이들 앞에 섰을 때는 하루 종일 땀을 흘렸다. 정말 모든 일들이 어려웠다. 그럼에도 옆 반 선생님들께서는 항상 "잘하고 있다."라며 다독여 주셨다. 나는 정말 잘하고 있었을까? 사실 큰일이 발생하지 않는 한 교실 밖에서는 내부의 상태를 알기 어렵다. 어려움을 겪고 있어도 외부에서는 잘 운영되고 있다고 생각할 수 있다. 교실 안의 교사는 어려움을 겪고 있지만 밖에서 볼 때는 괜찮아 보이는, 진짜 비극이 연출될 수 있다. 먼저 요청하지 않는 한 도움 받기 어렵다. 닫힌 교실 문 속 자세한 사정은 잘 보이지 않는다.

신규 교사 시절, 숫기가 없어 모든 일을 혼자 해결하려 했다. 학년 부장 선생님께서 도와주실 때도 있었지만 주로 구글에 공문서 쓰는 방법을 검색했다. 나는 블로그 글을 보며 공문서를 작성했다. 이 글을 읽을 신규 교사들은 어려움이 생길 때마다 옆 반 선생님을 찾아뵀으면 좋겠다. 교사라는 직함의 인격 중 신규 교사를 홀대할 사람은 드물다는 것을 스스로가 가장 잘 알 것이다. 노크하고 옆 반 문을 열면 선생님께서는 신규 교사가 궁금해하는 바를 친절히 전해주실 것이다.

교실들이 지구본 속 망망대해에 놓인 섬들과 같다고 느낄 때가 있다. 다른 교사의 교실에 들어가는 일은 친하지 않고서야 드물다. 동학년이 아니라면 출근 여부도 알기 어렵다. 심지어 바로 옆 반 교사의 근무 현황조차 바쁜 아침을 보내다 보면 모를 때가 있다. 옆 반 아이들이 1교시 수업 중 교실 앞문을 조심스레 열고 "우리 선생님께서 오시지 않으셨는데요."라고 쭈뼛거리며 말했단다. 그제야, 10초면 걸어갈 거리의 옆 교실 선생님께서 늦잠을 자고 계셨음을 알았다는 이야기를 들은 적이 있다. 충분히 일어날 수 있는 에피소드다. 바로 옆 반 선생님께도 근무하는 8시간 동안 인사 한 번 못 드리는 하루가 생긴다. 큰 학교에서 교감, 교장 선생님은 한 달에 한 번 뵙기 어렵다. 의도치 않게 교실에 자신을 가두는 날이 생각보다 많다.

물론 바로 위의 에피소드는 교류가 잦은 동학년 교사들에게도 일어날 수 있다. 아무리 학생들이 어리더라도 사람이다. 사람 수십 명과 소통하다 보면 정신이 아찔해질 때가 있다. 수많은 대화와 정보들이 오가기에 놓치는 일들이 생긴다. 재미 삼아 여담을 들려주겠다. 가끔 수업 중 이런 전화를 받을 때가 있다. 교무실에 계시는 행정 실무사님께서 말하신다.

"선생님, 학부모님께서 통화를 원하세요. 문자를 보냈는데 수업 중이시라 못 보신 것 같다 하셔요. 전화 한번 받아보세요."

"선생님, 안녕하세요. 한울이 엄마입니다. 제가 알람을 못 듣고 여태 자버려서 이제야 일어났네요. 금방 준비시켜 학교로 보내겠습니다. 죄송합니다."

"안 그래도 아이가 오지 않아 이번 시간 끝나고 연락드리려고 했습니다. 연락해 주셔서 감사합니다."

거짓말이었다. 난 학생이 학교에 없다는 사실을 1교시가 끝나갈 때까지 몰랐다. 코로나 시절 가족여행으로 인한 교외 체험학습, 운동 훈련으로 인한 결석, 급작스러운 열로 인한 결석 등으로 인해 반 아이들이 전원 출석하는 날은 드물었다. 매일 몇 자리씩 비어 있었다. 정신을 잘 차리지 않으면 사전 통보 없이 학생이 나오지 않을 때 빠르게 알아차리지 못할 때가 있었다.

그런 일을 몇 번 겪으며 아침에 인원을 파악하는 습관을 길렀다. 그러나 1교시 수업 직전까지 아이들은 예상하지 못한 크고 작은 일들을 벌인다. 그 일들을 뒷수습하다 보면 요새도 인원 파악하기를 가끔 잊는다. 모두가 경험하여 알겠지만 억울하게도 사건은 그런 날 유달리 잘 일어난다. 운 좋게 별일 없이 넘어가면 다행이다.

여담으로부터 돌아와 이야기를 계속하겠다. 교사에게 학교가 따뜻한 공간이면 좋을 것이나 일이 몰리면 제 몸 건사하기에도 바쁜 것이 현실이다. 학생들이 하교하고 난 후 퇴근 전까지 사람의 온기를 느끼지 못할 수 있다. 박세은 선생님과 그런 학교 문화에 관해 이야기했다.

"학교는 너무 추워. 동료 교사는 친해야 해. 자꾸 찾아가야 한다니까."

"맞아요. 친하게 지내면 좋죠."

"아니, 친해야 한다니까. 그래야 교육과정 운영을 하지."

방 서재에는 색이 살짝 바랜 책자 한 권이 꽂혀 있다. '꽃길만 걸어요.'라는 표지로 장식된, 옆을 구멍 뚫어 솜씨 좋게 노끈으로 엮은 얇은 책자다. 신규 교사로 발령받았을 때 근무하셨던 당시 선생님들 한 분 한 분의 글귀가 담겨 있다. 힘든 일이 있으면 도와줄 터이니 찾아오라는 편지글들이다.

책자 안에는 '신규 교사 전용 쿠폰'이 첨부돼 있다. 신규 교사가 요청하면 군말 없이 술 사주기, 밥 사주기, 짐 옮겨 주기, 고민 들어주기 등의 쿠폰이 있었다. 학교의 선배 교사 아무에게나 사용할 수 있는 일종의 유가증권이었다. 2024년인 올해 2월, 3년 만에 처음으로 신규 쿠폰을 친하게 지내는 선생님인 안재영 선생님께 사용했다. 교실의 짐을 옮겨달라 요청했는데 흔쾌하진 않으셨지만 투덜거리며 옮겨 주셨다.

이렇게 쿠폰을 스스럼없이 사용할 만큼 동료 교사들과 친해졌다. 그러나 나는 더 이상 그 쿠폰들을 쓸 수 없다. "그 쿠폰들은 만료됐어. 밥을 먹어도 이제는 더치페이야."라고 박세은 선생님께서 최근에 말씀하셨다. 내가 더 이상 신규 교사가 아닌 까닭이다. 2024년 9월 2일 신규 교사들이 8명 발령받아 학교로 왔다. 2021년부터 3년간 학교의 막내 신규 교사를 담당했던 나는 올해 부장 교사가 되었다.

얼굴도 모르는 신규 교사를 위해 글을 쓰는 것보다 어려웠던 것은 '함께 하자고 말하며 모두를 설득하는 일'이었으리라. 책자와 신규 교사 전용 쿠폰에 담긴 정성을 알 수 있는 경력과 나이다. 머쓱하여 말로 직접 표현하지는 않았으나 직업생활의 시작점에서 큰 선물을 받았다. 덕분에 책장을 바라볼 때 학교에 대한 사랑이 샘솟는다. 따뜻함은 새로운 따뜻함으로 나를 이끈다.

3.

학교에 울려 퍼진
베토벤 소나타

꼰대

"민석샘, 연주회 합시다!
이번 달 교직원 회의 전에 20분 정도 간단히 하면 돼요.
새 피아노도 점검할 겸 연주회 해야죠."

MZ

"아이, 그건 좀 그런데요. (앗싸, 연주회다.)
부담스럽지만 부탁받았으니 어쩔 수 없죠.
선생님들을 위해 어떤 곡을 연주해 볼까요?"

♥

너를 위해 준비했어, 할 거지?

나는 다리가 짧다. 그래서 남들보다 두 배로 빨리 걷는다. 한 번 무엇인가에 꽂히면 전력 질주하는 습성도 있어서, 연구실에 필요한 물건을 가지러 갈 때조차 발에 부스터를 단 것처럼 빠르게 걸어 다닌다. 2022년에는 드디어 2021년에 이루지 못한 꿈을 이뤘다. 바로 그토록 바라던 민석샘과 5학년을 함께 맡게 된 것이다. 게다가 우리 학년은 1반과 2반, 딱 두 반만 있었다.

5학년 1반 교실과 5학년 연구실의 거리는 학년에서 가장 멀었다. 그날도 나는 아이들을 하교시킨 뒤, 학기 초의 바쁜 업무에 쫓겨 급히 연구실로 가기 위해 날아가듯이 뛰고 있었다.

'잠깐! 이 음악은 어디서 나오는 거지?'

가던 길을 멈추고 음악 소리가 나는 곳을 찾았다. 음악은 바로 옆 2반 교실에서 들려왔다.

'음악을 크게 틀어놨나? 남자 선생님이 클래식 음악을 좋아하네? 아, 맞

아! 민석샘이 중학생 때까지 피아노를 배웠다고 했지? 그래서 클래식 음악을 좋아하나 보네.'

이렇게 생각하며 2반 교실 앞문 유리창 너머로 살짝 들여다보았다. 그런데 예상과는 달리, 민석샘이 전자키보드로 직접 연주하고 있는 모습이 눈에 들어왔다. 사실 조용히 못 본 척 지나갔어야 우아한 선배 교사일 텐데, 나는 호기심을 참지 못했다. 그래서 2반 교실 앞문을 활짝 열며 큰 소리로 외쳤다.

"와! 대박! 대박! 이거 민석샘이 직접 치는 거예요? 난 음악을 틀어 둔 줄 알았네. 대박!"

나는 참 깃털만큼 가벼운 사람이다. 우리 반 아이들에게나 해야 할 리액션을 철없이 옆 반 선생님께 쏟아내고 말았다. 나의 요란한 반응에 민석샘은 연주를 멈추었다.

민석샘은 유치원 때 피아노를 시작해 중학교 때까지 정말 열심히 피아노를 쳤다고 한다. 주위에서 피아노를 전공해 보라는 권유까지 받았지만, 얼마 가지 않아 피아노 치는 것을 그만두었다고 했다. 그 이유를 묻자, 친구들과 한창 놀 나이에 좁은 연습실에 갇혀 오랫동안 연습만 하는 것이 너무 답답했기 때문이라고 한다. 피아노를 깊게 좋아했던 민석샘은 지금도 클래식 음악을 들으면 누구의 곡인지 바로 알아맞힐 정도다. 마치 클래식 주크박스 같은 사람이다.

우리나라에서는 남녀를 불문하고 어린 시절 피아노학원에 다녔던 경험이 있는 사람들이 흔하다. 나 역시 초등학생 때 피아노학원을 다녔었다. 엄마 손에 이끌려 학원에 온 남자아이들이 수십 번 시계를 보며 그날의 연습 목표량을 겨우 채우고 집에 가던 모습이 기억난다. 피아노를 좋아해서가 아니라, 남들처럼 피아노도 칠 줄 알아야 한다는 이유로 다닌 경우가 대부분이었다.

그러다 나중에 '유키 구라모토'나 '이루마' 같은 아티스트들이 등장하면서, 초등학생 시절 피아노학원에 끌려다니며 생겼던 거부감이 조금 줄어들었다. 그 덕분에 피아노를 좀 더 쉽게 즐길 수 있는 길이 열렸다. 나는 교사가 된 후, 20대 후반에 재즈 음악에 빠지면서 재즈 피아노를 배우겠다고 실용음악 학원을 찾아가 레슨을 받기도 했다. 그렇게 피아노에 관심을 두었다 말았다가 반복하던 나에게, 옆 반에서 들려온 피아노 라이브 연주는 정말 신선한 경험이었다.

신설 학교의 장점 중 하나는 모든 것이 새것이라는 점이다. 드디어 우리 학교 시청각실에도 새 업라이트 피아노가 들어왔다. 학교에서 새 피아노를 보는 것은 신설 학교가 아니면 드문 일이다. 보통 초등학교 강당의 피아노는 아이들의 발표회 때나 학교에 합창부가 있다면 반주용으로 사용되곤 한다. 하지만, 우리 학교에는 비공식 피아니스트가 계시지 않은가! 나는 새 피아노가 제대로 소리가 나는지 점검해 볼 필요가 있다는 엉뚱한 생각이 들었다.

교장 선생님과 의논할 일이 있어 교장실에 내려갔다. 업무 이야기를 마치자 교장 선생님께서 신규 교사인 민석샘이 잘 지내고 있는지 나에게 안부를 물으셨다. 나는 민석샘이 아주 열심히 잘하고 있다고 말씀을 드리며 대화하던 중, 의식의 흐름대로 이렇게 말해 버렸다.

"교장 선생님, 시청각실에 새 피아노도 들어왔는데, 그 기념으로 민석샘의 피아노 연주회를 한 번 여는 게 어떨까요?"

"오! 그거 좋은 생각이네요. 선생님들 다 모이실 때가 언제죠? 음, 이번 교직원협의회 시작 전에 김민석 선생님 연주회를 열어봅시다. 교무부장님하고 상의해서 준비해 보세요."

"네! 준비해 보겠습니다. 감사합니다."

문제는 당사자인 민석샘에게 아무런 상의도 하지 않고 연주회를 결정했다는 것이다. 이런 무례한 일이 어디 있을까? 그런데도 이 열정 교사는 민석샘이 새 피아노 앞에서 연주하는 모습을 상상하며 신나게 그에게 달려갔다.

"민석샘! 연주회 합시다. 교장 선생님께서 적극 지원해 주시기로 했어요. 이번 달 교직원 회의 전에 20분 정도 간단히 연주하면 돼요. 새 피아노도 점검할 겸 연주회 한 번 해야죠."

"예? 피아노 연주한 지 오래돼서…. 연습 많이 해야겠는데요. 무슨 곡을하면 좋을까요?"

다행이다. 나는 신규 교사한테 혼날 줄 알았다. 민석샘이 속으로는 온갖 욕을 했을지 모르지만, 겉으로는 연주회를 수용해 준 것이다.

연주회를 앞두고 민석샘은 연습을 시작했다. 그는 연주할 곡을 실제 사용할 피아노에서 연습하고 싶다며 오후에 둘이 시청각실에 내려갔다. 민석샘이 연습한 곡을 연주하는 동안 나는 이 귀한 순간을 동영상으로 찍었다. 이쯤 되면 거의 아티스트 매니저 수준이다. 전교에 연주회를 알리기 위해서는 홍보 템플릿도 필요할 것 같았다. 디지털과 별로 친하지 않은 열정 교사는 온갖 기술을 동원해 찍어 둔 동영상에서 스틸 컷을 편집했다. 그래도 나름 예술의 전당 홍보물 같은 템플릿이 완성되었다.

이제 전교에 연주회 소식을 전할 차례였다. 민석샘이 피아노 앞에서 연주하는 모습을 담은 사진과 함께 연주회 안내 메시지를 전교에 보냈다. 얼마 지나지 않아 실무사 선생님께서 그 사진을 보내줄 수 있겠냐고 물으셨다. 나는 기꺼이 보내드렸다. 그런데 그 사진이 나중에 놀랍게 변해 돌아올 줄은 몰랐다.

'따르릉!'

교장 선생님께서 전화하셨다.

"박부장님, 오늘 김민석 선생님 연주회인데 꽃다발 하나 준비해야 하지 않겠어요?"

"네! 그렇지 않아도 제가 준비하려고 했습니다. 걱정 마십시오. 시간 맞춰서 꽃다발 준비하겠습니다."

사실 전날까지 꽃다발을 생각했다. 그런데 퇴근하면서 잊고 말았다. 급히 주변 꽃집에 전화를 해보니, 그 시간 안에 배달이 어렵다는 답이 돌아왔다. 어쩔 수 없이 직접 가지러 가겠다고 했다. 이제부터는 시간과의 싸움이다. 6교시 수업이 끝나고, 연주회 시작 시각에 맞춰 처음 가는 꽃집을 찾아내고, 꽃을 받아 돌아올 수 있을지 아슬아슬했다. 그래도 가야만 했다. 교장 선생님께도 알아서 잘 준비하겠다고 큰소리쳤고. 무엇보다 우리 민석샘의 첫 무대에 꽃다발 하나 정도는 꼭 전해주고 싶었다.

미션을 수행하기 위해 서둘러 1층으로 내려갔다. 그런데 시청각실 앞에 커다랗고 멋진 포스터가 붙어 있었다. 실무사 선생님께서 이 포스터를 만들려고 사진을 요청하셨던 모양이다. 그것은 마치 예술의 전당에 붙은 세계적인 피아니스트 연주회 포스터보다 더 멋졌다. 이제 나만 꽃다발 미션을 잘 수행하면 되었다.

학교 근처 골목 어딘가로 내비게이션이 안내했다. 꽃집에 전화로 문의해 겨우 그 위치를 찾아갔더니, 풍성하고 예쁜 꽃다발이 준비되어 있었다. 뭔가 제대로 된 연주회를 준비하는 것만 같아 마음이 설레었다. 그런데 시간이 없었다. 서둘러 학교로 돌아와 시청각실로 들어갔다.

시청각실에는 전 교직원이 자리하고 있었다. 교무부장인 태용샘의 섬세한 준비 덕분에 연주회를 알리는 플래카드와 멋진 배경 화면의 스크린이 설치되어 있었다. 내가 헐레벌떡 꽃다발을 들고 들어가는 순간, 민석샘의 연주회가 시작되었다.

민석샘은 먼저 연주할 곡에 대해 간단히 설명했다. 나는 클래식을 귀로 즐길 뿐, 관련 지식은 없어서 정확히 무슨 곡인지는 알 수 없었다. 하지만, 우리 학교에서 민석샘이 연주자로 무대에 선다는 사실만으로도 기대되고 떨렸다. 민석샘의 피아노 연주가 온 시청각실에 울려 퍼지자, 여기는 더이상 초등학교 시청각실이 아니라 동탄의 카네기홀 같았다.

연주가 끝나고 선생님들의 큰 박수와 함께 꽃다발 증정식이 있었다. 잘키운 아들이 성공해서 방송에 나온 것 같은 느낌이 들었다. 학년 부장인나는 오늘의 피아니스트와 기념 촬영을 하는 영광도 누렸다. 열린 마음으로 연주회를 적극 지원해 주신 교장 선생님, 멋진 포스터로 공연장 분위기를 만들어 준 실무사 선생님, 자연스러운 진행을 맡아준 교무부장까지 모두의 응원과 노력 덕분에 연주회가 완성되었다.

그리고 초인적인 스피드로 꽃을 배달해 온 나 자신도 칭찬했다. 무엇보다 선배 교사의 일방적인 추진에도 불평 없이 열심히 연습하여 연주회를완성한 오늘의 피아니스트, 민석샘에게 가장 큰 박수를 보내고 싶었다.

나는 이 연주회를 단순한 이벤트로 생각한 것은 아니었다. 실행은 급작스럽게 진행되었지만, 민석샘의 피아노 사랑을 알게 된 순간부터 연주회에 대한 아이디어를 품고 있었다. 처음 우리 학교에 왔던 해, 과학 전담 교사였던 민석샘은 학급 담임이 아니라 오후에는 주로 혼자 과학실에 있었다. 찐 신규 교사에게 관심이 컸던 나는 혼자 있는 그가 궁금해질 때면 괜히 과학실에 볼일을 만들어 한 번씩 찾아가곤 했다.

한 번은 과학실에 불이 꺼져 있어 인기척이 없길래 조용히 문을 열었더니, 민석샘이 책상에 엎드려 잠들어 있었다. 깨워야 할지 말아야 할지 고민하다가 조용히 문을 닫고 돌아섰다. 그 모습을 보고 가슴 한편이 짠해졌다. 교사들은 퇴근 시간까지 달리고 또 달려도 일할 시간이 부족한데, 불을 끄고 잠을 자는 신규 교사의 모습이라니….

그를 탓을 할 마음은 전혀 없었다. 오히려 그가 왜 이렇게 있을 수밖에 없었는지 고민해 보게 되었다. 어릴 때 피아노를 좋아했던 아이가 결국 그 꿈을 포기하고 생각지도 않았던 교대에 진학했을 것이다. 그리고 발령받은 학교에서도 구체적인 꿈을 찾지 못한 채 하루하루를 보내고 있었을지도 모른다. 민석쌤은 좁은 연습실에 갇히는 것이 싫어 피아노를 그만두었다고 했었다. 나는 그때부터 학교가 그에게 또 다른 연습실처럼 답답하고 지루한 곳이 되지는 않을까 걱정이 되었다.

내 첫 신규 교사 생활은 다른 신규 교사 4명과 인자한 부장님과 함께 시작했다. 부장님은 우리를 아들 둘, 딸 셋이라고 부르며 언제나 서툰 우리를 기다려 주고 칭찬해 주셨다. 지금 생각해 보면, 신규 교사 5명이 얼마나 불안해 보였을지 짐작된다. 부장님은 조언이 필요할 때면 늘 이렇게 말씀하시곤 했다.

"내가 자네들보다 조금 더 살아보니 이런 점도 있다네."

그 말씀은 기분 나쁘지 않게 다가와 우리에게 큰 힘이 되었다.

교사도 누구와 함께 첫 근무를 시작하느냐에 따라 그 직업에 대한 인식이 크게 달라진다. 하지만 진로에 대한 확신이 없는 신규 교사가 동학년도 없이 구석의 어두컴컴한 과학실에 혼자 내팽개쳐져 버린다면 어떨까? 나는 이 젊은 청년 교사가 학교도 좁은 연습실처럼 답답하게 느껴져 다시 뛰쳐나가 버리지 않을까 걱정되었다.

물론, 자신의 길이 아니라고 생각되면 누구든 다른 길로 전환할 수 있다. 하지만 민석샘은 아직 교직의 길을 제대로 경험해 보지 못했다. 이 길이 자신의 길인지 아닌지를 판단하기 위해서는 다양한 경험이 필요하다고 생각했다. 그를 저 어두운 과학실에서 꺼내줄 방법이 무엇일까? 학교가 답답한 연습실이 아니라, 재능을 발휘할 수 있는 따뜻한 무대가 되도록 돕고 싶었다.

요즘 학교는 예전처럼 딱딱하고 경직된 곳이 아니다. 많은 교사가 자신의 재능과 관심사에 따라 다양한 활동을 하며 교직 생활을 한다. 교직은 교사가 하는 모든 활동이 학생 교육과 연결되는 특성이 있다. 나는 민석샘에게 그가 오랜 시간과 노력을 들였던 피아노가, 교사가 된 지금도 무의미한 일이 아니라는 것을 말해 주고 싶었다. 교직 생활에서도 그 재능이 새로운 해석의 도구가 될 수 있음을 알려주고 싶었다.

자신의 재능을 바탕으로 교사의 길을 걸어가길 바라는 선배 교사로서, 그 재능을 마음껏 펼칠 수 있는 기회를 만들어 주고 싶었다. 학교가 답답하여 뛰쳐나가고 싶은 좁은 연습실이 아니라, 자신의 재능을 인정받는 따뜻하고 친근한 곳이 되기를 바라는 마음이었다.

시청각실에서 연주회를 하라고요!

음악을 들을 때 지나간 날의 장면들이 떠오른다. 같은 곡을 오랫동안 반복해 들어 그렇다. '그때 그곳' 그리고 '그 사람들'이 예고 없이 떠오른다.

〈베토벤 피아노 소나타 14번〉을 들을 때면 피아노를 치던 나에게 "곡이 참 좋다."라고 하시던 엄마의 목소리가 들린다. 〈모차르트 피아노 협주곡 20번〉을 들을 때면 영어 학원 버스의 시끄러운 엔진소리가 들린다. 〈파가니니 바이올린 협주곡 1번〉을 들을 때면 2019년, 웅진 씽크빅에서 원격 화상수업 강사로 일할 때의 내 사무 책상이 훤하다. '이 곡을 듣던 내가 지금은 이렇게 있다.'라는 변화를 음악으로 확인한다.

내가 어렸을 적, 피아노학원은 동네마다 있었다. 또래 친구들은 피아노학원을 많이 다녔고 나도 그랬었다. 유치원 때 피아노를 처음 만진 후 중학생이 되기 전까지 매일 꾸준하게 다루었다. 애정을 담아 건반을 만졌으나 중학생 때부터 피아노와 멀어졌다.

그래도 중고등학생 시절에는 교내 행사 때 종종 축하공연을 했다. 나는 클래식 곡을 좋아했는데 막상 클래식 곡을 연주한 적은 없다. 관객이 지루해할 것 같았다. 좋아하는 곡을 스스로 만족할 만큼 연주할 수 없었기에 선택하지 않은 이유도 있다. 연주곡으로 주로 영화 OST를 택했다. 관객에게 '내가 들려주고 싶은 곡'을 연주한 적은 없었다. 그럼에도 수백 명 앞에서 피아노를 쳤던 기회들은 내 음악에 큰 의미를 부여했다.

사실 공연 기회도 자주 있던 것은 아니다. 음악회도 많이 갔으나 어느 때부터는 뜨문뜨문해졌다. 피아노 뚜껑도 드문드문 열었다. 그러다 교사가 됐다. 내 첫 업무는 과학 전담 수업과 과학실 구성 그리고 덤으로 붙은 주 10시간의 음악 수업이었다. 교감 선생님께서는 한복을 입은 사람이 서양 음악 수업을 제대로 할 수 있겠냐고 걱정하셨다. "그러게요."라고 짧게 답하였으나 속으로는 내심 기뻤다. 음악 수업은 바랐던 바다.

초등 음악 수업 시간은 노래를 부르는 활동이 주를 이룬다. 교육용 음원 파일을 재생하며 지도하는 모습이 초등 음악 수업의 전형이다. 전형적인 음악 수업을 하던 도중 욕심이 생겼다. "이 부분은 조금만 더 부드럽게 끌어줘. 그리고 이 음은 놀라듯 강조해서 불러야 해."와 같은 나의 요구를 학생들에게 효율적으로 전할 수 있는 도구가 필요했다. 음원 파일로는 해소할 수 없는 아쉬움이 쌓였다. 결국 피아노를 사겠다고 결심했다.

중고 물품 거래 앱에서 매물을 찾았다. 오산의 한 아파트에서 흰 전자 피아노 한 대를 차에 실어 왔다. 25만 원을 줬는데 수업용으로는 성능이 훌륭했다. 상당히 무거웠기에 과학 실험 도구를 싣고 다니던 카트에 얹고 다녔다. 피아노와 함께 온 교실을 누볐다.

손끝에서 동요가 내 취향대로 흘렀다. 생음악만이 줄 수 있는 미세한 감각이 학생들에게 전달되었던 것일까, 내가 바라던 방향으로 학생들이 나아갔다. 수업이 애매하게 끝나 5분의 여유가 생기는 날이면 학생들에게 신청곡을 받았다. 터키행진곡, 엘리제를 위하여, 왕벌의 비행 등을 연주했는데 긴장하여 땀을 꽤 많이 흘렸다.

학생들 앞에서 피아노를 치며 교직이 참 좋다고 느꼈다. 초등교사는 모든 영역을 가르친다. 그렇기에 갖가지 능력을 어떻게든 수업에 활용할 수 있다. 모든 사람이 대학 시절 전공을 살려 직업을 가지지는 못하나 교사는 전공 자체가 직업이 된 사례다. 거기에 한술 더 떠 살아온 삶 자체가 전문성이 된다. 교사는 개성을 살려 교육을 설계할 수 있다. 교육할 때, 교사의 경험 중 무의미한 구절은 없다.

교사는 자신의 취미활동을 잘 가다듬어 교육에 활용할 수 있다. 이는 다른 직업에서는 가지기 힘든 특색이다. 사적 생활에서의 경험을 공적 직업 활동에 자연스럽게 연결할 수 있다는 점이 교직의 가장 큰 매력이다. 사실 요새는 수업이 업무라기보다 취미 생활 중 하나로 느껴질 때까지 있다. 스스로 즐길 수 있는 내용을 첨가해 수업하다 보니 직업생활과 사적 생활의 경계가, 좋은 의미로 모호해졌다.

2022년 학교 시청각실에 야마하 업라이트 피아노가 한 대 들어왔다. 박세은 선생님께서는 기회를 놓치지 않고 피아노 연주를 제안하셨다. 매달 있는 전 교직원협의회 시작 전에 짧게 공연을 해보라 하셨다. 연주 제안은 참 오랜만이었다. 내심 좋았지만 "아이, 그건 좀 그런데요."라 답했고, 일부러 부담스러워하는 척한 후 제안을 받아들였다. 아침 일찍 출근해 바흐를 연습하며 손을 풀었다. 퇴근 후에는 베토벤을 연습했다.

모두가 알법한 영화 OST를 연주하려다가 이번만큼은 '연주하고 싶은 곡을 선택하겠다.'라고 결심했다. 어릴 적부터 좋아한 〈베토벤 피아노 소나타 31번〉을 연주하기로 결심하였다. 3악장과 뒤에 이어지는 푸가를 한 달간 연습했다. 푸가 선율을 잘 드러내면서도 곡 전체의 서정적인 서사를 표현해야 했다. 원하는 바를 건반 위에서 표현하는 일은 쉽지 않았다. 연습할 때 녹음을 많이 했다. 녹음본을 들으며 '표현이 어설프고 유치하다.'라고 생각한 적이 많았다.

연습에 한 참 매진하다 보니 멀게만 느껴진 연주회 날이 왔다. 나의 첫 베토벤 공연이었다. 지도 선생님도 없었다. 혼자 해석하고 계획한 바를 동료 교사들에게 펼쳤다. 피아노 전공자들이 기대하고 들었다면 실망했을 것이다. 그러나 나는 만족했다. 계획한 바를 거의 다 표현했다.

공연이 끝난 후 박세은 선생님께서 이렇게 말하셨다.

"좀 어려웠는데, 듣기 괜찮았어. 자고로 연주회라 하면 처음 듣는 어려운 곡이 있어야지."

"듣기 괜찮으셨다니 다행이네요."

"짜잔, 여기 꽃. 배달이 늦게 와서 못 주는 줄 알았네. 받아. 사진 찍어야지."

"뭘 꽃까지 준비하셨어요."

"원래 연주회에는 꽃이 있어야 하는 법이야."

공연 시작 전 행정실무사님들께서 플래카드를 만들어 시청각실에 걸어주셨다. 박세은 선생님께서는 어느 날 시청각실에 굳이 날 데려가셔서 아무 곡이나 들려달라 하셨다. 그러시더니 피아노 치는 내 모습을 사진 찍으셨다. 플래카드에는 그 사진이 인쇄돼 있었다. 부끄러움에 플래카드 같은 것은 없어도 된다고, 떼어 놓아도 된다고 이야기를 드렸는데 "공연장에는 이런 것이 있어야 한다."라며 거셨다. 그에 더불어 연주자를 위한 꽃까지 준비하신 것이다.

박세은 부장님께서 마련하신 것들이 싫지는 않았으나 불필요해 보였다. "감사합니다."라는 짤막한 인사로 답례한 것이 끝이었다.

그런데 사진을 보는 사람마다 그날의 꽃과 플래카드를 언급했다. 누가 마련해주었냐고, 꽃이 참 예쁘다고 하였다. 그런 말들을 들으며 박세은 선생님의 성의를 가볍게 여겼던 내 태도가 어리숙했음을 깨달았다. 꽃다발을 주신 박세은 선생님께 고마움을 확실하게 표하며 연주회 마지막을 더욱 뜻깊게 장식할 수 있었음에도 그러지 못했다.

음악도 일상도 결국 의미를 부여하는 과정이다. 같은 악보를 연주하더라도 그 순간에 무엇을 전할지는 피아니스트가 정한다. 삶은 악보보다는 페이지 수가 훨씬 많지만 역시 하나의 양식이다. 삶이라는 양식에 담을 의미를 우리는 재량으로 선택한다. 좋은 의미로 인생의 시간을 채우지 않을 이유가 있겠는가. 박세은 선생님께서는 신규 교사에 관한 관심을 나름의 형식에 담아 선사해 주셨다. 그 꽃다발이 마음 한편에 고스란하다.

4.
좌충우돌,
'텃밭 프로젝트'

꼰대

"학교가 교도소야? 너무 답답해. 우리 아이들에게 하늘을 보며
자연과 맞닿을 수 있는 공간을 만들어 주고 싶어."

MZ

(내가 여기서도 고추를 심고 있다니....)
"얘들아, 선생님 일하는 거 안 보이니?
화내고 싶지 않으니 그만 뛰고 풀이나 보렴."

♥

하늘과 맞닿은 학교 공간에 펼친 꿈

남들이 의치대를 꿈꾸던 고등학교 시절, 나는 첫 모의고사부터 마지막 모의고사까지 줄곧 건축학과만을 희망했다. 건축학에 대한 깊은 관심과 지식이 있어서도, 세계적인 건축물에 매료되어서도 아니었다. 중학생 때 우연히 집에 오는 버스 안에서 창밖을 바라보다 동네에 새로 지어진 5층 건물을 보게 되었다. 그 순간 뭔지 모를 강한 끌림이 마음속에 생겼다.

90년대 초반, 우리 동네는 네모반듯한 저층 상가 건물들이 큰 도로 양쪽에 줄지어 있는 아주 평범한 곳이었다. 그 도로 안쪽으로는 15층의 네모반듯한 아파트들이 나란히 서 있었다. 그런 단조로운 건물들만 보던 내 눈을 사로잡은 건물이 바로 버스 창밖에 보인 것이었다. 그 건물은 마치 예쁘게 자른 조각 케이크처럼 삼거리 모퉁이의 지형을 활용해 지어졌다. 건물의 윗부분은 요트의 돛처럼 하늘을 향해 뻗어 있었다. 그 건물은 마치 공장에서 찍어낸 듯한 네모반듯한 건물들 사이에서 혼자만의 개성과 재미있는 생각을 담고 있는 물체처럼 보였다.

그때 나는 문득 생각했다. '건물에도 생각을 담을 수 있구나! 네모가 아니어도 다양한 모양의 건물을 지을 수 있겠구나.' 그날 이후, 내 진로는 한 번도 흔들리지 않고 꾸준히 건축학과를 향했다. 하지만, 수능 성적에 따라 그 꿈은 점점 점수의 곡선을 타고 흐르며, 내가 원하는 것과 상관없이 엉뚱한 학과에 도달하고 말았다.

그렇게 주어진 길에서 새로운 꿈을 꾸며 살던 어느 날, 잊고 있던 건축에 대한 기억을 깨우는 일이 벌어졌다. 사람은 무언가를 잊고 지내다가도, 마음 한편에 잠자고 있던 것이 오래 봉인된 보물 상자가 열리듯 깨어나는 순간을 맞이한다. 그 상자를 여는 열쇠가 바로 유현준 건축가의 『어디서 살 것인가』라는 책이었다. 교육 관련 서적만 읽던 내게, 건축에 대한 책이 끌린 이유는 중·고등학교 시절의 꿈을 떠올리면 그리 이상하지 않았다.

이 책의 첫 장은 「양계장에서는 독수리가 나오지 않는다」라는 제목으로 시작한다. 이 부분은 학교 건축에 관한 이야기다. 책에서는 교도소와 학교의 건축 형태가 별반 다르지 않음을 사진을 통해서도 보여준다. 교도소 건물 앞 운동장에 수감자들이 없었더라면, 오히려 학교가 교도소 건물처럼 보일 정도였다. 건축학적으로 보면 우리 아이들은 마치 교도소 같은 건물에서 생활하고 있는 셈이다. 그런 건물 안에서 미래교육과 미래 역량을 논하는 것이 참으로 웃픈 일이 아닐 수 없다.

책에서는 학교 공간에 대한 여러 가지 이야기가 등장한다. 그중에서 나는 잠깐이라도 하늘을 보고 자연과 소통할 수 있는 공간이 학교에 있어야 한다는 주장에 전적으로 동의한다. 그러나 대부분의 학교는 올곧게 네모 반듯한 모양을 하고 있다. 다행히도 최근에 지어지는 신설 학교들은 이러한 문제를 인식하고, '공간'에 대한 고민을 담으려 노력하고 있다는 점에서 희망적이다.

2021년 3월에 개교한 우리 학교에는 기존 학교에서는 볼 수 없던 '테라스'라는 공간이 두 곳이나 있다. 하나는 유치원 옥상에 해당하는 부분으로, 본관 2층에서 바로 문을 열고 나가면 테라스처럼 조성된 공간이다. 또 다른 하나는 학교 중앙 정원을 바라보는 길쭉한 모양의 테라스로, 2층 1학년 연구실 안쪽 문을 통해서만 나갈 수 있다.

하지만 두 번째 중앙 정원 쪽 테라스는 용도가 명확하지 않은 데다 하루종일 햇빛이 들지 않는 응달진 공간이다. 게다가 연구실 안쪽 문을 통해서만 나갈 수 있어 1학년 선생님들만 이용할 수 있다. 하지만 그분들조차 그늘지고 마땅히 쓸 곳이 없는 이 테라스를 1년에 한두 번 나가본 것이 전부라고 말씀하셨다.

그나마 내가 생각하는 테라스의 역할을 해 줄 수 있는 곳은 2층 유치원 옥상 테라스였다. 이곳은 유치원 옥상이라 꽤 넓고, 아이들이 하교하기 전까지 햇빛이 잘 드는 공간이었다. 학교 건물의 끝자락에 있어 앞을 가로막는 것이 없고, 하늘이 탁 트여 개방감이 뛰어났다. 또한, 벽도 어른 가슴 정도 높이라 아이들 안전에도 문제가 없어 보였다.

개교 전 학교를 방문했을 때 이 테라스를 본 순간, 나는 아이들과 함께 텃밭을 조성하는 모습을 그려보았다. 아이들이 실내화를 신고 테라스를 오가는 모습, 햇볕을 쬐고 친구들과 이야기를 나누는 모습, 그리고 텃밭 작물을 키우고 관찰하는 모습이 머릿속에 떠올랐다. 우리 아이들에게도 교도소처럼 답답한 공간이 아닌, 도시 속에서 하늘을 보며 자연과 맞닿을 수 있는 공간을 주고 싶었다. 신설 학교이기에 이런 공간을 활용할 수 있다는 것이 얼마나 다행인가! 이 공간을 내버려두는 것은 마음의 짐이 될 것 같았다. 그래서 반드시 테라스를 활용하리라 다짐했다.

2022년에 민석샘과 함께 5학년을 맡게 되면서, 코로나19 팬데믹이 어느 정도 안정되어 아이들이 본격적으로 등교하게 되었다. 그때 나는 개교 당시 꿈꾸던 테라스 텃밭을 꼭 실행하겠다고 굳게 마음먹었다. 끌어올 수 있는 예산을 최대한 모아 보았지만, 갓 개교한 학교의 특성상 필요한 곳이 많아 텃밭을 위한 예산은 넉넉하지 않았다. 화분 몇 개와 흙, 모종을 사기에도 빠듯한 상황이었다.

그런데도, 전생에 장군이었나 싶을 정도로 한 번 마음먹은 일은 물러서지 않는 나는 일단 화분부터 샀다. 커다란 텃밭 상자를 제작할 예산은 부족해 가정용 테라스 화분 몇 개를 겨우 구매할 수 있었다. 심지어 화분 조립도 직접 해야 했다. 어차피 이렇게 된 거, 텃밭 조성 자체를 아이들의 프로젝트로 구성하기로 했다. 교육과정에도 반영하고, 실과, 미술, 국어 등 여러 교과와 연계해 재구성했다.

민석샘과 나는 1층에 배달된 화분조립 키트와 흙을 끌차에 싣고, 몇 번에 걸쳐 2층 테라스 앞 빈 교실로 옮겼다. 이만한 노동은 없을 것이다. 학년에 두 개 학급밖에 없으니, 모든 일은 나와 민석샘 단둘이 해야 했다. 다학급 동학년의 북적이는 지원이 부러웠다. 물론, 도와달라고 하면 달려와 줄 선생님들은 많았지만, 이 엉뚱한 일에 그들을 끌어들이고 싶지 않았다.

도전적인 선생님들을 닮아 아이들도 적극적으로 변해갔다. 테라스 옆 큰 교실에 5학년 두 학급 아이가 삼삼오오 모여 앉았다. 책상도 의자도 없는 빈 교실에서 아이들은 바닥에 쪼그리고 앉았다. 나와 민석샘은 화분조립 키트 포장을 뜯어 아이들에게 나누어 주었다. 그러자 아이들은 모둠별로 머리를 맞대고 어떻게 조립할지 열띤 토의를 하기 시작했다. 사실 나와 민석샘도 화분조립 방법을 잘 알지 못했다. 결국, 우리도 아이들처럼 바닥에 앉아 조립 방법을 연구하며 같은 처지가 되었다.

그런데 놀라운 사실은 우리보다 아이들이 화분을 더 빠르고 정확하게 조립했다는 것이었다. 심지어 생각지도 못한 방법을 찾아내어 부속품을 잘 활용하기도 했다. 평소 수업에 집중하지 않던 아이들조차 여기에서는 모두 초집중 상태가 되었다. 아이들은 옆 모둠이 만든 화분과 자신들의 화분을 비교하며 무엇이 다른지 이야기했다. 나는 처음에는 의도하지 않았지만, 여기서 새로운 교육의 의미를 발견하게 되었다.

'그래. 내가 우리 아이들을 너무 못 믿었을지도 몰라. 항상 방법을 다 설명해 주고 그대로 잘하기를 기대했지, 이 아이들이 스스로 생각하고 고민할 기회를 주지 않았던 건 아닐까?'

예산의 문제가 아니었다. 만약 예산이 넉넉해 멋진 텃밭 상자를 제작해 놓았다면, 오늘처럼 배움의 장이 열리지는 않았을 것이다.

화분을 조립했을 뿐인데, 아이들이 하교한 후 민석샘과 나는 뒷정리를 하느라 퇴근 시간이 훌쩍 넘었다. 신규 교사와 우아하게 책상에 앉아 담소를 나누어야 할 내가, 마치 〈체험 삶의 현장〉처럼 신체 노동을 시킨 것이 미안하기도 했다. 하지만, 이것도 교사 삶의 일부라 생각하며, 민석샘도 깨달은 바가 있으리라 합리화해 보았다.

빈 화분들이 테라스에 널려 있었다. 오후가 되면 민석샘과 나는 테라스에 나와 텃밭 프로젝트를 의논했다. 아이들이 테라스 텃밭에 애정과 관심을 두게 하려고 '테라스 텃밭 디자인'을 미술 교과와 재구성해 진행했다. 미리 사 둔 모둠 돗자리를 들고 아이들과 함께 테라스로 나갔다.

아이들은 햇살이 따스하게 비치는 테라스 바닥에 돗자리를 펴고 뒹굴었다. 그러면서 화분을 이리저리 옮기며 텃밭을 어떻게 꾸밀지 디자인하고, 구상한 이유도 설명했다. 아이들이 그린 텃밭 속에는 벌써 방울토마토가 열리고, 상추가 풍성하게 자라고 있었다. 옆 아파트에서 이 광경을 내려다보는 이들이라면 아마도 '저 아이들은 수업 시간에 저기서 뭘 하는 거지?' 하고 의아해했을 것이다. 아이들이 그린 텃밭 디자인은 5학년 복도의 공동 전시 공간에 전시했다. 이렇게 다른 친구들의 디자인을 오가며 공유할 수 있게 했다.

화분에 흙을 담을 날이 다가왔다. 전날 민석샘과 나는 화분에 흙이 얼마나 들어갈지 미리 채워 보았다. 흙은 생각보다 많이 들어갔고, 무게도 꽤 나갔다. '아이들이 무거운 흙을 화분에 잘 담을 수 있을까?' 걱정이 앞섰지만, 이제는 아이들을 믿어보기로 했다. 우리 아이들은 분명 해낼 수 있을 것으로 생각했다. 예상대로 아이들은 기대 이상이었다. 우리는 흙을 담다가 흘리기 쉬울 거라 걱정했지만, 아이들은 흙 포대의 무게를 잘 조절하며 다른 곳으로 쏟아지지 않게 화분에 깔끔하게 담았다. 협동의 미덕으로 해낸 것이다.

아이들의 실습이 끝나면 어김없이 뒷정리는 우리 몫이었다. 민석샘과 나는 주변에 흩어진 흙을 정리하고, 무거워진 화분들을 정렬하며 배치했다. 그런데 흙이 들어가니 조립한 화분이 내려앉는 부분이 생겼다. 민석샘은 가까운 2학년의 규진샘에게 달려가 나무 블록을 구해 왔다. 내려앉는 부분에 블록으로 보조 받침을 해 주자, 화분이 훨씬 안정되게 자리했다.

아이들과 함께 무슨 작물을 심을지 의견을 모았고, 조건이 허락하는 한 아이들이 원하는 작물의 모종을 구했다. 우리는 상추, 고추, 방울토마토, 애플민트 등을 심었다. 애플수박을 키워 보고 싶다는 아이들의 요청에 따라 1층 공용 텃밭 한쪽에 애플수박 모종도 심었다. 아이들은 틈이 날 때마다 테라스 텃밭에 물을 주고, 자라나는 모습을 관찰했다. 그러나 예상치 못한 위기가 찾아왔다. 모종들이 시들해지고, 예상만큼 잘 자라지 않았다. 민석샘과 나는 대책 회의를 열었다.

"이거 왜 이렇게 안 자라는 거야? 상추가 너무 작고 힘도 없어서 큰일인데….”

“화분이 너무 작은 걸까요? 처음부터 모종이 좀 시들해 보이기도 했고요.”

“아이들은 방울토마토가 열리고, 상추를 수확할 기대에 부풀어 있을 텐데 어떡하지?”

내 걱정 가득한 표정을 보던 민석샘이 뭔가 묘책이 떠오른 듯 머뭇거리며 말을 꺼냈다.

“제가 내일 시장에 가서 더 튼튼하게 자란 모종을 사다가 다시 심어 놓을까요?”

“애들이 이상하게 생각할 텐데…. 그래도 죽어가는 작물보다는 수확물이 있는 게 좋겠지?”

이렇게 테라스 텃밭을 살리기 위한 비밀 계략이 완성되었다.

그래도 꼬마 농부들의 진심을 저버려서는 안 될 것 같아, 작물이 잘 자라지 않는 원인을 분석하도록 했다. 아이들은 모둠별로 원인을 조사하고 보고서를 작성해 발표했다. 아이들의 분석은 다양하고 창의적이었다. 화분이 테라스 벽 쪽에 너무 붙어 있어서 벽의 열을 많이 받았다, 1반과 2반이 약속 없이 물을 주다 보니 물을 너무 많이 준 탓이다, 심지어 우리의 사랑이 부족했다는 서정적인 이유도 나왔다. 이렇게 중간 점검과 분석을 거쳤으니, 이제 모종을 교체해도 아이들에게 덜 미안할 수 있을 것 같았다.

다음 날 민석샘은 자신의 사비로 집 근처 시장에서 튼실한 모종을 종류별로 사 왔다. 주변 어느 신도시 학교에서도 이렇게 모종 한 보따리를 들고 출근하는 신규 교사는 없었을 것이다. 흙과 모종을 실어 나르게 한 선배 교사는 반성하시라. 하지만 민석쌤은 불평 한마디 없이, 오히려 스스로 해결책을 세우고 실행에 옮겨 주었다. 그의 그런 모습이 정말 고마웠다. 그렇게 우리는 아이들이 하교한 오후에 죽어가는 작물들을 뽑아내며 처음부터 농사를 다시 지었다. 아이들이 잘 자라라며 속삭이던 모습을 떠올리며 시든 모종을 정리하는 동안, '처음부터 더 잘 준비해서 심었더라면 좋았을 텐데….' 하는 아쉬움이 들었다.

과정은 다사다난했지만, 자연은 결국 좋은 결실로 보답했다. 아이들은 방울토마토를 직접 따 먹고, 상추와 고추도 수확하며 함께 키운 작물들을 만끽했다. 물론 대단한 수확은 아니었지만, 화분조립부터 흙 채우기, 작물 재배, 실패의 경험을 거쳐 결과물을 맛보는 순간까지의 전 과정을 오롯이 아이들이 경험한 것이 이 테라스 텃밭 프로젝트의 가장 큰 의미라고 생각했다.

늘 이런 식이었다. 엉뚱한 열정을 가진 선배 교사 덕분에 신규 교사인 민석쌤은 테라스 텃밭 프로젝트처럼 스스로 생각할 틈도 없이 여러 프로젝트를 공동의 운명체처럼 함께해야 했다. 중간중간 나 혼자 달리고 있다는 느낌이 들 때도 있었지만, 억지로 민석쌤을 끌고 가려고 하지는 않았다.

민석쌤도 한 반을 책임지는 담임 교사로서 그가 하고 싶은 자신만의 교육활동이 있을 것이다. 교사는 각자 자신의 교육 철학을 바탕으로 교육 방법을 찾고 실천해야 한다. 나는 첫 교직 생활을 하는 민석쌤에게, 그가 생각한 것들을 주저하지 말고 도전해 보길 바랐다. 그래서 다소 힘들고 귀찮더라도, 의미를 찾을 수 있는 활동을 민석쌤과 함께 해보고 싶었다.

사실 농사는 싫었어요

친할아버지께서는 농부시다. 탄광에서 30년 일한 광부셨는데 봉급을 모아 땅을 꾸준히 사셨다. 은퇴 후 여든이 넘으신 지금까지 경작하고 계신다. 오래전부터 쉬시라 권했지만 이미 일을 끊을 수 없는 몸이신 듯하다.

농사는 일손이 많이 필요하다. 엄마, 아빠도 일을 거들고자 했고 나도 덩달아 할머니 댁에 많이 갔다. 그곳은 경상북도 문경이다. 수확 철 할머니 댁 마당에는 쌀가마니가 집 지붕 높이만큼 쌓였다. 나와 사촌은 빵빵한 쌀 포대들을 사다리처럼 타고 올라가 꼭대기 위에서 놀곤 했다.

대형 건조기에는 홍고추가 가득 깔렸다. 아랫방 옆 창고 건물의 처마 끝마다 흰 실로 묶여 매달린 주름진 감들을, 아빠는 옆을 지나갈 때마다 하나씩 떼먹었다. 엄마는 그 모습을 볼 때마다 놔두질 못한다며 나무랐다. 아랫방 건너편 콘크리트 축대 위에는 들쑥날쑥한 크기의 장독이 수십 개 놓였다. 그 옆 고무호스가 끼워진 작은 수도에서는 계곡에서 막 퍼온 듯한 얼음장 같은 물줄기가 여름에도 세차게 뿜어졌다.

　농사를 도운 기억이 있다. 고추를 심고 따는 일이었는데 상당히 번거로
웠다. 세 마지기가 약간 안 되는 땅에 고추를 심었다. 한눈에 보이는 넓이
라서 '금방 끝나겠다.'라는 생각을 처음에는 했다. 한 이랑만큼의 작업을
호기롭게 끝낸 후 허리를 폈다. 내가 고추를 심는 와중 경운기는 고추 모
종이 담긴 모종판을 밭으로 끝없이 옮겼다. 차를 타고 무심히 지나갈 때는
별생각 없이 보았던 우리나라의 멀끔한 농지들을 일하며 떠올렸다. 그곳
에 얼마나 많은 땀방울이 떨어졌을까.

　고추는 따는 일이 더 고역이다. 고추풀 한 포기에는 생각보다 많은 고추
가 달린다. 발목 위에서부터 허리높이 정도에 달린 작물을 꼼꼼히 따야 한
다. 익은 고추와 덜 익은 고추를 구별하여 부러지지 않게 따야 한다. 애매
한 높이 때문에 쪼그려 앉거나 허리를 숙여 일해야 한다. 한참을 따다 보
면 뙤약볕이 쏟아진다. 온몸을 두른 천이 햇빛을 막는 데는 효과가 있겠지
만 모기를 쫓지는 못한다. 하기 싫다는 생각이 들 때마다 조부모께서 들이
셨을 수개월의 정성을 떠올린다. 매진하다 보면 한 포대, 두 포대씩 채울
수 있다.

　인부들이 일하는 도중 막걸리 마시는 것을 어릴 때 본 적이 있었는데 이
제는 내가 그런다. 술은 큰 열량을 만들며 판단을 흐리게 하여 고통을 잊
게 한다. 어쨌든 하루를 꼬박 일하면 끝은 난다. 물론 그날 할 일이 끝날

뿐이다. 며칠이 지나면 따지 않고 남겨둔 고추들이 익는다. 시지프 신화 속 이야기처럼 같은 일이 반복된다. 그래도 신의 형벌에 비해 삶의 고통은 너그러운 듯하다. 포기하지 않는다면 언젠가는 끝난다.

화분에 가득 부은 흙을 맨손으로 다지며 시골에서의 추억들을 어루만졌다. 박세은 선생님께서는 개학 전 2월부터 학교 2층 테라스에 화분을 놓아 식물을 심고자 하셨다. 학생들에게 상추, 고추, 쪽파 등을 심게 하겠다고 하셨다. 2년 차 교사였던 나는 '그런가 보다.'라고 할 따름, 토를 달지는 않았다. 정직히 이야기하면 사실 텃밭은 가꾸고 싶지 않았다. 식물을 가꾼다는 것이 정성을 다해 꾸준한 관심을 들여야 하는 일임을 알았다. 전적으로 학생들에게 일임할 수 없는 일이라 생각했다. 결국 방치되거나 본래의 교육적 목적을 잃고 교사의 노동으로 변질될 것 같았다.

조립식 화분과 흙을 주문했다. 고추, 상추, 쪽파 모종도 학교로 왔다. 구매한 화분이 값비싼 물건은 아니었기에 플라스틱 부품들의 마감 상태가 썩 좋지는 않았다. 그래도 크기나 내구성을 생각하면 가성비가 좋았다. 완성된 모습이 그려진 종이 한 장이 유일한 설명서였다. 용하게도 학생들은 그것만으로 화분을 완성했다. 초등학교 5학년 학생들은 머리를 맞대어 기대 이상의 성과를 내주었다.

테라스의 각 벽면에 화분을 어떻게 배치할지 의논했다. 학생들은 잘 가꾸어진 이상적인 테라스 모습을 상상해 그려보기도 했다. 모두의 의견을 종합해 화분을 배치했고 흙을 담았다. 각각의 화분마다 한 종류씩의 작물을 심었다. 한 명당 한 포기씩 심었다. 멋모르고 뛰어다니는 남학생들도 차분하게 여린 생명을 받든 뒤 살포시 흙에 놓았다.

바닥에 흩뿌려진 흙들을 정리한 후 물뿌리개에 물을 떠 올 때 아이들은 이미 유희에 빠져 있었다. 더위를 피해 건물로 들어와 테라스 입구 바로 옆 빈 교실에서 보드게임을 하는 아이들이 있는가 하면 서 있기만 해도 땀이 맺히는 햇빛 아래 소리를 지르며 술래잡기하는 아이들도 있었다. 교육 활동을 마무리 지을 즈음, 반 구성원 중 가장 바쁘고 정신없는 사람은 보통 그 반 교사다.

학생들과 종종 테라스에 가서 크는 둥 마는 둥 한 풀들을 구경했다. 협력적인 학생들은 물뿌리개에 물을 가득 담아왔다. 그 와중에 지칠 줄 모르는 아이들은 30초 정도 자신들이 심은 작물들을 쳐다본 후 뛰어다니기에 바빴다.

화분을 꾸민 후 처음 한 달 동안은 주에 한 번씩 테라스에 갔다. 그러나 그 후로 반 구성원 모두가 함께 간 적은 없었다. 오후 시간 박세은 선생님과 물 주러 간 적만이 있다. 갈 때마다 지지대를 놓는다든지 흙 무게를 못이겨 휘어진 화분 밑에 쌓기나무를 쌓는다든지 하는 일은 생겼다. 작물을 화분에 심은 후 두 달이 넘기 전, 나는 이상함을 느꼈다. 박세은 선생님께서도 의문이 드셨나 보다.

"그런데 말이야, 테라스 요새 가?"

"선생님하고 가는 시간 말고는 잘 안 가는 것 같은데요."

"테라스에 심은 것들 잘 안 자라는 것 같지 않아? 이상한데."

"그래요? 화분이 작아서 그런가. 마지막으로 간 게 언제죠?"

테라스에 함께 내려갔고 가히 충격적이었다. 나의 무관심으로 화분은 '정성스럽게 만든 관'이 되어 있었다. 날벌레들은 그 관을 장식했다. 고추는 조금 자라다가 잎이 메말랐다. 부침개를 부치다가 타버린 듯한 쪽파가 누워 있었고 기가 죽은 듯한 표정의 상추는 한 달간 역성장했다. 정신이 확 들었다. 너무 방치하였다는 생각이 들었다. 제안한 박세은 선생님께 예의가 아니었다.

"이거 어쩌죠. 이대로 놔두기는 화분이 아까운데. 제가 어디서 모종이라도 구해와 볼까요?"

"그래볼래? 이번에는 좀 자란 모종을 사와 봐. 그런데 이거 어떡하지. 흉하네."

"일단 뽑죠."

학교 주위에는 모종을 파는 상점이 없었다. 모종을 구하러 다음 날 오후 오산에 갔다. 고추, 파프리카, 상추, 방울토마토 모종을 샀다. 파프리카와 토마토 모종에는 호두과자 크기의 실한 열매가 이미 달려 있었다. 검은 비닐봉지에 다 담기지 않을 정도로 잘 자란 모종들을 보며 테라스의 꺼져가는 생명들을 떠올렸다. '이번에는 잘 키워 보겠다.'라는 의지가 솟았다.

유튜브를 통해 이름 모를 아저씨의 취미 브이로그를 참고했다. 그를 통해 화분에 비료를 뿌려야 함을 배웠다. 화학비료가 마침 학교에 있었다. 새로 모종을 심기 전 화분을 재정비하며 비료를 섞었다.

"이번 애들은 딱 보기에도 튼튼하네. 어머, 여기 열매가 이미 있어. 내일 반 애들 보여줘야겠다. 무슨 일이 있었는지 모르겠지."

"때로는 동심도 돈을 주고 사는 거죠."

비료가 과학기술의 산물임은 확실했다. 하루가 다르게 식물들이 자라났다. 매주 월, 수, 금 오후 3시경 알람을 맞추어 놓았다. 경건한 마음으로 테라스로 내려가 물을 줬다. 물을 주며 꼼꼼하게 상태를 살폈다. 관심을 주니 실하게 컸다.

2월 교육과정 수립 기간 박세은 선생님께서 세우신 계획이 완수되기 직전이었다.

"아이들 입에 넣어주는 거지. 햇반 가져와서 전자레인지 돌리고 스팸 썰어서 굽고 쌈장 좀 넣고 직접 키운 채소들 올리고!"

"예, 그런데 60명 입에 들어갈 만큼 양이 나올까요?"

"되지 않을까? 없으면 없는 대로 먹는 거지."

충분하였다. 어느 여름날의 1교시 아이들은 입을 오물거렸다. 지금 같으면 일을 분담할 것인데 나는 눈치 없는 교사였다. 박세은 선생님께서는 스팸, 햇반, 인덕션, 일회용품까지 모든 걸 다 준비해 오셨다.

학년 연구실에서 박세은 선생님께서는 스팸을 계속 구우셨다. 나는 햇

반과 스팸을 각 반으로 날랐다. 입에 벌레 넣어달라는 어린 새처럼 학생들은 재잘거렸다. 사용한 일회용품들을 종량제 봉투에 훌훌 넣는 것으로 '테라스 텃밭 프로젝트'는 일단락되었다.

여름 방학 전 회식 자리에서 텃밭에 관한 이야기가 오갔다. 박세은 선생님과 동년의 남자 선생님께서 의견을 나누셨는데 설전에 가까웠다.

"넌 그게 정말로 의미가 깊다고 생각하는 거야?"

"아이들이 얼마나 좋아했는데."

"그런데 좀 비효율적이지 않아? 투자된 노력과 자원에 비해 얻는 효과가 미비해."

"같이 식물 심었던 경험이 얼마나 좋았는데."

"풀 심고 하면 좋지. 맞아. 그런데 그렇게 일을 펼칠 만큼 큰 의미가 있냐는 거야. 그런 일 말고도 해야 할 일은 많아."

"의미 있었어. 분명히 아이들은 좋아했어. 나도 좋았고."

"그래. 비꼬듯 이야기한 것 같아 미안해. 딱히 기분 나쁘게 할 의도는 아니었고 어떤 생각을 하는지 듣고 싶었어. 기분 나빴다면 미안해."

실제 대화는 더 길었다. 평행선을 달리는 대화였다. 교점이 없었다. 그 남자 선생님께서는 학생들에게 부드럽게 대하기로 소문나신 분이셨다. 능숙한 교사셨고 주관이 뚜렷하셨다. '텃밭 활동 비효율적이다.'라는 의중을 전하기 위해 박세은 선생님께 말을 꺼내셨을 것이다. 사실 내 의견도 그랬다. 그날 박세은 선생님께서는 '비효율적'이라는 관점에 대한 직접적인 답을 피하셨다.

개인적 견해인데 학생들은 해당 프로젝트에 크게 관심이 없었다고 생각한다. 방과 후 테라스에 갔다는 이야기를 들은 적이 없다. 화분에 쏟은 것에 비해 얻은 교육적 효과가 크지 않았다고 생각했다. 그날 유심히 대화를 듣되 아무런 말도 하지 않았다. 박세은 선생님 편을 들어 주고 싶지 않았다. 나는 테라스의 화분들을 열심히 가꾸었으며 꾸준한 관심에 대한 결실도 수확했다. 만들고 가꾸는 일을 좋아하는 나에게 텃밭에서의 시간은 즐거웠다. 그러나 취미활동이 아닌 교육활동으로 우리의 '텃밭 프로젝트'를 바라볼 때, 나는 교사로서 객관적인 평을 해야 한다.

3년이 지난 지금도 그때 했던 교육활동은 비효율적이었다고 생각한다. 그러나 활동이 생산적이지 못했던 까닭이 작물을 키우는 생태교육이 원래 그렇기 때문은 아님을 지금은 인정한다. '원래 그런 것'은 없는 듯하다.

모든 대상에는 여러 면모가 공존한다. 모든 대상에게는 별로인 면모도 있고 매력적인 면모도 있다. 무언가가 좋게 보이면 내가 그것에 좋은 의미를 담은 것이다. 나쁘게 보인다면 내가 아직 좋은 면모를 발견하지 못한 것일 수 있다.

마음씨 좋은 사람은 대상의 별로인 면모를 접하더라도 '내가 지금 거친 면을 만지고 있구나.'라고 생각하며 이내 매력적인 면모를 찾아 어루만진다. 성격이 급한 사람은 대상에서 취향 아닌 면모를 마주할 때 '이건 별로야!'라고 평한 후 내팽개친다.

물론 모든 대상에게서 좋은 면을 찾는 일이 쉽지는 않다. 그러나 사랑을 품고 요리조리 살펴보면 대상의 매력은 멀지 않은 곳에서 발견된다. 얄미운 아이에게서 귀여움을 발견하기 위한 서글픈 노력을 하며 이런 관점이 생겼다.

텃밭 활동을 지지부진하게 한 장본인은 내 무관심이었다. 텃밭 활동을 긍정적으로 바라보려는 노력이 없었다. 텃밭에서 함께 좋은 의미를 만들어 보고자 하는 의지가 나에게는 없었다. 반면 박세은 선생님께서는 계획 때부터 이상향을 그리셨다. 텃밭을 바라보던 관점 자체가 서로 달랐다. 내가 '텃밭 활동 같은 것은 별로다.'라는 편견에 빠져 있던 반면 박세은 선생님께서는 아이들의 웃음을 눈에 담으셨다.

회식 자리에서 남자 선생님께서 이야기하셨던 바의 요지를 이해하지 못할 박세은 선생님이 아니셨다. 대화에 교점이 없었던 이유는 서로 교육이라는 대상을 바라보는 방향이 달랐기 때문이다. 그날의 회식 자리로 돌아간다면 나는 침묵하지 않을 것이다.

'이번 일에 효율성이 고려되면 좋았겠죠. 그렇지만 새로운 시도 속에서 모든 걸 다 고려하기는 어렵더라고요. 도전하는 과정에서 능숙함보다 더 중요한 것은 정성을 들이는 자세라 생각해요. 박세은 선생님은 학생들에게 좋은 추억이 될 것이라는 좋은 마음으로 텃밭을 계획하셨어요. 저는 그 모습을 옆에서 두 달 넘게 봐왔어요. 테라스에는 정성이 심겨 있어요. 그런데 선생님, 어떻게 이 활동을 보완해야 더 의미 깊은 생태교육이 될 수 있을까요?'

　신규 교사 시절 고경력 선생님들이 주도하는 교육활동에 거의 다 참여했다. "김민석 선생님, 같이 하실 거죠?"라며 제안해 오신 일들을 거절할 수 없었다. 막상 해보니 괜찮았던 것도 있었고 끝까지 하기 싫었던 것도 있었다. 그 모든 활동을 하며 알게 된 점은 교사가 정붙이지 않는 교육활동을 학생들이 재밌어하는 경우가 드물다는 것이다. 교사가 가르치는 내용을 사랑하지 않으면 학생도 관심을 저버린다. 교사가 가르치는 내용에 관심 가지지 않으면 교육활동의 의미는 퇴색된다. 그렇기에 동료 교사의 제안이 마음에 들지 않는다면 건설적인 논의를 통해 보완해야 한다. 혹은 아이들과 함께할 교육활동이 자신의 마음에 들도록 다듬어야 한다.

　교사마다 교육적 취향은 다르다. A 교사에게는 뜻깊은 교육활동이 B 교사에게는 실없을 수 있다. 처음부터 모두의 입맛을 맞추기는 불가능하다. 그러나 음식의 간은 처음부터 돼 있지 않다. 많은 일들은 결국 '맞춰나가는 것'이다.

　교육활동에 각 교사의 의견을 반영할 충분한 기회가 분명히 있다. 대화를 거치며 정반합이 이루어질 때 교육활동은 발전한다. "하긴 해야 하는데 별로네. 대충해야지." 하는 무책임은 별로다. 어떤 일을 하든 무엇을 하는지보다 어떤 태도로 하는지가 더 중하다.

이 글을 쓰며 2년 만에 학교 테라스에 가봤다. 텅 비어 있는 모습을 보며 아름답게 가꾸고 싶다는 욕심이 들었다. 이렇게 나도, 무언가를 시작하려나 보다.

5.

선생님들의
여름 방학

꼰대

"MZ들과 놀러 와서 기분 진짜 좋았는데,
왜 저를 교감 선생님으로 보는 것입니까?"

MZ

"교감 선생님 화나셨다!"

♥

MZ야 모여라, 여행 가자!

백지와 같은 신설 학교에 담고 싶었던 꿈 중 하나는 '사람 사는 맛'이 나는 학교를 만드는 것이었다. 학교는 공과 사를 잘 구분하고 서로의 거리를 적당히 유지해야 하는 직장이지만, 내 경험으로 볼 때, 딱딱한 분위기보다는 가족과 같은 친근한 분위기일 때 교육활동의 효과도 좋고 교직 만족도도 높았다. 그래서 새로운 학교에서는 동료 교사들과 정을 나누고 신뢰를 쌓는 분위기를 만들고 싶었다. 우리 학교는 개교한 지 얼마 되지 않아 교원 수도 20명 정도라 친밀한 분위기의 학교를 만들기에 최적이라고 생각했다.

특히, 젊은 교사들과 거리감을 두지 않고 함께 할 수 있는 활동이 무엇일지 고민했다. 그러다 내가 직접 MZ가 되어 재미있는 활동을 도모해 보자는 결심을 했다. 물론 공식적으로 나는 MZ가 될 수 없다. MZ는 1980년대에 태어난 M세대와 1990년대에 태어난 Z세대를 함께 지칭하는 용어이기 때문이다. 나는 1970년대생이니 명백히 MZ는 아니다. 원래 미인은 자신이 미인이라고 떠들지 않고, 똑똑한 사람도 스스로 똑똑하다고 말하지 않듯이, MZ도 굳이 자신이 MZ라고 내세우지 않는다.

하지만 나는 그들과 함께하고 싶은 마음에 주변의 부정적인 반응에도 불구하고 '마음만은 MZ다!'라고 외치며 우리 학교 MZ 모임을 결성했다. 원래는 들어갈 수 없는 모임이니 내가 직접 창단해 버린 것이다. 물론 세대 구분을 우려하는 이들도 있었지만, 학교의 많은 교원이 MZ에 속하는 만큼 그들과 어울릴 수 있는 하나의 방법이었다고 생각한다.

MZ 모임은 힘들 때쯤 자연스럽게 비공식 회식을 열곤 했다. 직장 동료들과의 모임이니 회식이라는 표현이 적절하겠지만, 사적인 성격도 있었기에 '비공식'이라는 수식어를 덧붙여본다. 우리는 주변 맛집을 찾아다니며 밥을 먹고 차도 마셨으며, 무더운 여름에는 치맥 모임을 하기도 했다. 새 학기가 되어 우리 학교에 새로 온 선생님들도 MZ 모임에 초대해 즐겁게 지내곤 했다. 덕분에 다음 날 학교에서 만나면 더 반갑고 편하게 인사를 나눌 수 있었다. 각자 맡은 업무를 추진할 때도 MZ 모임 덕분에 서로를 더 잘 이해하게 되어 적극적으로 협조할 수 있었다. 학교에서는 보지 못했던 동료 교사의 매력을 발견하거나, 학교라는 공식적인 자리에서는 꺼내기 어려웠던 이야기들도 비공식 모임에서는 편하게 나눌 수 있었다.

인간은 소속의 욕구가 있지 않은가! 학교에 적응하기 힘들고 마음을 붙이기 어려울 때 이런 소속감을 충족해 주는 통로를 만드는 것도 꽤 중요하다고 생각한다. 물론, 이 통로가 선한 영향력과 긍정적인 효과를 가져와야만

하며, 만약 그 반대의 역할을 하게 된다면 즉시 해체하는 것이 마땅하다.

우리의 MZ 모임은 서로에게 좋은 영향을 주었다고 생각한다. MZ 모임 덕분에 서먹할 수 있었던 신설 학교에서 신규 교사들이 친구처럼 어울릴 수 있는 계기가 마련되었다. 또한, 눈치 없이 마음만 앞세워서 모임을 창단한 70년대생 열정 교사는 선배 교사들과 후배 교사들을 잇는 다리 역할을 했다.

2022년 여름 방학을 맞아 MZ 모임에서도 여행 계획을 세웠다. 더운 여름에 어디로 가면 시원할지 고민하다가, 나는 무주를 추천했다. 대형 리조트에서 2박 3일을 계획했는데, 민석샘의 아버지께서 회사회원권 찬스로 숙박을 해결해 주셨다. 다 커버린 아들이지만 첫 사회생활을 함께 하는 동료들과 잘 어울리길 바라는 부모님의 마음이 느껴졌다. 자식이 몇 살이든 부모의 마음은 늘 자녀를 걱정하고 돌보는 법이 아니겠는가.

하지만 개인적인 사정으로 규진샘과 혜진샘은 함께하지 못하게 되었다. 규진샘은 아이들이 너무 어려 시간을 내기 어려웠고, 혜진샘은 쌍둥이 임신 중이라 태교에 전념해야 했다. 결국 이번 여행은 민석샘(25세), 예은샘(27세), 재영샘(28세), 그리고 나(46세), 이렇게 넷이 떠나게 되었다. 깜짝 놀라지 마시라. 나이를 잘못 적은 게 아니다. 오히려 나이 덕분에 우리는 걱정 없이 떠날 수 있었다. 예은샘은 내가 동행했기 때문에 2박 3일 숙박이 가능했고, 젊은이들과 나의 20년 나이 차이 덕분에 남편도 잘 다녀오라며 흔쾌히 나를 보내줄 수 있었다. 그러나 이 여행의 구성원을 들은 주변 사람들은 이런 질문을 하곤 했다.

"거기에 네가 왜 끼어 있는 거야?"

"그 젊은 선생님들이 너랑 같이 가겠대?"

다시 한번 강조하지만, 이 모임은 내가 창단한 모임이다. 내가 사정해서 낀 것이 절대 아님을 분명히 밝히고 싶다. 웃지 마시라.

우리 여행의 출발일은 여름 방학식 날이었다. 방학을 맞아 환호성을 지르며 하교하는 아이들을 보내고, 나는 서둘러 교실을 정리하고 있었다.

"박부장님, 언제 출발하세요?"

체육부장님이 무슨 말씀을 하실 게 있는지 교실 뒷문으로 들어오셨다. 그분은 곧 교감 발령을 앞둔 최창조 부장님이시다. 이분은 2021년 1월, 나와 함께 우리 학교 개교 준비를 위해 일찍 발령받은 4명 중 한 분이기도 하다. '창조'라는 성함처럼, 첫 해 교무부장을 맡아 우리 학교의 출발을 이끌어주신 분이었다. 차분하고 친절한 성품 덕분에, 어려운 상황에서도 최부장님만 있으면 다 해결될 것 같은 믿음을 주는 분이다. 유머도 풍부해 나에게 항상 웃음을 선사해 주는 선배 교사이기도 하다.

'부장님께서 방학식 날, 왜 우리 교실까지 오셨을까?' 궁금해하던 찰나, 최부장님께서 하얀 봉투를 내미셨다.

"이게 뭐예요, 부장님?"

"조금밖에 안 되지만, 우리 신규 선생님들과 여행 가서 커피 한 잔씩 하라고."

"아이고, 부장님. 제가 우리 젊은이들 잘 챙겨서 사 먹일 테니 걱정하지 마세요. 이런 것까지 신경을 쓰셨어요?"

나는 몇 번 거절하려다, 결국 최부장님의 마음이 느껴져 봉투를 받았다.

"부장님, 함께 가는 선생님들께 부장님이 커피 쏘셨다고 말할게요. 맛있게 잘 마시겠습니다. 감사합니다."

"조심히 잘들 다녀와요. 박부장님, 참 고마워요."

서둘러서 인사를 마치고 나가시는 최부장님의 뒷모습을 보니 가슴이 뭉클했다. 내가 함께 여행하는 젊은 선생님들은 내 후배 교사다. 그리고 최부장님에게 나는 후배 교사다. 부장님께는 신규 교사들이 학교에 잘 적응하도록 돕고자 애쓰는 나의 모습이 보였던 것이다. 그리고 그런 나를 조용히 다독여 주고 싶은 마음으로 봉투를 건네셨던 게 아닐까?

나는 평소 마음속으로만 생각하고 말하지 않았었다. 교대를 막 졸업한 신규 교사들이 학교 현장에 던져지듯 들어올 때, 선배 교사로서 그들이 잘 적응하도록 돕는 것이 내 역할이라 생각했다. 그리고 그것이 나의 사명이라고 여겼다. 그런데 최부장님은 그런 나의 마음을 이미 꿰뚫고 계셨다. 내가 그저 젊은 선생님들과 놀러 가는 것이 아니라, 말없이 조금씩 선배 교사의 역할을 해내고 있는 모습을 지켜보고 계셨다. 아마 그런 나의 노력이 고마워서, 대선배로서 나를 응원하고 다독여 주고 싶으셨던 것 같다. 나도 이제야 깨달았다. 내가 후배들만 신경 쓰고 있었는데, 사실은 나에게도 나와 같은 길을 걸어온 선배 교사가 존재하고 있었음을 말이다. 그 사실이 참 든든하게 느껴졌다.

이 감동이 가시기도 전에, 주차장에 모인 우리 앞에 재영샘이 또 다른 봉투를 내밀었다.

"저희 학년 부장님이 잘 다녀오라고 주신 거예요. 이번에 제가 1정 연수를 받게 됐는데, 아무것도 못 해줬다고 하시면서 무주 가서 맛있는 거 사 먹으라고 주셨어요."

재영샘이 있는 4학년 부장님은 나보다 3년 선배이면서, 이전 학교에서는 우리 반 아이의 학부모이기도 했다. 몇 년 전에는 학부모와 담임 교사의 관계였던 우리가, 지금은 같은 학교에서 근무하는 동료 교사로 만나게 된 것이다. 이분은 늘 따뜻한 정이 넘치는 분이라, 재영샘이 1급 정교사 자격연수를 받게 된 것을 진심으로 축하하며 응원하고 싶으셨던 것 같다.

예전에는 후배 교사가 1정 연수를 받을 때 선배 교사들이 간식거리를 챙겨 연수원에 직접 가서 응원해 주기도 했다. 요즘은 그런 문화가 많이 사라졌지만, 4학년 부장님도 재영샘을 응원하고 싶은 마음을 담아 이번 여행에 격려의 선물을 주신 것이다. 혹시 재영샘이 이 마음을 충분히 느끼지 못할까 싶어, 나는 그 마음을 대신 전해주고자 부장님의 따뜻한 마음을 구구절절 설명해 주었다.

선배 교사들의 따뜻한 배웅과 함께 MZ 무주 여행이 시작되었다. 나는 아줌마 특유의 노파심으로 젊은이들에게 운전대를 맡기지 못하고 내 차로 이동하기로 했다. 아직 운전을 하지 않는 예은샘을 제외한 두 청년이 서로 자기도 운전을 잘한다며 큰소리쳤지만, 모두 운전 경력 20년 앞에서는 조용히 무릎을 꿇고 차에 올라탔다. 학교에서 출발하는 여행이 대체 얼마 만인가! 우리는 방학을 만끽하며 아이들보다 더 신난 표정으로 학교를 벗어났다.

2시간 30분 만에 숙소에 도착해 짐을 풀고, 주변 마트에 들러 젊은이들과 장을 보니 마치 대학교 MT를 온 기분이 들었다. 이 순간만큼은 내 친구들이 느끼지 못할 설렘을 느끼며, "바로 이 맛에 내가 끼어 있는 거라고!"라며 핀잔을 주던 친구들에게 외치고 싶었다. 두 손 가득 고기와 상추쌈 재료를 사 와 차려 놓고 기념사진도 찍었다. 여러 사정으로 이번 여행에 함께 하지 못한 다른 MZ 회원들에게 인증 사진을 보내자, 그들은 '즐겁게 놀다 오세요.', '다음에는 꼭 같이 가요.' 같은 아쉬움 가득한 메시지를 보내왔다. 누울 곳이 바로 옆이니 마음 편히 와인을 마시고 추억의 게임도 즐기며 그들과 제법 잘 어울린 밤이었다고 나는 생각한다.

여름은 여름이었다. 에어컨을 켜지 않으면 숨이 턱턱 막히는 날씨였다. 하지만 무주까지 왔는데 야외 활동을 하지 않을 수는 없었다. MZ들과 다니면 좋은 점 중 하나는, 말만 꺼내도 순식간에 검색하고 예약을 끝낸다는 것이다. 이 빠른 실행력 덕분에 우리는 ATV(4륜 바이크) 체험을 하게 되었다. 먼저 간단한 운전 안내와 안전교육을 받은 후 시범 주행을 시작했다. 두 청년과 나는 운전 경력이 있어 금방 ATV 조작에 익숙해졌지만, 예은샘은 아직 초보 운전자라 초반에는 가이드님과 함께 타야 했다.

개천가 넓은 공터에서 ATV를 타니 정말 신나고 재미있었다. '웅! 웅!' 하는 기계음과 함께 덜커덩거리며 울퉁불퉁한 길을 달리자 쌓여 있던 모든 스트레스가 날아가는 것 같았다. 그렇게 한참을 달리던 우리는 중간에 가이드님이 있는 곳에 모였다. 그런데 가이드님이 나를 보며 이렇게 물으시는 것이 아닌가.

"교감 선생님이세요?"

"예? 아닌데요." 하고 깜짝 놀라 쳐다봤다.

가이드님은 웃으며 말했다.

"아까 같이 타신 여자분에게 오늘 오신 분들이 어떤 구성인지 물어봤더니 학교에서 같이 근무한다고 해서 교감 선생님이신 줄 알았습니다."

신나던 기분이 순식간에 확 망쳤다. 조금 전까지 진짜 MZ가 된 것 같아 구름 위를 떠다니듯 마냥 좋아하고 있었다. 그런데 학교에서 같이 근무한다고 했을 뿐인데, 나를 왜 곧바로 교감 선생님으로 생각하는 것인가? 딱히 틀린 말은 아니지만, 서비스 차원에서 같이 근무하냐는 정도에서 끝났어야 하는 게 아니었을까? 그래도 교장 선생님이냐고 묻지 않은 것에 만족하며 기분을 달랬다.

여행의 마지막 야외 놀이 활동은 리조트 내 물썰매 타기였다. 엄마, 아빠 손을 잡고 온 아이들 사이에서 우리 철부지 성인 넷은 썰매를 들고 신나게 경쟁하듯 올라갔다. 누가 더 빨리 내려오나 시합을 벌였는데, 이 순간만큼은 교사의 '품위 유지 의무'가 걸릴 듯 말 듯했다. 우리는 물을 더 뿌려달라며 운영하시는 아저씨한테 떼를 쓰고, 아저씨가 하지 말라고 한 그곳에서 세수하거나, 물썰매 시합에서 이겼다고 서로에게 물을 마구 뿌려 댔다. 아무도 우리가 교사라는 사실을 모른다는 게 천만다행이었다.

이렇게 신나게 놀고 나니 무엇을 먹어도 맛있을 것 같았지만, 우리는 절대 맛집을 놓치지 않았다. 가마솥 뚜껑에 장작불로 닭볶음을 해 주는 맛집을 찾았다. 평소 입이 짧던 예은샘이 이렇게 많이 먹는 건 처음 보았다. 우리는 머리를 맞대고 '맛있다!'를 몇 번이고 외치며 커다란 닭볶음탕을 뚝딱 해치우고, 마지막에는 볶음밥으로 깔끔하게 마무리했다.

'식구'란 '한집에서 함께 살면서 끼니를 같이 하는 사람'을 뜻한다. 이 모습이야말로 진정한 식구의 모습이 아니겠는가! 식구가 된 듯한 느낌으로, 우리는 다음 날 곤돌라를 타고 설천봉 등반까지 무사히 마치고 돌아왔다.

이번 여행은 선배님들의 따뜻한 응원과 격려 덕분에 더 맛있고 풍성한 여행이 되었다. 또, 서로에게 든든한 지원군이 될 수 있는 믿음을 쌓는 시간이었다. 개인적으로 나에게는, 친구들과 갔다면 결코 할 수 없었던 체험을 할 수 있어 너무나 행복한 시간이었다. '남는 것은 사진뿐'이라는 말이 있듯이, 이번 MZ 무주 여행의 추억도 사진으로 남겼다. 20년 뒤, 지금의 신규 교사들이 나의 경력쯤 되었을 때, 이 사진들이 교직 생활에 신선한 에너지를 줄 수 있었으면 좋겠다.

$\heartsuit$

어라, 반딧불이는 못 봤는데요?

"너 애야? 하는 짓이 자기 반 애랑 똑같네. 그만 하라니까!"

"야, 아저씨께서 눈치 주시잖아."

"어쩔티비."

대형 호스는 강한 물줄기를 뿜었다. 수압을 최대로 높이니 들고 서 있기 힘들었다. 엎드려쏴 자세를 자연스럽게 취했다. 어린 시절 작은 손으로 쥔 조잡한 플라스틱 물총에서 시원찮게 찍찍 나오던 얇은 물줄기를 기억한다. 그때는 채울 수 없었던 시원함이 대형 호스에서 뿜어졌다. '흠뻑 물을 먹여 항복을 받아내고 싶다.'와 같은 악의 없는 악랄함을 소싯적 거칠게 놀던 남아들은 커서도 발휘한다. 맹목적으로 놀이에 빠져들 때 자주 그렇다.

7월이면 여름 방학 직전에 학교 운동장에서 반 아이들과 물총놀이를 할 때가 있다. 요새는 제품들의 평균 성능이 좋아져 가히 물'총'이라 할만하다. 초등학교 3학년생 열 명한테 둘러싸여 얼굴 부근에 집중포화를 받다 보면 숨쉬기 어려울 지경에 이른다. 반 아이들은 샘솟는 짓궂음을 참지 않고 쏟아낸다. 기절할 수도 있겠다는 직감이 든다. 숨을 고르기 위해 운동장 가운데로 내달리며 무주에서 가지고 놀았던 대형 호스를 떠올린다.

"언제 갈 거야? 나는 만족했어."

"부장님, 좀 더 놀다 가시죠. 온 지 얼마 안 됐는데."

"나는 힘들어. 차에 가서 쉬고 있을게. 맘껏 놀다 와."

"지금 가기는 아쉬운데. 일단 세 번만 더 타고 갈게요."

박세은 선생님께서 차에서 쉬시는 동안에도 물을 듬뿍 머금은 잔디 위를 열 번은 더 누볐다. 잔디의 물기를 유지하기 위한 대형 호스를 물총처럼 쓰던 나를 시설 관리인께서 유심히 보셨다. 그분은 차마 나에게 직접 이야기하지 못하신 것인지 어느 순간 물 공급을 끊어버리셨다. 숙소에 갈 즈음에는 입술이 떨렸다. 뙤약볕이 없었다면 진작 추위를 느꼈을 것이다. 수건을 두른 채 박세은 선생님 차 뒷좌석에 타고 숙소로 이동했다. 앉은 자리에는 물이 흥건하게 고였다.

"정말 가는 거지? 그냥 하는 소리 아니야. 가서 물썰매 타는 거야."

"그럼 가야죠. 뭐든 좋아요. 근데 물썰매가 잘 나가긴 해요? 저 꽤 무거운데."

"몰라. 나도 안 타 봤어."

여름 방학 한 달 전 박세은 선생님께서는 무주 여행을 제안하셨다. 듣자마자 "좋아요."라고 답했다. 살면서 즉흥적인 결정을 내릴 때가 많았다. 결정했다는 말보다는 생각하기를 미루었다는 것이 정확한 표현일 수 있다. 훗날에 대해 고려하기를 미루는 게으르며 단순한 내 성격은 호의적인 답을 자주 낸다.

무주 여행에 대한 구체적인 계획을 출발 3일 전부터 구상했다. 여행 계획을 세우기 위해 네 명의 교사가 5학년 연구실에 모였다. 인터넷을 보니 ATV와 래프팅 등을 숙소 주위에서 즐길 수 있었다. 나는 물놀이가 하고 싶었다.

"래프팅하자. 그렇게 재밌는 게 없다니까."

"좋지. 지금 사이트 들어가서 보니 ATV랑 래프팅 묶어서 할 수 있더라고. 그거로 예약할까?"

"래프팅 빼. 나 그거 싫어."

MZ들의 대화를 듣고만 계셨던 박세은 선생님께서 갑자기 끼어드셨다.

"래프팅 안 해보셨어요?"

"안 해봤어. 나 물 무서워서 싫어. 래프팅까지 묶어서 신청해도 돼. 근데 난 래프팅은 안 해."

"구명조끼 끼면 안전해요. 부족하면 튜브도 하나, 아니 두 개 가져갈까요? 살짝 무거운 사람도 튜브를 두 개 끼면 가라앉지는 않을걸요?"

"됐거든."

겁이 없으실 것 같았는데 좀 의외의 모습이라 기억이 난다.

"여행 이야기 들었어요. 지금 가시나 봐요. 재미있게 놀다 오세요."

"가서 이걸로 맛있는 거 사 먹어요."

2022년 여름 방학식 날, 복도에서 뵌 선생님들과 위와 같이 인사를 주고받았다. 몇 분의 선생님들께서는 찬조금도 주셨다. 여행을 떠나기 직전 교실 정리를 하던 중 책상 위에서 종이 무더기를 발견했다. 학생들에게 생활통지표를 배부하지 않은 것이다. 그 사실을 숨기고 싶었음에도 중요한 문서였기에 그럴 수 없었다. 박세은 선생님께 바로 사정을 말했다. "어쩐지하루 그냥 잘 넘어간다 싶었다."라는 핀잔을 들었을 뿐 의외로 크게 혼나지는 않았다. 여행 날이라 운 좋게 넘어갔다.

교실 정리를 마친 후 MZ세대 교사 세 명은 박세은 선생님과 무주로 향했다. 편도 두 시간 반 정도의 운전을 박세은 선생님께서 맡아 하셨다. 내차를 몰고 가고자 했으나 초보 운전자의 차는 타지 않으시겠다고 하셨다. 그날 관찰하며 느꼈는데 운전은 내가 더 낫다.

열 명도 편히 잘 만큼 널찍한 숙소에는 한여름을 몰아내는 덕유산의 쾌적함이 담겼다. 숙소 밑 농협에서 산 고기와 술을 곁들이며 대화를 나누었다. 숙소의 모습, 조명의 밝기, 사람들의 표정 그리고 네 개의 와인잔이 선명하다. 와인과 함께 박세은 선생님께서는 주루마블을 준비하셨다. 덕분에 술을 적잖이 마셨다.

　여행 이튿날, 곤돌라에서 내리니 설천봉이다. 가족, 친구들과 자주 온 곳이다. 나는 곤돌라 탑승구 앞에 있는 매점과 그 옆의 돌탑만 보아도 그곳이 덕유산임을 안다. 잘 알고 있는 장소에 갈 때 꼭 아는 척을 하고 싶어진다. 아는 척을 하러 동료들에게 말을 걸려던 순간 나는 멈칫했다. 이곳에 직장 동료들과 왔다는 사실이 갑자기 어색하게 느껴졌다. 덕유산이라는 나름 익숙한 장소에 학교에서 매일 보는 익숙한 사람들이 서 있었다. 친숙한 요소들로 그려진 그 풍경이 이상하게 조화롭지 않았다. 어딘가가 어색한 그 풍경을 보며 이상한 감정이 일었다.

　내 언어능력으로는 아직도 그 감정을 정확하게 표현할 수 없다. 위화감이라는 단어가 그 기분을 어렴풋이 설명하는 듯하나 그 설명마저도 온전하지는 않다. 상상해 본 적 없는 부자연스러운 장면을 마주할 때 일어나는 그 감정을, 나는 그날 설천봉에서 느꼈다. 그 감정은 설천봉을 딛고 서 있던 발에 스몄고 이내 온몸으로 퍼졌다.

　한 사람 몫의 역할을 해야 한다는 중압감이 신규 교사였던 내 마음을 항상 눌렀다. 초등학교의 분위기는 다른 직장에 비해 평온하다. 그럼에도 엄연한 직장이다. 신규 교사 시절, 실수는 잦았다.

　"부장님, 제가 실수로 외부 강사 수업 신청서를 제출하지 않았어요. 그만 잊고 있었어요."

"그거 정말 좋은 건데. 아쉽긴 하네."

일을 저질러 놓고 눈치를 봤다. 무엇이든 잘하고 싶었으나 결과는 어설 펐다. 때로는 형편없는 결과들을 감추고 싶었다. 그런 본능 때문에 동학년 이었던 박세은 선생님을 감시자 혹은 평가자로 여겼다. 선생님들과 이야 기할 때 '나를 잃은 채 대화하고 있다.'라고 느낀 적이 종종 있다. 출근하며 학교에 들어오는 순간 내 얼굴에는 페르소나가 씌워졌다. 부족함을 감추 고 싶었고 가면을 벗을 수 없었다. 동료들은 나에게 어려운 사람들이었다.

"직장 사람들하고는 퇴근 후에 만나지 않아. 일에 관한 이야기 외의 사 적 대화는 나누지 않는 것이 좋아."

"함께 잘 지내면 좋지 않을까?"

"꼭 직장 사람들이 아니더라도 같이 잘 지낼 수 있는 사람은 많아. 그리 고 직장 사람들과의 관계가 깊어지면 일이 복잡해져. 사적인 대화를 많이 나누다 보면 득보다 실이 많아지는 곳이 회사야."

MZ세대 친구들로부터 심심치 않게 들을 수 있는 '직장 인간관계론'을 발췌한 것이다. 회사 밖에서는 회사 사람들과의 관계를 끊는 것이 이롭다 는 주장이다.

SNL과 같은 프로그램에서는 개인주의적 성향이 뚜렷한 20대, 30대 회 사원들을 풍자한다. 그러나 나는 풍자되는 바가 잘못된 삶의 태도라고 생 각하지는 않는다. 적지 않은 동년배들이 그렇게 적응했다는 사실은 그렇 게 하는 것이 합리적인 선택안 중 하나임을 증명하는 것이다.

회사의 성장을 개인의 성장으로 여기던 시절도 있었다. 그러나 지금은 회사 밖에서 삶의 목적을 찾는 사람들이 많다. 회사는 돈을 벌기 위해 잠시 가는 곳이라 생각한다. 그 돈을 활용해 삶의 가치를 찾을 수 있는 사적 시간을 철저히 보호받고자 한다. 결코 부당한 요구가 아니다. 사적 시간을 확보하기 위해 직장 동료와 소원한 관계를 유지한다는 주장을 정 없어 보인다는 이유로 마냥 비난할 수는 없다.

남의 삶을 두고 내가 '어떻게 살라.' 강요할 수 없다. 그리고 다시 말하지만 내 친구들의 선택이 잘못되었다고 생각하지도 않는다. 그럼에도 직장 동료와도 두루두루 잘 지내면 좋다는 의견을 나는 펼친다. 삶을 좋은 사람이 되는 과정이라고 나는 이해한다. '좋은 사람은 주변인과 잘 지낸다.'라는 문장이 나에게는 지당하다. 좋은 사람으로서 항상 모두와 잘 지내고 싶었다. 설천봉에서 동료 교사들을 보며 느꼈던 위화감은 마음의 거리감으로부터 비롯된 것이었다. 좋은 관계를 원하면서도 동료들을 어려워한 내 모습이 설천봉 설원에 비쳤다.

과학은 해석할 수 없는 이상 현상을 발견함으로써 발전의 계기를 마련한다. 음악가는 불협화음을 반전의 기회로써 활용한다. 더 나은 삶을 향한 새 지평이 부조화의 틈새에서 열릴 때가 있다. 인간관계 또한 부조화를 겪으며 조화로워진다. 다소 어색하고 소원했던 동료들과의 관계는 2박 3일간 '함께 공유한 시간만큼 달라진 관계'였다. 2박 3일 만에 허물없이 친해졌다는 이야기는 아니다. 그러나 무주에서의 시간이 지금까지 이어지는 관계에 대한 관성을 만들었다는 점은 확실하다.

"다 자는 거야?"

"피곤할 법하죠. 방학식 끝나고 바로 무주로가 2박 3일을 놀다 왔으니."

"겨울에 또 갈까? 그때는 다른 곳으로 가야지."

"좋죠. 그런데 겨울방학이 오긴 오나요. 이제 여름 방학 시작이라 겨울 방학이 언젠지 가늠이 잘 안되는데요."

나와 박세은 선생님이 대화하는 와중에 같이 여행을 갔던 MZ세대 교사 두 명은 진작 곯아떨어졌다. 대화가 잠시 끊긴 순간 나도 무의식중에 눈을 감았다. 최선을 다해 깨어 있으려 했는데 눈떠보니 동탄이었다. 운전자였던 박세은 선생님을 제외한 모두가 편히 잤다. 돌아오는 길은 차가 많이 막혔기에 힘드셨을 것이다.

2024년 9월 2일 발령받아 온 옆 반 신규 교사의 교실을 종종 찾아간다. 교실이 휑하다. 집기들이 새것이고 공간도 나름 꾸민 것 같은데 어딘지 모르게 산만하다. 찾아갈 때마다 항상 뭘 자르고 계셨다.

"뭐 필요한 것 없으세요?"

"아 괜찮은 것 같아요. 맞다. 포스트잇이 필요하긴 해요."

"예, 종류별로 드릴게요. 혹시 보드게임 좋아하세요? 교사 보드게임 모임이 있는데 심심하시면 와보실래요?"

마음 놓고 마음속 생각을 편히 이야기할 동료가 있다면 직장의 의미는 달라진다. 삶의 목표와 분절된 답답한 일터가 아닌 삶의 목표를 위한 발판이 직장일 수 있다. 직장 동료들과의 친밀한 관계를 기반으로 삶의 목적을 이뤄나간다면 삶이라는 시간은 효율적이면서도 즐거울 것이다. 삶의 큰 부분을 차지하는 학교라는 장소에서 나와 동료 교사들이 각자의 가치를 이루었으면 한다.

"선생님, 뭐 하세요? 글 다 읽었는데요."

"얘들아, 선생님 다른 생각 하신다."

"너희가 집중하고 있는지 확인하려고 일부러 말 안 하고 기다렸던 거야. 뒤 페이지 펴자. 문제 풀어야지."

"야, 양희주, 가만히 있었어야지. 너 때문에 문제 풀잖아."

3학년 국어 교과서에는 반딧불이에 관한 글이 실려 있다. 책에서 반딧불이의 서식지를 이야기할 때 무주군 설천면이 언급된다.

'그런데 무주에서 반딧불이를 본 적이 있었나?'

심상이 풍부한 그 지명을 들을 때면 상념에 잠기다 깨어나곤 했다.

6.

소풍,
수라상을 받은 꼰대

꼰대

*"우리 민석샘이 체험학습 도시락으로
구첩반상을 차려왔다니까요.
그런 거 드셔보셨어요?"*

MZ

"음식이 산더미였는데 그걸 모르셨다니...."

♥

나, 구첩반상 받은 선배야!

끝나지 않을 것만 같던 코로나19 팬데믹이 어느 정도 가라앉으면서 그동안 멈춰 있었던 현장체험학습도 다시 가능해졌다. 그러나 여전히 단체로 나가는 체험학습을 우려하는 학교들도 많았다. 나는 생각보다 길어진 팬데믹으로 인해 아이들이 학교생활의 즐거움을 잃어 가는 것이 안타까웠다. 그래서 '최선이 무엇일까?'라는 고민 끝에 '수원화성' 현장체험학습을 진행하기로 했다.

'수원화성'은 내가 수원에서 근무할 때 여러 차례 현장체험학습 장소로 다녀왔던 곳이다. 사람들은 해외의 유명 유적지나 세계문화유산을 보기 위해 비싼 돈과 귀한 시간을 들여 기꺼이 떠난다. 그런데 우리나라에도 그에 못지않은 세계문화유산이 많이 있다. 그중 하나인 '수원화성'은 우리 학교가 위치한 화성시와도 가까워 접근성이 좋았다. 본격적으로 우리나라 역사 공부를 시작하는 5학년의 사회과 교육과정과도 맞닿아 있어 최적의 장소라 생각했다.

다만 몇몇 학생들은 주변 유명 놀이동산에 가자며 '수원화성이 웬 말이냐?'고 불만을 표하기도 했다. 그러나 나는 현장체험학습이란 학교에서 배우는 내용을 밖에서 직접 보고, 듣고, 체험하며 배우는 것이라는 개념을 가지고 있었다. 그래서 5학년 교육과정의 내용과 연결할 만한 적절 점을 찾지 못한 놀이동산은 체험학습 장소로 고려하지 않았다. 현장체험학습은 단순한 놀이가 아닌, 교육과정에 명시된 장소 전환의 수업이어야 한다는 꼰대 같은 신념이 있었다.

현장체험학습을 떠나기 전에는 아이들의 활동 동선과 화장실, 안전 요소 등을 미리 점검하기 위해 반드시 사전 답사를 다닌다. 민석샘과 나는 아이들이 버스에서 내려 성곽을 따라 걸어갈 동선을 직접 걸으며 시간을 확인했다. 나는 중간에 쉴 장소와 점심을 먹을 곳, 그리고 곳곳에서 안전 지도를 어떻게 할지 민석샘에게 설명해 주었다.

현장체험학습 경험이 있는 교사라면 굳이 하나하나 설명하지 않아도 되겠지만, 민석샘은 이번이 학생이 아닌 교사로서 처음 떠나는 현장체험학습이었다. 그래서 나도 모르게 잔소리처럼 들릴 법한 걱정 섞인 설명이 이어졌다. 보통 학교 밖에서는 아이들이 어디로 튈지 몰라 교사들이 걱정한다. 하지만 나는 아이들보다 오히려 학교 밖을 나온 신규 교사인 민석샘이 더 걱정되었다. 혹시나 궁금한 것에 이끌려 아이들을 두고 혼자 어딘가에서 구경하고 있는 건 아닐까? 하는 생각까지 들 정도였다.

화성행궁까지 동선을 따라 한 바퀴를 다 돌고 나니 다리도 아프고 배도

출출해졌다. 화성행궁 앞에는 옛날부터 유명한 통닭 거리가 있다. 사전 답사도 마쳤으니, 우리는 통닭을 먹으며 학년 회식을 했다. 학년 회식이라 해 봤자 구성원이 민석샘과 나, 딱 두 명이지만 말이다. 걷고 나서 먹으니, 통닭이 다른 때보다 더 맛있게 느껴졌다.

배를 채우고 우리는 주차장까지 걸어가며 성곽 주변을 둘러보았다. 성곽 안 동네는 우리 학교가 있는 신도시처럼 높은 아파트나 큰 건물을 짓지 못하도록 규정된 것 같았다. 오래된 주택들로 가득한 좁은 골목길은 마치 문화유산 동네 같은 분위기를 풍겨서 감성적이었다. 평소 각자의 차로 출퇴근하던 우리 두 사람이 이 골목길을 함께 걸으며 서로의 개인적인 이야기와 학교에서는 쉽게 꺼내지 못한 이야기를 나누게 되었다.

내가 신규 교사였던 시절에는 선생님들이 주로 버스로 출퇴근했다. 같은 또래의 동료 교사들과 버스정류장과 학교를 오가며 이런저런 이야기를 나눴다. 누군가가 처음으로 차를 가져오면 그 차는 동료 교사들의 퇴근 셔틀이 되어 우르르 함께 차를 타고 퇴근하던 추억이 떠오른다. 하지만 요즘에는 신규 교사들조차 자차가 있는 경우가 많고, 교사 대부분이 자차로 출퇴근하기 때문에 출근길이나 퇴근길을 함께하는 동료를 찾기가 어렵다. 이렇게 동료 교사와 오랜 시간 걸으며 이야기 나누는 시간도 점점 사라져 가고 있다.

현장체험학습 날이 되었다. 아침부터 아이들은 몇 년 만에 친구들과 떠나는 체험학습에 들떠 놀이동산에 못 간 아쉬움은 진작 잊어버린 듯했다. 교실에서는 가만히 앉아 있지 못하고 친구들과 무엇을 챙겨 왔는지 확인하며 이야기꽃을 피웠다. 나는 설렘 가득한 교실을 뒤로하고 필요한 물건을 챙기러 연구실로 향했다. 그런데 양손 가득 무언가를 들고 민석샘이 연구실로 들어왔다.

"이게 다 뭐예요?"

"저희 도시락이에요."

"아니, 아침에 집 앞 김밥집에서 간단히 사 오기로 했던 거 아니었어요? 직접 도시락을 싸 온 거예요?"

"네, 오늘 새벽 5시부터 일어나 준비했어요. 맛이 있을지 모르겠네요."

'이 청년이 소풍 간다고 제대로 도시락을 싸 왔구나.'

예전에는 소풍 날 교사들의 도시락을 따로 걱정하지 않아도 됐다. 학년 학부모회에서 다른 학년과 경쟁이라도 하듯이 교사들의 도시락을 최고로 싸주기 위해 정성껏 준비해 주곤 했다. 그동안 갈고닦은 요리 솜씨를 총동원해 만든 도시락을 열어볼 때면, 교사들은 그 정성에 감동하지 않을 수 없었다.

더 오래전, 내가 민석샘처럼 발령 초기였을 때는 학부모님들이 선생님들 눈에 띄지 않게 따라와 돗자리를 펴고 거하게 한 상을 차려 놓고 사라지곤 했다. 그러면 교사들은 차려진 음식을 맛있게 먹고 아이들을 챙기러 갔다. 한참 후 다시 나타난 학부모님들이 아무 일 없던 듯 뒷정리를 하고 사라지는 마법 같은 일이 벌어지기도 했다.

모든 일에는 장단점이 있는 법. 그런 관행들이 단점이 많아 사라졌겠지만, 장점을 하나 꼽자면 어린 교사들에게도 '우리 선생님'이라며 정성껏 챙겨주던 학부모님들의 마음이 참 고마웠다는 점이다.

지금은 음료수 하나도 선생님께 드리기 어려운 시대라 현장체험학습 날 교사들의 도시락은 학년 선생님들이 사비를 모아 아침 일찍 문 여는 김밥집이나 편의점에서 사서 가야 한다. 가끔 옛날 도시락 문화를 그리워하며 몇몇 학부모님들이 아이들 김밥을 싸면서 애써 무심한 듯 작은 도시락을 슬며시 담아 보내기도 한다. 그 마음을 왜 모르겠는가? 제도가 바뀌었을 뿐, 학생을 사이에 둔 애틋한 마음과 감사는 변함없다.

어쨌든 민석샘은 새벽부터 직접 만든 도시락을 들고 현장체험학습에 나섰다. 아이들은 오랜만에 나온 체험학습에 즐거워 보였다. 성곽을 따라 걸으며 해설사의 설명을 듣는 중간에도 아이들은 "다리 아파요! 언제 밥 먹어요?"를 몇 번이고 외쳤다. 하지만 그들의 얼굴에서는 설렘이 가득했다. 심지어 해설사 예약 오류로 기다리는 시간이 길어졌을 때도, 애타는 선생님들과는 달리 아이들은 기다리는 시간마저 즐겁게 사진을 찍으며 보냈다.

아이들이 점점 지쳐 보일 무렵, 드디어 모두가 기다리고 기다리던 점심시간이 되었다. 사전 답사 때 봐두었던 장소에 아이들을 자리 잡게 하고, 삼삼오오 돗자리에 앉아 도시락을 먹는 모습을 살폈다. 그런 뒤 민석샘과 나도 아이들이 잘 보이는 곳에 자리를 잡고 앉았다. 깔깔거리며 도시락을 먹는 아이들을 보며 '체험학습을 안 왔으면 볼 수 없는 모습인데, 이렇게라도 추억을 남길 수 있어 참 다행이다.' 싶었다.

그런 생각을 하던 중, 민석샘이 싸 온 도시락이 눈앞에 펼쳐졌다. 유부초밥, 샌드위치, 베이컨말이, 모둠 과일 등, 마치 구첩반상을 연상시키는 도시락이었다. 다양한 음식과 완벽한 비주얼, 그리고 맛까지 모든 것이 완벽했다. 민석샘의 도시락은 미슐랭 셰프도 울고 갈 수준이었다. 혹시라도 이 꼰대 선배 교사가 민석샘에게 강요한 것 아니냐고 의심하는 분이 있다면, 이쯤에서 명확히 말해두고 싶다. 나는 절대로 민석샘에게 이런 도시락을 싸 오라고 강요한 적이 없었음을.

아이들 데리고 나온 체험학습에서 동료 교사가 준비한 구첩반상을 받는 경험이라니! 이런 호사를 누리다니, 길이길이 기억될 순간이었다. 전날 저녁에 장을 보고 새벽부터 정성껏 도시락을 준비했을 민석샘을 생각하니, 그가 무엇이든 마음을 담아 성실하게 해내는 사람이라는 생각이 들었다. 민석샘은 아마도 열정 넘치는 선배 교사와 동학년을 하며 정신없이 끌려가기도 하고, 자신의 의견을 솔직하게 표현하지도 못했을 것이다. 그런데도 불평 한마디 없이 오히려 이렇게 정성 가득한 도시락을 준비해 주다니, 참 고마운 사람이었다.

예정된 사전 답사 동선을 따라 무사히 현장체험학습을 마치고 학교로 돌아왔다. 그때부터 내 자랑이 시작되었다.

"우리 민석샘이 체험학습 도시락으로 구첩반상을 차려왔다니까요. 그런 거 드셔보셨어요?"

"재영샘, 내년에 나랑 동학년 하려면 구첩반상 도시락 정도는 준비해야 할 텐데, 가능하겠어?"

"교장 선생님, 저희는 민석샘 덕분에 점심을 호사스럽게 잘 먹었습니다. 눈이 높아져서 내년에도 구첩반상 도시락 준비해 주실 선생님이랑 동학년 해야겠어요."

"민석샘 도시락 먹어본 사람? 이건 아무나 못 먹어. 미슐랭 셰프도 울고 갈 맛이라니까요."

"언니네 학교는 체험학습 날 후배들이 도시락 안 싸줘? 우리는 구첩반 상도 싸주는데."

점점 얄미울 정도로 이어진 민석샘 도시락에 관한 내 자랑은 체험학습 이 끝난 뒤에도 한참 계속되었다. 나는 단순히 도시락을 자랑하고 싶었던 것이 아니다. 거기에 담긴 민석샘의 마음을 자랑하고 싶었다. 그리고 그런 마음을 끌어내 준 나도 꽤 괜찮은 선배 교사라는 확신을 얻길 바랐다.

이렇게 2022학년도 2학기 '수원화성' 현장체험학습은 아이들에게는 오 랜만의 현장체험학습을 맞이한 기쁨의 날이었다. 나에게는 구첩반상 도시 락의 황홀한 소풍이었고, 민석샘에게는 교사로서 첫 현장체험학습을 경험 하며 많은 것을 배운 날이었다.

♡

구첩 도시락에 담긴 비화

"글쎄, 구첩반상이었다니까."

"맛은 모르겠는데 양은 다섯 명이 배불리 먹고도 남길 만큼 많았죠."

현장 체험학습에 대한 박세은 선생님의 한 줄 회고 그리고 그에 대한 나의 일상적인 맞장구다.

개학 첫 주부터 학생들은 현장 체험학습을 고대한다. 학생들은 에버랜드, 롯데월드와 같은 유원지를 당연히 선호한다. 그러나 소풍 또한 수업이다. 현장 체험'학습'이라는 말을 떠올리자. 반 친구들과 유원지에서 즐겁게 보내는 하루가 값짐을 안다. 그렇기는 하나, 교사들은 유적지를 우선 고려한다.

박세은 선생님께서는 수원 화성으로 현장 체험학습을 가고 싶어 하셨다. 학기 초 협의 때부터 그렇게 되길 원하셨다. "해설가께서 설명을 정말 잘해주셔. 알려주시는 것들이 5학년 교과서에서 학생들이 배우는 내용이기에 뜻깊어."라고 줄곧 이야기하셨다. 동의하지 않을 이유가 없었다. 협의라는 거창한 말로 표현했는데 학년 구성원은 두 명밖에 없었다. 박세은 선생님의 제안을 나만 거부하지 않으면 모든 일은 진행됐다.

2022년 새 학기 시작 후 5학년을 맡고 정신없이 지냈다.

"선생님, 소풍 언제가요?"

"선생님께서 어제 5월 23일에 간다고 했잖아. 심지어 어제 네가 물어봤잖아."

"칠판에 적어줄 테니 그만 물어보렴. 한 달 동안 10번은 더 답한 것 같아."

아이들은 소풍에 대해 잊을 만하면 물어보았다. 피곤한 일상을 보내며 그날이 오나 싶었다. 교사로서 처음 가는 소풍이라는 사실은, 무료한 학교에서 벗어나고 싶던 나에게도 기대감을 한껏 주었다. 한편으로는, 내가 수원화성을 무척 좋아해 기대한 면도 있다.

수원시는 내가 대학 시절 살았던 공주시만큼 아름답다. 5km가 넘는 둘레의 성곽은 도시를 고즈넉이 에워싼다. 성곽 높은 부분에 올라서면 도시의 풍광이 한 아름 다가온다. 수원 화성은 주민들이 오랜 시간 두 발로 밟아온 생활 공간이다. 색이 바래고 외벽에 금이 간 낡은 티가 나는 건물들은 뿌리를 단단히 내려, 마치 화성의 일부로서 지어진 것 같다. 수원 화성은 주민들이 일상을 쌓아가는 현재의 터전이다. 사연 깊은 이야기들이 오늘도 벽돌에 새겨졌을 것이다.

옛 애인은 수원화성을 좋아했다. 연무대 건너편 성벽 위에 설 때면 티끌

한 점 없이 맑았던 어느 날이 눈에 선하다. 약간은 경사진 잔디밭에 군데 군데가 뜯겨 구멍이 생긴 돗자리를 편다. 둘둘 말아 놓은 옷가지와 흙 묻 은 돌 등으로 돗자리의 모서리를 눌러놓고 보드게임을 한다. 뜀박질이 익 숙한 듯하면서도 조금 어설픈 두세 살배기 아이들은 무엇이 그리 좋은지 자지러지며 뛰논다. 그러다, 멀리서부터 묵직한 바람이 불쑥 밀려오면 여 자 친구에게 불리한 게임의 판세가 돗자리와 함께 뒤집힌다. 한순간 엎어 진 돗자리 위에는 늦은 오후의 나른함만이 있다.

배달원들이 오토바이를 세워놓은 채 음식을 들고 분주히 헤매는 와중 내 학생들이 색칠한 듯한 비현실적으로 푸른 하늘에는 수많은 연이 별처 럼 박혀 있다. 구름 사이에 끼여 움직이지 못하는 듯한 연들을 멍하니 보 다가 결국 이마트에서 피카츄 연을 샀다.

"풀어! 풀라니까! 아니, 뛰면서 풀어야지. 멈추면 어떻게 해."

"네가 해봐! 얼마나 잘 날릴 수 있길래 가만히 서서 말만 하냐."

화성에 갈 때면 잊지 않고 연을 챙겼다. 어떤 날은 연을 날리고 싶어 화 성에 가기도 했다. 가오리연에는 피카츄가 달려드는 모습이 그려져 있었 는데 여자 친구는 바스락거리던 비닐에 그려진 그 그림을 창피해했다. 싸 구려 티가 나던 비닐 연은 정성스럽게 만든 대형 방패연만큼 잘 날지는 못 했다. '이번에는 좀 올라가나?'라는 기대감은 여자 친구의 머리칼을 휘날 리게 하던 바람과 함께 넌지시 사라졌고 피카츄는 언제나 맥없이 고꾸라 졌다.

"연을 날리는 것은 어떨까요? 인터넷 쇼핑으로 찾아보니 이천 원에도 구매할 수 있긴 하던데요. 학생별로 하나씩 주는 거죠."

"그건 안 될 것 같아. 챙길 것이 많고 너무 분주해. 연까지 가져가면 정신없어. 안돼."

지금 같으면 제안하지 않을 아이디어다. 학생들이 연을 들고 다닐 때 일어날 일들이 눈에 훤하다. 이동 중 흥분된 마음을 누르지 못하고 가방에서 연을 꺼내 날릴 아이가 분명히 있을 것이다. 신규 교사였던 나는 연을 날리며 좋아하는 학생들의 모습, 딱 그 장면만을 상상했다. 반면 박세은 선생님께서는 다양한 경험을 떠올리셨을 것이다. 하여튼 꽤 괜찮은 활동이라 생각했는데 거절당해 시무룩했다.

연무대에서 시작된 체험학습은 처음부터 삐걱댔다. 오전 10시에 오시기로 예정되어 있던 해설사분께서는 10시가 넘어도 무소식이셨다. 이유는 지금도 모른다. 박세은 선생님께서는 관광 안내소에 사정을 이야기하셨다. 관광 안내소에서는 급히 해설사 한 분을 보내겠다고 했다. 나는 우왕좌왕하다가 일이 마무리되는 것 같아 아이들 과자를 빼앗아 먹었다. 장난으로 한입에 좀 많이 털어 넣기도 했는데, 안 그럴 것 같은 애가 갑자기 울어 당황한 기억이 있다.

해설사분께서는 수원 화성에 대해 잘 설명해 주셨다. 그러나 들뜬 아이들 귀에 옛날이야기가 들릴 리 만무했다. 모범생티가 뿜어 나오는 아이는 수첩을 들고 해설사분의 설명을 필기하기도 했다. 그러나 그런 교과서 속 인물은 스무 명이 모여도 한 명 있기 힘들다.

"선생님, 언제까지 걸어요? 죽을 것 같아요."

"운동한다고 생각하며 걸어. 이렇게 밖에 나올 수 있는 날이 많지 않잖아. 앞에 해설사 선생님 설명 잘 듣고."

"밥 언제 먹어요? 자유시간 언제 가질 수 있어요?"

해설사님이 가신 후 행궁까지 걸음을 이어나갔는데 거리가 꽤 돼 학생들이 힘들만 하였다. 지역 축제에 가면 흔히 있는 '소책자에 스탬프 찍기'와 같은 활동을 준비해 학생들에게 제공했다면 모두가 더 의욕적이었을 것이다. 혹은 내가 수원 화성에 대해 빠삭하게 알았더라면 훨씬 더 좋은 교육적 경험을 제공할 수 있었을 것이다. 그러나 당시의 나는 학교에서 벗어나 놀러 간다는 사실에 기분이 들뜬 한 명의 아이일 뿐이었다.

공원 주변을 관리하시던 백발노인들께서는 노란 조끼를 입고 어린 학생들을 물끄러미 바라보셨다. 양산을 쓰고 산책하던 중년 여성, 대학생으로 보이는 남자들도 촌스러운 하늘색 모자를 단체로 쓴 우리에게 시선을 주었다. 장안공원 잔디밭 곳곳에 돗자리를 펴고 앉았다.

도시락을 못 가져온 아이가 있으면 주려고 음식을 넉넉하게 해갔는데 그런 아이는 없었다. 아이들의 도시락을 보고 되려 장난기가 돌아 아이들의 음식을 뺏어 먹고 다녔다. 굵은 나무 옆에 박세은 선생님과 자리를 잡았다.

새벽 5시부터 일어나 도시락을 만들었다. 스팸과 김을 활용한 주먹밥, 유부초밥, 베이컨 말이 밥 등을 만들었다. 결과물의 외견은 초등학교 6학년 여학생의 평균적인 솜씨에 미치지 못했다. 맛은 스팸 맛이었고, 유부초밥 맛이었고, 베이컨 맛이었다. 백종원 아저씨의 유튜브 영상을 보며 음식을 만들었다. "기름에 튀기면 뭐든 맛있어유."라는 말을 듣고 카놀라유를 프라이팬에 들이부었다. 덕분에 확실히, 재료를 아끼지 않은 맛은 났다.

그런데 위에서 적어 놓은 메뉴가 준비한 음식 전부였다는 이야기를 박세은 선생님께서 읽으신다면 의아해하실 것이다. 과일을 포함하여 음식의 종류가 두 배는 더 많았기 때문이다. 실은 나머지 절반의 음식은 당시 애인이 만들었다. 체험학습 날 아침에 음식을 건네받았다. 눈썰미가 좋으셨다면 이상하다고 생각하셨을 것이다.

일단 음식의 질이 달랐다. 박세은 선생님께서 몇몇 음식들이 맛있다고 하였는데 하나같이 여자 친구가 만든 음식이었다. 또한 여자 친구는 핫핑크 보온 가방에 음식이 담긴 용기들을 담아 주었다. 반면 내 가방은 '하이트진로'가 적힌, 맥주를 보관하는 보랭 가방이었다. 두 명의 식사를 준비하면서 도시락 가방 두 개를 가득 채울 정도로 많은 양의 음식을 하는 사람이 있을까? 더군다나 디자인적 취향이 너무도 다른 두 개의 가방이었다. 그런 요소들을 이상하게 여기실 법했으나 박세은 선생님께 탐정의 면모는 없으신 듯하다.

글을 쓰며 기억을 떠올리고자 휴대전화 사진첩을 열어보았다. 원래 사진을 잘 찍지 않아 기대하지 않았지만 정말로 단 한 장의 사진이 없다는 것을 확인하니 아쉬웠다. '그날을 함께한 사람들 모두가 살아가며 기억을 잊는다면 그날은, 애초에 세상에 없었던 날과 무엇이 다를까.'라는 생각이 들었다. 간직하고픈 젊은 날이 오로지 사람들의 기억으로써만 증언된다. 이런 생각을 하며 느끼는 묘한 기분은, 사진을 들여다보며 지난 일을 추억할 때보다 더 깊은 그리움을 자아낸다.

1.

학생들이 뛰는 날

꼰대

"아, 진짜! 저 김민석, 학생이야, 교사야?
일손이 모자란 상황에 애들이랑 같이 뛰고 있는 거야?"

MZ

"함께 뛰니까 한결 낫네요!
선생님도 이제 같이 뛰실래요?"

♥

네가 왜 뛰어?

학교에서는 매년 5, 6학년을 대상으로 체력 평가(PAPS)를 실시한다. 이전에는 학년의 학급 수가 많아 동학년 선생님들이 각 영역을 나누어 진행하거나 학급별로 코스를 돌면서 체력 평가를 진행하곤 했다. 운동장에 라인을 그리거나 준비물을 설치하는 일은 남자 선생님들이 어느샌가 후다닥 해 놓으셨다. 덕분에 나는 우리 반 아이들만 데리고 정해진 코스를 돌기만 하면 되었기에, 그동안 체력 평가는 꽤 수월하게 넘겨왔다.

하지만 올해는 상황이 달랐다. 5, 6학년이 함께 진행했던 예년과 달리, 올해는 6학년과 일정을 맞추지 못해 우리 5학년 두 학급만 따로 체력 평가를 해야 했다. 6학년도 3개 학급에 불과했지만, 거기에는 체육행사 운영 경험이 풍부한 남자 선생님이 두 분이나 계셨다. 처음에는 시간을 조율해 같이 할 수 있었는데, 굳이 따로 하기로 한 6학년이 조금 서운하게 느껴지기도 했다. 솔직히 체육행사에 능숙한 선생님들의 도움을 기대했던 마음이 있었기 때문이다.

물론 "학교 일에 남녀 구분이 어디 있냐?"고 말할 수도 있겠지만, 사실상 남자 선생님들이 체육행사나 힘든 업무를 맡아온 경우가 많았다. 자연스레 그들은 일의 요령과 능숙함을 얻게 되고, 여자 선생님들은 알게 모르게 의지하게 되는 경향이 있었다. 하지만 올해는 동학년 교사 수의 이점도, 체육행사 경험이 많은 남자 선생님의 도움도 이미 물 건너가 버린 상황이었다.

교사는 단 두 명, 한 명은 그동안 체육행사를 편하게 진행해 온 나, 그리고 체력 평가는 학생으로만 뛰어보고 교사로서는 처음인 신규 교사 민석 샘이었다. 믿을 것은 내 경험을 최대한 떠올리며 꼼꼼하게 계획을 세우는 것뿐이었다.

학교마다 체력 평가 종목은 약간씩 다르다. 우리 학교의 종목은 '왕복오래달리기', '앉아윗몸 앞으로굽히기', '악력', '50m 달리기'였다. '앉아윗몸앞으로굽히기'와 '악력'은 두 학급이 기구를 나누어서 사용하면 되니 큰 문제는 없었다. 하지만 '왕복오래달리기'와 '50m 달리기'는 운동장에서 두 반이 함께 진행해야 했다.

겉으로 보면 그냥 달리기만 하면 되는 간단한 일 같지만, 체력 평가는 나이스(NEIS)에 정확히 기록해야 하는 항목이다. 한 명 한 명의 기록을 정확하게 측정하고 입력해야 한다. 예를 들어 '50m 달리기'의 경우, 출발선에서 아이들을 출발시키는 사람, 도착 지점에서 시간을 측정하는 사람, 그리고 대기 중이거나 달리기가 끝난 아이들을 안전하게 관리하는 사람 등

최소 3명이 필요하다. 이마저도 학생들이 순서대로 줄을 잘 서고, 기록을 학생이 불러주는 대로 정확히 적는다는 가정이 있어야 가능한 일이다.

'왕복오래달리기'는 더 많은 인력이 필요하다. 방송으로 왕복 시간을 알리는 사람, 출발선에서 확인하는 사람, 도착선에서 확인하는 사람, 그리고 대기 중이거나 끝난 아이들을 관리하는 사람 등 기본적으로 4명이 필요하다. 여기에 아이들이 짝을 지어 왕복 횟수를 정확하게 기록해 주고, 자신의 순서에 맞게 위치를 잘 잡는다는 전제가 있어야 일이 수월하게 진행된다.

하지만 아이들이 짝의 왕복 횟수를 정확히 세어 기록하는 일은 생각처럼 쉽지 않다. 이 작업은 초집중과 책임감을 요구한다. 그러나 모든 아이가 AI처럼 완벽하게 처리할 수는 없는 노릇이다. 친구와 이야기하다가 실수로 횟수를 놓치기도 하고, 이미 표시했는지 헷갈려 기록을 중복하거나 빠뜨리기도 한다. 이럴 때는 교사가 전체 상황을 지켜보며 틀린 부분을 잡아내고 정확히 체크하도록 지도해야 한다. 결국, 교사에게는 분신술이라도 써야 할 판이다.

교사에게 할 수 있는 일과 할 수 없는 일이 어디 있겠는가? 하기 어려운 환경이라면 그 안에서 방법을 찾아 해내는 것이 교사의 역할이다. 우리는 아무도 알아주지 않는 슈퍼맨이 되기 위해 오늘도 슈트를 갈아입을 수밖에 없다. 다행히 나는 전년도 체력 평가 때 운동장이 어떻게 해야 50m 코스가 나오는지 이미 측정해 두었다. 운동장 가로로는 50m 거리가 나오지 않아서, 대각선으로 달리기 코스를 만들어야 했다. 운동장 대각선으로 라인을 긋는 일은 운동장 형태에 맞춰 가로로 긋는 것보다 훨씬 어렵고 까다로웠다.

체력 평가 전날, 아이들이 하교한 후 민석샘과 나는 긴 줄자와 고깔, 라인기를 챙겨 운동장으로 나갔다. 줄자의 양쪽 끝을 붙잡고 구불거리는 부분을 최대한 직선으로 펴보려 애썼다. 그때 체육부장님이 우리를 보고 안타까웠는지 운동장으로 나오셔서 직접 라인기를 끌며 선을 그려주셨다. 자신의 학년 일이 아니면 이런 신체적 노동을 선뜻 나서서 하기가 쉽지 않은데, 부장님이 지나치지 않고 도와주셔서 정말 감사했다.

불과 몇 년 전까지만 해도 운동회 전날이면 모든 교사가 운동장에 나와 만국기를 달고 라인 포인트를 박는 일이 당연했다. 그러나 요즘은 많은 학교에서 운동회를 학년 단위의 소규모 체육대회 형태로 운영하다 보니, 교사들은 다른 학년의 행사에 크게 신경 쓰지 않게 되었다. 최부장님께서는 체육부 업무라며 흔쾌히 도와주셨지만, 이제 체력 평가도 학년별 행사로 자리 잡아 다른 학년 선생님들에게 도움을 기대하기는 어려워졌다.

체력 평가 당일 아침이 되었다. 출근길에 전날 완성하지 못한 체력 평가 기록표가 떠올랐다. 학교에 도착하자마자 서둘러 컴퓨터 앞에 앉아 기록표를 마무리했다. 그동안 이런 잡일은 후배 교사들이 행사 며칠 전에 미리 준비해 메신저로 전달해 주곤 했었기에, 당일 아침에 내가 급하게 표를 만드는 상황이 낯설었다. 그러다 누르고 눌렀던 생각이 다시 떠올랐다.

'옆 반 선생님이 경력 좀 있었으면 눈치껏 이런 건 다 해놨을 텐데…. 내

가 이 표도 만들어야 하나?'

나도 머리로는 안다. 민석샘이 일을 미루려는 것도, 관심이 없는 것도 아니다. 다만 뭘 어떻게 해야 하는지 모를 뿐이다. 신규 교사라면 당연히 그럴 수 있다. 하지만 일손이 부족한 상황에서 이런 생각이 드는 걸 막기 어렵다.

교직 경력이 쌓이다 보면, 아이들이 필요로 하는 것이 무엇인지, 어떤 상황에서 어떻게 행동하고 말해야 할지를 자연스레 예측하게 된다. 그런 예측에 따라 미리 준비하는 것도 중요하다. 표만 챙겨 나가면 안 되고, 아이들이 연필을 뾰족한 것 대신 색연필로 써야 안전하며, 색연필도 케이스에서 꺼내 바구니에 담아가야 운동장에 케이스가 나뒹구는 것을 방지할 수 있다. 또한, 여분의 종이를 집게로 고정해 바람에 날아가지 않도록 해야 한다. 이런 사소한 준비가 행사 진행의 성공을 좌우한다. 그런데 바쁜 당일 아침에 표를 출력하고 색연필을 챙기는 내 모습이 답답하게 느껴졌다.

더 중요한 문제는 '왕복오래달리기'의 방송 음원이었다. 전날 오후, 민석샘과 함께 방송 연결을 테스트했지만, 연결이 잘되지 않아 핸드폰 음원을 큰 앰프 앞에 대고 틀어야 하는 상황이었다. 소리 조절을 해야 하고, 음원을 정확히 맞춰 틀었다 껐다 하는 것도 신경 써야 했다. 또 '왕복오래달리기' 출발선과 도착선을 고깔로 표시해 아이들이 정해진 위치에서 뛸 수 있도록 해야 했다. 아침부터 머릿속이 복잡하고 혼란스러웠다. 체력 평가가 이렇게 준비할 것이 많고 신경 쓸 일이 많은 일이었나 싶었다. 머릿속이 복잡해지자, 그동안 눌러 두었던 짜증이 서서히 올라오기 시작했다.

'한 학급만 더 있었으면 운영할 교사가 3명은 될 텐데…. 민석샘이 신규 교사가 아닌 6학년처럼 체육행사에 능한 경력 교사였으면, 내가 이렇게 고생하지 않아도 됐을 텐데….'

이런 불만과 원망이 꼬리를 물고 이어지며 내 마음은 점점 답답한 밴댕이 속처럼 변해갔다.

환경이 여의찮다면 그 안에서 방법을 찾는 것이 교사의 일이라고 앞서 말했듯이, 이제 나는 우리 반 아이들을 믿을 수밖에 없었다. 5학년이나 되었으니, 평소 체육 시간에 척척 준비하던 체육부원부터 뭐든지 돕고자 하는 적극맨들까지 이들의 능력을 믿어보기로 했다. 운동장에 나가기 전, 나는 아이들에게 각자 임무를 주었다. 줄자로 왕복달리기 출발선과 도착선을 측정하는 역할, 간격에 맞춰 표시된 곳에 고깔을 세우는 사람, 출발선 고깔과 위치를 맞춰 반대편 도착선에도 고깔을 세우는 사람 등 역할이 분담되었다. 아이들은 선생님 못지않게 자신의 임무를 적극적으로 수행해 냈고, 덕분에 부글거리던 내 화가 조금 누그러졌다.

운동장 스탠드에 1, 2반 아이들이 앉았다. 50m 달리기에서 출발 신호는 내가, 도착 기록 측정은 민석샘이 맡았다. 역할을 맡은 위치에 따라 나는 대기 중인 아이들을 줄 세우고 안전을 지도하는 일을, 민석샘은 도착한 아이들을 자리에 앉히고 안전을 챙기는 일을 맡아야 한다고 생각했다. 그런데 도착 지점에는 아이들이 위험하게 서성거리고 있었고, 기록을 맡은 학생 주변에 아이들이 몰려드는 상황이 벌어졌다. 나는 손짓과 발짓으로 민석샘에게 아이들을 앉히라고 신호를 몇 번이나 보냈는지 모른다. 결국 내가 직접 뛰어가 아이들을 달리기 라인 근처에 오지 않도록 스탠드에 앉혀 놓고 오기도 했다. 아이들 못지않게 뛰어다니다 보니, 한 번 누그러졌던 내 화가 다시 치밀어 올랐다.

 가장 걱정했던 '왕복오래달리기'가 시작되었다. 각 반 6명씩 총 12명이 한 그룹이 되어 왕복달리기를 시작했다. 아이들은 짝의 왕복 횟수를 표에 기록하며 안내에 잘 따라주었다. 나는 핸드폰으로 음원을 틀어야 했기 때문에 아이들 사진도 찍을 수 없었다. 이런 상황에서는 민석샘이 알아서 사진을 찍었어야 한다고 생각했지만, 그는 아이들과 두런두런 이야기만 하고 있을 뿐이었다.

 '오늘은 꼭 한마디 하고 말겠어. 아, 김민석이 너 오늘 끝나고 보자.'

 짜증이 한계에 다다르던 그때, 도착선에서 끝까지 라인을 밟지 않고 가는 아이들이 눈에 띄었다. 하지만 나는 출발선에서 음원을 틀어야 하는 상황이라 쉽게 움직일 수 없었다. 그럼에도 민석샘은 여전히 아이들과 대화하는 데 집중하고 있었다. 도착선에도 교사가 꼭 있어야겠다고 생각한 순간, 마침 최부장님이 나타나셨다. 내가 안절부절못하자, 최부장님께서 음원 핸드폰을 대신 맡아주겠다고 하셨다. 죄송한 마음이 들었지만, 도착선으로 달려가 아이들에게 도착선을 끝까지 밟고 가도록 큰 소리로 안내했다. 수십 번을 왕복하며 달리는 왕복달리기라 계속되는 안내로 목이 쉬고 체력도 소진되었다.

그런데도 민석샘은 여전히 제 역할을 하지 않는 듯 보였다. 체력 평가를 마친 아이들 몇몇은 화단을 뛰어다니고, 다른 곳에서는 또 다른 아이들이 잡기 놀이를 하고 있었다. 도착선에 서 있던 나는 멀리 떨어진 상황이라 직접 관리하기에 어려웠다. 민석샘에게 신호를 계속 보냈지만, 그는 반응하지 않았다. 대체 뭘 하는 거냐는 생각이 머릿속에 가득 찬 순간, 나는 이해하기 어려운 장면을 보았다. 민석샘이 자신의 반 아이들과 함께 왕복달리기를 뛰고 있었다.

'아, 진짜! 저 김민석, 학생이야, 교사야? 일손이 모자란 상황에 애들이랑 같이 뛰고 있는 거야?'

이제 감정이 고스란히 표정으로 드러났다. 아이들이 옆에 있어서 당장 민석샘에게 뭐라고 할 수는 없었지만, 끝나는 대로 모든 감정을 쏟아 내리라 마음먹고 겨우 참았다. 그런데 그가 너무나 해맑은 얼굴로 숨을 헐떡이며 뛰어오더니 이렇게 말했다.

"더 뛸 수 있었는데, 아이들이 힘들어하는 것 같아서 제가 같이 뛰었어요. 그러니까 기록이 훨씬 좋아지더라고요."

뒤처지는 아이와 함께 뛰며 격려한 덕분에 아이가 힘을 내 기록이 좋아졌다는, 감동적인 이야기를 하고 싶었던 모양이었다. 그는 자기 행동에 매우 뿌듯해하며 말하는데, 나는 기가 막히고 어이가 없어 헛웃음이 나왔다. 이 신규 교사를 대체 어찌해야 할지 고민이 머리를 가득 채웠다.

체력 평가가 화려하게 끝나고, 아이들을 모두 하교시킨 후 우리는 연구실에 모였다. 호되게 한마디 해 주리라 마음먹었다. 그러나 평소와 다른 내 표정을 눈치챈 민석샘이 불안한 기색으로 눈치를 살피는 걸 보니, 부글거리던 화가 조금 가라앉았다. 그래도 해야 할 말은 해야 할 것 같아 애써 부드러운 표정으로 말했다.

"민석샘, 우리 두 반밖에 없어서 일손이 부족한데, 거기서 애들이랑 같이 뛰고 있으면 어떡해요?"

"아니, ㅇㅇ이가 너무 힘들어해서 응원해 주려고 같이 뛰었는데 기록이 좋아지더라고요."

민석샘은 여전히 학생과 함께 뛰어준 것이 뿌듯한 듯했다.

"그럼, 같이 뛸 거면 처음부터 계획하고 다 같이 뛰어야죠. 민석샘은 이제 학생이 아니라 교사잖아요. 그러면 아이들 안전 관리와 행사 진행에 더 신경 써야죠. 최부장님까지 도와주려고 오셨고, 규진샘도 걱정돼서 쉬는 시간에 왔다 갔는데, 담당 교사가 아이들과 이야기하고 뛰고만 있으면 곤란하지 않겠어요?"

사실 하고 싶었던 말은 훨씬 더 많았다. 화를 담아 쏟아내고 싶은 마음도 있었지만, 민석샘이 최소한 알아야 할 정도까지만 이야기하기로 했다.

나중에 재영샘을 통해 들은 이야기인데, 체력 평가 다음 날 민석샘이 재영샘에게 이렇게 말했다고 한다. "나 부장님한테 혼났어." 그 이야기를 들으니, 민석샘이 왜 이렇게 귀여운 것인가! 엄마의 잔소리가 시간이 지나면 피가 되고 살이 되듯이 이 선배 교사의 잔소리도 언젠가는 민석샘에게 피와 살이 될 날이 올 것이다.

$\heartsuit$

뛰고 싶던 날

한때는 시름에 잠겼다. 고등학생에게 입시 실패는 좌절감을 준다. '나는 해도 안 된다.'라는 의심은 노력에 불신을 안겼다. 살아온 시간을 가볍게 여겼다. 나는 나를 믿지 못했다. 꽤 오래 이런 상태였는데, 신규 교사 시절까지 그랬다. 스스로에 대한 신뢰를 잃는다는 것은 경험해 본 바 중대한 문제다. 본인에 대한 믿음이 없다면 자신을 사랑할 수 없으며 그렇기에 다른 사람도 품을 수 없다.

"아니 신규 교사가 엎드려 있었다니까?"
"유달리 피곤한 날 엎드렸다가 딱 걸렸나 보죠."
박세은 선생님께서는 나의 신규 교사 시절을 이렇게 회상하신다.

나는 빈 교실을 떠올리며 나의 신규 교사 시절을 회상한다. 과학과 음악을 가르치는 전담 교사였던 나에게는 정착할 교실이 없었다. 교감 선생님께서는 마음에 드는 빈 교실 중 원하는 곳에 들어가서 지내라 하셨다. 햇빛이 싫었고 누군가와 대화하는 것이 귀찮았다. 가장 구석지고 어두운 빈 교실을 하나 골랐다. 새로 지어진 건물 특유의 페인트 냄새가 은은히 올라왔기에 창문을 닫고 있으면 머리가 지끈거렸다. 말이 교실이지 불타 없어진 옛 절의 터 같았다.

신설 학교에는 컴퓨터나 교탁과 같은 집기들이 부족하다. 내가 선택한 교실에는 단 한 개의 책상, 단 한 개의 의자도 없었다. 그곳에 학생용 책걸상 두 세트를 창고에서 주워다 놓았다. 한 책상 위에는 업무용 노트북을 놓았다. 그 옆 책상에는 가방과 짐들을 올려놓았다. 형광등도 켜지 않고 지냈다. 학교에 몰래 숨어든 귀뚜라미의 기분이었다.

주말 아침을 괴롭힌, 쏟아지던 아침 햇살은 언제부터인가 점점 늦고 옅어졌다. 여름은, 뜨거운 열기로 인해 아무도 놀지 않던 운동장의 모습을 안고 떠나갔다. 겨울이 되니 공간을 채우던 페인트 향은 희미해졌으나 난방기로는 지울 수 없는 서늘함은 여전히 깊었다. 텅 빈 교실에서 사계절을 겪었다.

다음 연도에 전입을 오신 선생님들께서도 갈 곳 없기는 마찬가지셨다. 그분들 역시 빈 교실로 들어가셨다. 그러나 그분들께서는 교사용 책상과 의자를 요구하셨는데 금방 원하시던 것을 얻으셨다. 되돌아보면 나는 무엇을 해야 하는지를 알지 못했다. 그렇기에 무엇을 원하는지를 말할 수 없었다.

박세은 선생님과 동학년을 하였던 2022년, 한참 동안 빈 교실에 머물며 기운이 빠진 상태였다. 신규 교사는 열의를 품기 마련이나 내 눈은 투지 잃은 동태눈이었다. 성실함이 몸에 배었기에 직무를 유기하지는 않았으나 정성을 들이지는 않았다. 최소한의 노력으로 형식치레만 하며 지냈다. 그래도 표정은 항상 밝게 유지했다.

나의 실수를 선배 선생님들께서 너그러이 처리해 주시니 평화롭기는 했다. 겉으로 큰 문제가 발생하지 않았다는 것은 좋은 일이다. 그러나 아이러니하게도 매끈해 보이는 나날들이 나를 더욱 위태롭게 했다. 결핍된 바가 없는 것처럼 느껴졌기에 무엇을 해야 하는지를 몸소 찾아 나설 열정이 일지 않았다. 점점 나태해지더라도 나를 훈계할 사람은 없었다. 사실 어지간히 잘못한 경우가 아니고서야 학교라는 직장에서 혼나는 경험은 흔하지 않다. 그렇기에 더욱 기억에 남는 날이 있다.

"그게 말이 돼? 최창조 부장님께서 스피커를 쥐고 있는 게 말이 된다고 생각해?"

"죄송합니다."

"미리 나가서 선이라도 그었어야지. 그 선도 최창조 부장님께서 그으셨어."

"죄송합니다."

"그리고 대체 애들하고는 왜 뛰는 거야? 자기 반 애들을 관리해야지. 애들하고 같이 뛰면 어쩌자는 거야?"

"죄송합니다."

PAPS를 시행한 날의 대화다. PAPS는 학생들이 치루는 체력 시험이다. 박세은 선생님께서는 그날 여러 이유를 들며 화를 내셨다. 그러던 도중 2학년 선생님께서 청문회가 진행되던 5학년 연구실 문을 여셨다. '드디어 구주가 오셨구나.'라고 잠시 기뻐했으나 대화 주제는 바뀌지 않았다. 박세은 선생님의 화풀이는 계속됐다.

"최창조 부장님께서 스피커를 쥔 채 조회대에 한참을 서서 계셨다니까? PAPS 시작하기 전에 빨리빨리 움직여서 애들이 달리기하며 볼 선을 미리 그었어야지. 결국 그 선을 최창조 부장님께서 카트를 끌고 다니며 직접 그으셨어. 그런데 김민석은 그 와중에 애들하고 뛰고 있더라니까!"

"어머 어머, 그러면 안 되지 김민석 선생님이 잘못했네."

두 분은 한참 말을 쏟고 나서야 대화 주제를 바꾸셨다. 죄송하다는 말 외에 할 말은 없었다. '그게 잘못된 것이었어?' 하는 생각을 속으로 하였다. 무엇을 잘못했는지를 이해해야 구체적인 사과를 할 수 있다는 말을 그날 새삼 이해했다.

이 글을 쓰며 다시 곱씹어 보았는데 '김민석이 뛰었다.'가 핵심인 듯하다. 학년 구성원이 두 명이라 일손이 부족했다. 최창조 선생님의 선의가 당연한 게 아니라는 것을 안다. 그렇다고 최창조 선생님께서 선의를 베풀었던 것이 내가 혼날 일은 아니었다.

셔틀런을 위한 선을 긋는 일도 미리 해놨으면 좋았을 것이나 나는 PAPS가 무엇인지 잘 몰랐다. 물론 선을 긋는 일 정도는 충분히 떠올릴 수 있었음을 인정한다. 그러나 그 역시도 내가 혼날 일까지는 아니었다고 생각한다.

여러 정황을 고려할 때 폭발의 방아쇠는 '학생들과 뛰었다.'라는 점이었다. 학생과 함께 뛰던 나의 모습이 마음에 들지 않으셨던 듯하다.

"포기하지 말고 끝까지 달리렴. 혹시 쓰러지면 구급차 불러줄게."

"그게 얼마나 힘든지 아세요? 선생님도 같이 뛰어보세요. 엄청 힘들다고요."

"알았어. 처음부터 끝까지 같이 뛰어. 난 200번도 더 왕복해서 뛸 수 있어."

"정말이죠? 선생님 안 뛰시면 저희도 안 뛰어요."

"야 난 뛸 건데. 뛰기 싫으면 너만 뛰지 마!"

"재희야, 진정해. 성철이가 말은 저리해도 결국에 뛰는 친구잖니."

요새 체육 시간에 내가 아이들과 함께 뛰는 일은 드물다. 체력 단련을 위한 활동을 시킬 때 종종 같이 뛰는데 그런 날은 큰 각오로 학교에 온다. 신규 교사였을 때는 이런 계획에 의해 움직이지 않았다. PAPS가 시행되던 날 나는 그저 뛰고 싶었다. 다른 의도는 없었다. 학생들과 쉼 없이 뛰었고 땀으로 온몸이 젖었다.

학생들과 뛰는 일이 잘못된 일인가? 그것은 혼날 일이 아니다. 박세은 선생님께서는 열심히 교사직을 수행하지 않는 듯한 철없던 평소의 내 모습을 꾸짖으셨던 듯하다. 짐작하기로는, 쌓여 있는 것이 있으셨던 듯하다. 평소 열정을 보이는 교사가 학생들과 뛰었다면 오히려 칭찬하셨을 분이다. 쉬는 시간이 끝났음에도 복도에서 뛰어노는 학생처럼 해야 할 일을 망각한 채 떠도는, 학생과 구별되는 차이라고는 밥을 많이 먹어 불어난 덩치밖에 없는, 나를 향해 참으셨던 말들을 하셨다.

소심한 나는 그날부터 혼나지 않기 위해 해야 할 일이 무엇인지 곰곰이 생각했다. 조금씩 조금씩 해야 할 일을 찾았다. 박세은 선생님께 인정받고 싶다는 마음도 있었지만 '이런 소리를 들을 정도로 내가 별로구나.'라는 생각을 많이 했다. 좋은 사람이 되겠다고 매일 같이 말했는데 '결국 입만 살았었구나.' 하는 생각에 부끄러웠다. PAPS가 끝난 후 한동안 기분이 가라앉았다. 다행히 삶을 잘 이끌고자 하는 의지는 살아 있었고 금방 정신을 차렸다. 그즈음이 교직 생활의 반등지점이다.

좋은 교사가 될 것이다. 좋은 교사에게 필요한 것은 '더 좋은 교사가 되기 위한 욕심과 노력'이라 생각한다. 신규 교사 시절 나는 수업이 버거운 학생처럼 엎드려 있었다. 그럼에도 혼나지 않았다. 편해지고자 한다면 끝없이 편한 곳이 교직이다. 수업 연구를 안 해도 혹은 수업이 재미없어도 큰 문제는 생기지 않을 것이다. 나도 편한 것은 좋다. 그럼에도 교사로서 또 교사이기 이전에 인간으로서 나태해지고 싶지 않다. 학생이라는 덩치 작은 존재들의 삶이 내가 '들이는 관심만큼' 바뀔 수 있음을 안다. 한 몸 편하기 위해 최선이기를 포기하는 것은 꺼림직하다.

꺼림직한 저 기분은 나를 교육 전문가의 길로 인도한다. 지난 4년의 경험을 바탕으로 교사의 전문성이 '열정'을 잃지 않는 일과 깊게 관련된다고 믿게 되었다. 조심스럽지만 다른 직업도 마찬가지라 생각한다. 본인 직업에 대해 열정을 잃지 않는 자세, 더 훌륭한 직업인이 되겠다는 태도 자체가 전문성이라는 결론이다. 직업에 대한 열정을 매 순간 일깨울 때 전문성은 발휘된다.

학생의 기막힌 행동은 초 단위로 전문성을 요구한다. 아이들과의 예측할 수 없는 생활은 매 순간 지혜를 요구한다. 이어지는 돌발 상황에서도 교육의 대전제를 잊지 않는 일은 교사 외의 사람들에게 버거울 것이다. 물론 교사에게도 버겁다. "너, 너, 이리 와! 내가 뛰지 말라고 했지!"와 같은 울화를 아직도 가끔 못 참는다. 처음부터 완벽할 수는 없다. 우리는 경험을 쌓아가며 노련해진다.

신규 교사 시절에는 원하는 바가 뚜렷하지 않았으나 이제는 이루고 싶은 바가 있다. 그렇기에 해야 할 일을 안다. 한때 자아가 성장하지 않는다고 믿은 적도 있었다. 그러나 지난 4년간 나는 분명하게 성장했다. 열의를 잃고 흔들리는 날은 다시 올 수 있다. 그런 순간이 오더라도 이제 박세은 선생님의 훈계는 필요 없다. 나는 나를 타이를 수 있을 만큼 성장했다.

8.

춤추고 눈 던지는
라떼 선생님

꼰대

"매일 헬스로 다져진 불룩불룩한 팔뚝을 꿈틀대며
여자 아이돌 댄스를 연습하고 있다니,
'아이브'가 아닌 '아이고'가 절로 나오네."

MZ

"그러지 말고 동작 좀 봐줘요.
이 부분 웨이브가 느낌이 안 사는 것 같지 않나요?"

♥

나도 춤추고 눈 던지고 싶다

학년 부장에게는 하루에도 몇 건씩 학년 의견을 취합해 달라는 업무 메시지가 온다. 동학년 선생님들이 그때그때 의견을 잘 정리해 주면 학년 부장의 업무도 훨씬 수월해진다. 수업이 끝난 오후에 계획에 없던 학년 회의가 열리는 일도 흔한 일상이다.

그런데 의논할 일이 생겨 2반 교실에 가보면 민석샘이 없는 경우가 잦아졌다. 연구실도 가보고 화장실 앞에서 불러보아도 인기척이 없었다. 핸드폰으로 전화를 걸어도 단번에 받지 않는 일이 많았다. 한참 뒤에야 민석샘에게서 전화가 왔다.

"전화하셨어요?"

"어디 있어요?"

"저 꿈자람터에 있어요."

꿈자람터는 우리 학교 특별실 중 하나로, 일반 교실의 1.5배 정도 크기다. 한쪽 벽 전체가 전신거울로 되어 있어 주로 아이들의 무용 수업에 사용하는 공간이다.

"엥? 이 시간에 거기에서 뭐 하고 있어요?"

"춤추고 있는데요."

〈82년생 김지영〉도 아닌 '98년생 김민석'을 내가 어디까지 이해할 수 있을까? 근무 시간 중이고 언제든 학년 업무를 의논해야 할 일이 생길 수 있는 시간인데, Z세대 신규 교사가 지금 왜 춤을 추고 있는 걸까? 답을 찾을 수 없는 질문을 뒤로한 채, 할 일을 떠올리며 민석샘에게 빨리 오라고 다그쳤다. 얼마 지나지 않아 땀을 뻘뻘 흘리며 나타난 그는 오히려 무슨 급한 일이라도 있냐는 표정으로 나를 쳐다봤다. '지금 네가 제일 급한 일이다.'는 말이 목구멍까지 올라왔지만, 겨우 참으며 업무 이야기를 했다.

한 번 들어나 보자는 심정으로 물었다.

"이렇게 땀을 뻘뻘 흘리면서 도대체 무슨 춤을 추는 거예요?"

"아이브의 〈러브 다이브〉요."

"아이고야. 내가 다이네."

매일 헬스로 다져진 불룩불룩한 팔뚝을 꿈틀대며 여자 아이돌 댄스를 연습하고 있다니, '아이브'가 아닌 '아이고'가 절로 나왔다.

민석샘은 학급 아이들과 함께 춤추는 미션을 수행 중이라고 했다. 아이들과 즐겁게 어울리는 일이라 칭찬해야 마땅하지만, 이 꼰대 교사는 그럴 수 없었다. 주간학습안내도 미처 작성하지 않은 채 춤만 추고 있는 상황을 이해하기에 어려웠다. 그래도 민석샘의 학급 이벤트를 위한 노력이라고 생각하며, 열심히 하되 할 일은 먼저 하라고 말했다. 그러자 민석샘은 미워할 수 없게 또 밝은 목소리로 "네!" 하고는 바로 맡은 일을 빠르게 처리해 냈다.

그 이후로도 민석샘의 춤 연습은 세면대 거울 앞, 연구실 거울 앞, 교실 뒤편 등에서 쉽게 목격되었다. 처음보다 제법 실력이 늘어가는 듯했다. 교실이나 운동장에 2반 아이들이 보이지 않으면 나는 불안했다. 전신거울이 있는 꿈자람터에서 민석샘이 아이들과 함께 춤추고 있는 것이 분명했다. 잠시 후, 2반 아이들이 땀을 뻘뻘 흘리며 교실로 돌아오는 모습을 본 우리반 아이들이 나에게 물었다.

"선생님, 2반 애들 뭐예요? 뭐 하고 오는데 저렇게 땀 흘리고 와요?"

"2반? 요즘 춤춘단다."

"와! 좋겠다. 우리도 랜덤 플레이 댄스해요!"

"야, 선생님 랜덤 플레이 댄스 모르실걸. 선생님, 그냥 노래 막 틀어놓고요, 아는 노래 나오면 아무나 나와서 춤추는 거예요. 그게 랜덤 플레이 댄스예요."

그 정도는 나도 알고 있었다. 하지만 중요한 것은 내가 그것을 아느냐 모르느냐가 아니었다. 우리 반 아이들 눈에는, 나는 아이들과 춤추는 2반 선생님과 달리 랜덤 플레이 댄스조차 모르는 옛날 사람으로 보였던 것이다. 근무 시간에 춤 연습을 한 민석샘이 반성해야 한다고 생각했지만, 정작 반성해야 할 사람은 춤도 못 추고 랜덤 플레이 댄스도 모르게 보이는 나인 것처럼 느껴지는 이유는 무엇일까?

댄스 삼매경에 빠진 민석샘은 참 즐거워 보였다. 누가 시키지도 않았는데, 스스로 무언가에 몰입하며 땀 흘리는 데에는 분명 그 일을 하게 만드는 에너지가 있을 것이다. 그렇게 생각을 바꿔보니, 학교에서 즐겁게 자신의 에너지를 발산할 수 있는 뭔가를 찾은 것이 나쁜 일만은 아니라고 느껴졌다. 나는 그 순간 꼰대가 아닌 척 해보려 했다. 나는 MZ니까.

오랜만에 MZ 모임을 열었다. 학교 근처에 있는 커다란 호수 주변에는 맛집과 카페들이 즐비했다. 같은 학교에 있으면서도 바쁜 일상에 얼굴도 못 보고 지낸 지 꽤 오래된 터라, 우리는 반가운 마음에 맥주를 한잔하며 이야기꽃을 피웠다. 적당히 기분이 좋아진 우리는 다 함께 호수 공원 산책길을 걸었다.

그런데 갑자기 민석샘이 요즘 빠져 있던 춤을 추기 시작했다. 뻥 뚫린 호수 공원에서 춤을 추는 게 얼마나 신났겠는가! 문제는, 여기가 학교 앞 호수 공원이라는 것이었다. 어디선가 학부모님이나 아이들이 볼지도 모를 일이었다. 다른 선생님들은 손뼉을 치며 박자에 맞춰 노래까지 불러줬지만, 나만 좌불안석이었다. '누가 보면 어쩌지? 저러다가 넘어지기라도 하면 어떡하지?' 머릿속은 걱정으로 가득했다. 간신히 그를 말려 민석샘의 한밤중 호수 공원 댄스는 멈출 수 있었다.

생각해 보면, 호수 공원에서 춤을 추는 것이 특별히 이상하거나 잘못된 일은 아니다. 혹시 학부모님이나 아이들이 본다 해도, 함께 즐거워할 일이지 나쁜 일이 될 이유는 없었다. 그런데 나는 왜 그렇게 조심스러웠을까?

외국인들이 공원에서 자유롭게 춤추는 모습은 멋져 보였으면서, 정작 민석샘이 주변 시선을 의식하지 않고 춤추는 모습은 말리고 싶었다. 이중적이고 꽉 막힌 사고를 하는 나 자신을 보니, 무늬만 MZ라는 사실이 확실해졌다. 그래도 나는 포기하지 않고 MZ 모임에 끼어보며, 세대 간의 경계가 점점 사라지도록 노력해 봐야겠다고 다짐했다.

겨울이 되어 첫눈이 내리면 그날의 수업은 이미 끝난 것이나 다름없다. 아이들의 시선은 창밖에 내리는 눈에 고정되고, 흥분을 참지 못해 선생님의 존재는 잊은 채 자리에서 일어나 창문에 붙어 있는 아이들도 있다. 사실 나도 아이들만큼이나 눈 오는 날을 좋아했다. 어릴 적에는 손톱에 들인 봉숭아 물이 사라지기 전에 첫눈이 내리면 소원이 이루어진다는 속설을 철석같이 믿었다. 그래서 손톱 끝에 아슬아슬하게 남아 있던 봉숭아 물든 손을 눈이 내리는 하늘을 향해 뻗고 간절히 소원을 빌곤 했다. 또 하얀 눈을 뽀드득뽀드득 밟는 기분이 좋아 일부러 눈 쌓인 길을 찾아 걸어 다니던 기억도 떠오른다.

하지만 운전을 시작하면서부터 눈이 마냥 반갑지만은 않게 되었다. 출퇴근길은 초긴장 상태의 도로로 바뀌고, 출근 시간과 분 단위로 싸워야 하는 상황이 잦아졌다. 지금의 학교로 오기 전 근무했던 학교는 출근에 고속도로로 1시간 30분이 걸리던 곳이었다. 어느 날, 전날 내린 눈이 새벽 사이에 얼어 도로가 빙판길로 변했다. 평소보다 1시간 일찍 출발했지만, 결국 학교까지 도착하는 데 2시간 50분이나 걸렸다. 거의 3시간 만에 도착한 것이다. 그날 이후 눈은 더 이상 나에게 아름답기만 한 존재가 아니었다.

　아직 눈의 불편함을 경험하지 못한 아이들에게는 하늘에서 하얗게 내리는 눈이 여전히 행복한 요소다. 눈이 쌓이기만 하면 아이들은 귀여운 강아지처럼 운동장으로 뛰쳐나가고 싶어 한다. 그 마음을 알기에, 첫눈이 함박눈으로 내려 운동장을 하얗게 덮으면 자체 야외 수업은 피할 수 없는 일이다. 그날도 아이들은 등교하면서부터 내 턱밑에 와서 주문을 외우기 시작했다.

　"선생님, 눈이 많이 오네요. 아, 나가고 싶다!"

　"운동장에 눈이 엄청나게 쌓였는데, 다 녹으면 어떡하지?"

　"눈싸움하면 진짜 좋겠다! 우리 선생님은 분명 이따가 나가자고 하실 거야."

　이 주문이 아니더라도 사실 나는 아침 출근길부터 '오늘은 운동장에서 아이들과 눈놀이해야겠다.'라는 생각을 하고 있었다. 하지만 그런 마음을 들키지 않으려고 일부러 눈에 무관심한 척 연기했다. 반전의 전략으로 아이들의 기쁨을 배로 만들어 주고 싶었기 때문이다.

　연구실에서 민석샘과 의논한 끝에 1반과 2반이 함께 운동장에 나가기로 했다. 운동장에 나가기 전부터 이미 아이들은 흥분 상태였다. 그 흥분을 잠재우는 것은 내 특기 중 하나다. 기쁨이 두 배가 되더라도, 과도한 흥분은 사고로 이어질 수 있기 때문이다.

　"눈 속에 돌멩이 같은 거 넣어 던지면 절대로 안 돼요."

"옷이 너무 많이 젖으면 감기 걸리니까 눈 위에서 막 굴러다니지 말아요."

"친구들이 열심히 만든 눈사람을 장난으로 부수는 일도 없어야 해요."

"손이 시리니까 장갑 꼭 끼고 눈을 만지세요."

아이들은 모두 이해했다는 듯 고개를 끄덕이며 '제발 이제 나가요.'라는 신호를 온몸으로 보내기 시작했다. 하지만 나는 마지막 당부를 잊지 않고 강하게 덧붙였다.

"선생님은 옷 젖는 거 싫어요. 절대 선생님한테 눈 던지지 마세요. 이거 약속해야 나갑니다."

"예! 절대로 안 던질게요. 선생님 근처에도 안 갈게요. 선생님, 제발 이제 나가요."

눈을 반짝이며 '선생님이 원하시는 건 뭐든 하겠사옵니다.'라는 표정을 짓는 아이들이 너무 귀여워 웃음이 절로 나왔다. 그런데 혼자서 웃음이 터질 뻔한 일도 벌어졌다. 조금 전 남자아이 둘이 "우리, 선생님 눈으로 맞히자.", "그래. 뒤에서 던지고 도망가자."라고 속닥거리는 것을 나는 들어버렸다. 마지막 당부를 하는데, 그 두 아이가 서로를 보며 '어떡하지?'라는 표정을 짓는 모습이 너무 웃겨서 웃음을 참느라 혼이 났다.

운동장에는 우리 5학년 두 반 외에는 아직 다른 학년 아이들이 나오지 않았다. 아이들은 하얗게 눈이 쌓인 운동장을 뛰어다니며 즐거워했다. 친구들과 모여 커다란 눈사람을 만들고 있는 아이들, 눈덩이를 던지며 눈싸움하는 아이들, 그리고 교실에서 약속은 잠시 잊고 눈 위에서 온몸으로 뒹구는 아이도 보였다. 우리 반과는 약속이 조금 다른 2반 아이들은 선생님을 우르르 따라다니며 눈을 던지고 있었다. 민석샘도 아이들과 섞여 있어서 어디에 있는지 잘 찾아봐야 보였다. 그런 민석샘과는 달리, 나는 강력한 마지막 약속 조항에 따라 뽀송뽀송한 옷을 유지하고 있었다.

한참 아이들과 뛰어놀던 민석샘이 갑자기 나에게 걸어왔다. 마치 홍콩 영화에 나오는 주윤발처럼 하얀 눈밭 위를 긴 코트를 휘날리며 성큼성큼 걸어오고 있었다.

'민석샘이 왜 영화를 찍는 거지?'

'나 어떻게 해야 하지? 왜 이러는 거야?'

그가 거의 내 바로 앞까지 와서 얼굴을 들이밀고 내 귀에다 속삭였다.

"부장님, 저 바지가 찢어졌어요. 어떡해요?"

"…."

잠시 할 말을 잃었다.

"많이 찢어졌어요?"

"예. 눈 뭉치를 만들려고 앉았다 일어났는데…."

"학교에 체육복 없어요?"

"예. 없어요. 집에 금방 다녀올 수 있는데, 갔다 와도 될까요?"

"아이들을 두고 지금 집에 갈 수는 없으니, 규진샘이나 교무부장님께 체육복이 있는지 물어봐서 빌려 입어요."

담임 선생님의 비애를 모른 채 2반 아이들은 여전히 신나게 눈싸움하며 즐거워했다. 한바탕 눈을 만끽한 후 모두 교실로 들어갔다. 민석샘도 동료 선생님의 체육복 덕분에 차분하게 학교 일과를 마칠 수 있었다.

나는 아이들과 함께 춤을 추고 눈싸움하는 민석샘을 떠올렸다. 주변의 눈치를 보느라 공원에서 춤추는 것을 말리고, 선생님에게 절대 눈을 던지지 않을 것을 아이들과 약속한 나를 돌아봤다. 아이들 속에서 교사가 직접 경험하고 교감하는 교육이 아이들에게 좋은 배움이 될 수 있을 것 같았다. 나이와 상관없이 민석샘처럼 아이들과 함께 놀고 체험하면서 교육하는 선생님들도 많이 계신다. 그러나 민석샘처럼 춤추고 눈 던지는 모습은 그런 시도를 꺼리는 나 같은 꼰대 교사보다는 젊은 신규 선생님들의 강점이 될 수 있겠다는 생각이 든다.

♡

나는 오늘도 춤춘다

"선생님, 〈러브 다이브〉 틀어주세요."

"뜨악! 아이브 싫어."

남학생들은 여자 아이돌 그룹의 노래에 크게 반응한다. 아마 여학생들
이 좋아하니 일부러 싫어하는 척을 하는 듯하다. 내 생각에 남학생들은 아
이브가 누군지 얼굴도 모를 것 같다.

5학년 담임을 맡았던 2022년, 아이브의 〈러브 다이브〉는 초등학생들에
게 선풍적인 인기였다. 손가락으로 LOVE의 L과 V를 만들어 다이브하는
듯한 모습을 표현하는 동작이 춤동작의 하이라이트 부분이다. 쉬는 시간
이면 여학생들은 삼삼오오 모여 그 춤을 연습했다.

나는 미술 시간에 학생들이 원하는 노래를 유튜브에서 찾아 튼다. 아이
들은 자신이 좋아하는 노래로 교실을 채우고 싶어 한다.

"선생님 〈러브 다이브〉요. 남자애들이 신청한 모기 송도 틀어주셨잖아

요. 〈러브 다이브〉 빨리 틀어주세요."

"알았어. 그만 보채봐."

한 날은 재잘대는 여학생들 등쌀에 못 이겨 〈러브 다이브〉를 틀어줬다. 듣다 보니 무심결에 선율을 흥얼거리게 됐다. 그날 잠들기 전 유튜브 영상으로 〈러브 다이브〉 안무를 5번은 돌려봤다. 살면서 처음으로 춤이란 것이 멋있다고 생각했다. 몸을 그렇게 움직일 구상을 했다는 점이 경이로웠다.

다음날부터 안무 연습을 시작했다. 거울 안무 연습 영상을 보며 〈러브 다이브〉 안무를 차근차근 따라 해 봤다. 연습을 10분 정도 했을 때 반 여학생들이 얼마나 잘 추는지 깨달았다. 헬스장에서도 틈틈이 연습했다. 가령 턱걸이를 한 후 다음 세트 전 3분의 휴식을 가질 때 안무를 연습했다.

"좀 떨어져서 하면 안 되겠냐? 그리고 아는 척하지 말아줬으면 해."

"그러지 말고 동작 좀 봐줘 봐. 이 부분 웨이브가 느낌이 잘 안 사는 것 같아."

같이 운동하는 동료 교사가 나를 창피해했으나 신경 쓰지 않았다.

퇴근 후 집에서도 많은 시간 투자를 했다. 온 바닥이 땀으로 범벅돼 미끄러워질 때가 돼서야 씻고 다른 일을 했다. 그러던 어느 날 문 앞에 '아래층 사는 사람인데 발소리가 자주 그리고 크게 들립니다.'라는 포스트잇이 붙어 있었다. 나는 화들짝 놀랐다. 파리바게뜨에서 롤케이크를 산 후 직접 아랫집에 찾아가서 그간의 소음에 대해 사과드렸다.

"집에 있으면 천장의 형광등이 깜박거릴 때가 있어요. 쿵쿵거리는 발소리에 맞춰서요."

"죄송합니다. 제가 요새 춤 연습을 하고 있는데 층간 소음에 대해 미처 생각하지 못했습니다."

아래층에는 서른 초반의 남자분이 사셨다. 그때의 만남을 계기로 친해져 맥주를 마시며 보드게임도 몇 번 했다. 아래층 남자분에게 연습한 춤동작을 보여주기도 했다. 물론 그 일이 있고 난 후부터 춤 연습은 집이 아닌 공원에서 이루어졌다.

나는 춤 연습이 참 즐거웠다. 하지만 그와 별개로 스스로 춤에 재능이 없음을 알게 되었다. 춤 연습을 결심하며 설정했던 목표는 '감상할 만한 동작을 몸으로 표현하는 것'이었다. 즉 춤이라는 예술을 하고 싶었다. 그러나 연습을 거듭할수록 '춤과 관련해 남들보다 수배의 노력이 필요하겠구나.'라는 생각이 자연스럽게 들었다. 재능이 부족해 괴로움을 호소하는 또 다른 소리를 나는 교실에서 듣고는 한다.

"너무 어려워서 하기 싫어요. 안 할래요. 얘들아, 나 안 해."

"진정하렴. 내가 도와줄게. 너는 분명 해결할 수 있어."

"맞아 찬우야. 나도 어려웠는데 조금 해보니까 할 수 있었어."

"그렇지만 어렵단 말이에요. 화가 나요. 이렇게 어려운 문제들을 왜 굳이 풀어야 해요?"

"네가 잘되기 위해서란다. 틀리더라도 도전하자. 이 교실에 있는 누구도 너를 탓하지 않아. 선생님과 친구들이 네가 문제를 틀렸다고 나무랄 사람들이 아닌 것을 알잖니. 틀렸다고 혼나는 일은 없어. 그리고 교사로서 네가 노력하기를 포기하는 것은 허락할 수 없단다. 끝까지 부딪히렴."

"저도 잘하고 싶어요. 그렇지만 너무 힘들어요. 어떤 때는 화도 나요. 이문제를 틀리면 엄마한테 혼날 거예요. 엊그제 학원에서 푼 시험지 가져갔을 때도 엄마한테 혼났단 말이에요."

"선생님도 일이 안 풀려서 속상할 때가 있어. 나는 그럴 때마다 우주를 생각해. 지구의 날 우주에 대해 보여준 것 기억하니? 우주에서 우리는 아주 작아. 우리 마음의 슬픔과 화는 아무 의미 없을 정도로 사소하겠지. 아무리 화나고 슬퍼도, 작은 화며 작은 슬픔인 거야. 그런 화와 슬픔은 분명금방 지나갈 거야."

"맞아. 나는 힘들 때마다 눈앞에 치킨을 떠올리는데 그러면 괜찮아져."

아이다운 어리숙함이 선한 마음을 돋보이게 하는 여학생도 내 말을 거든다.

올해 우리 반의 한 학생은 수업 시간 중 모두가 들을 법한 큰소리로 종종 하던 일을 포기하겠다고 외친다. 여러 부분에서 감정 표현에 솔직한 학생이다. 그 외침들은 '나를 확실하게 도와달라'는 신호다. 그 학생이 정말로 포기하는 경우는 드물었다. 내가 포기하는 것을 허락하지 않아 하던 일을 그만둘 수 없기도 했을 것이다. 하여튼, 맨 뒷자리에 앉은 그 솔직한 남학생과 거리를 두고 대화할 때 반 학생들은 이야기를 유심히 듣는다. 논리비판 능력이 뛰어난 학생이 중간에 자주 반문한다.

"선생님, 그러면 모든 일이 다 의미 없는 것 아니에요? 슬픈 일이 의미 없듯 기쁜 일도 의미 없는 것 아닌가요?"

"일리 있는 말이야. 다만 너희가 슬픔을 털어내길 바라는 심정으로 말했단다. 슬픔과 화를 떨쳐낸 후 '기쁨 역시 의미 없다.'라는 태도를 선택하는 것이 아니라 '이로써 기쁨으로 가겠다!'라는 자세로 마음을 새로이 다잡았으면 해. 우리 삶은 마음먹기 나름이란다."

포기하겠다고 외쳐대는 학생이 다시 입을 연다.

"그렇지만 힘들고 화가 나는 걸 어떻게 해요. 슬프고 화나는 것은 당장 느껴지는 것이잖아요."

"들어보렴. 우리가 교실에서 진정으로 해내야 하는 일은 수학익힘책의 문제를 푸는 일이 아니야."

"수학익힘책을 그럼 안 풀어도 된다는 말인가요?"

"문제를 맞고 틀리고 하는 것에 얽매이지 말라는 거야. 지금 해야 할 것은 '포기하지 않고 최선을 다하겠다.'라는 태도를 몸에 익히는 일이야. 어쨌든 일단 나는 결코 너희를 포기하지 않을 거란다. 다시 풀어보자."

"나 안 해. 못 해."라고 말하는 학생을 나는 혼낸 적이 없다. 나에게도 힘든 마음으로 버틴 시간이 있었기에 그것이 얼마나 괴로운지 알기 때문이다. 또한 감정을 솔직하게 이야기하는 학생을 혼내면 오히려 많은 것을 감추기 시작할 것 같아 우려된다.

시간을 들여 모든 학생이 다 들을 수 있도록 내 견해를 전한다. 삶에 대한 내 관점을 끊임없이 들려주며 설득한다. 경험상 '최선을 다해 이 문제를 해결해 보겠다.'라는 자세로 삶을 사는 사람들은 어느 집단에 속해 있든 빛이 난다. 내 학생들이 그런 사람이 되길 바란다. 그렇기에 위 같은 투정을 그냥 넘기지 않고 항상 신중하게 설득한다.

그런데 정직하게 말하면, 투정을 부린 그 학생은 수학 문제와 관련해 다른 학생들보다 더 많은 시간을 쏟아야 할 것이다. 수학 문제를 해결하는 일에 있어 그 학생은 가진 재능이 약하다. 아이브와 똑같은 시간 춤 연습을 하더라도 내가 아이브만큼의 결과를 낼 수 없을 가능성이 높다는 것을 깨달았듯 그 학생도 수학 문제를 풀며 비슷한 경험을 할 것이다.

그런데 누군가가 나에게 "너는 아이브를 춤으로 뛰어넘을 수 없어." 혹은 "네 학생은 훌륭한 수학자가 될 수 없어."라고 말한다면 그것은 받아들일 수 없다. 인정하기 싫은 것이 아니라 나는 정말 그렇다고 믿지 않는다. 나는 노력하면 해내지 못할 일이 없다고 믿는다. 허세처럼 보일 수 있는 이 태도를 나는 오랫동안 고집했다. 잠시 고등학교 시절 일화를 소개하겠다.

신이시여, 내가 변화시킬 수 없는 것들은 받아들이는 평온함을 주시고,
변화시킬 수 있는 것들은 변화시키는 용기를 주시고,
이 두 가지를 구별할 줄 아는 지혜를 주소서.

어떤 신학자의 기도문 몇 구절을 선생님께서 복사해 오셔서 고등학생

때 읽은 적이 있다. 그 기도문을 같이 읽은 후 선생님께서는 수업을 시작하셨다. 나는 그 시의 의미에 대해 수업 시간 내도록 곱씹었다. 그 시는 불쾌했다. 수업이 끝난 후 선생님을 붙잡았다.

"선생님, 우리가 변화시킬 수 있는 것과 없는 것을 어떻게 구별하나요?"

"터무니없는 것이 무엇인지 살다 보면 충분히 구별 가능하단다."

"우리 눈앞에 있는 것들이 예전에는 분명 터무니없는 일들이었을 것이에요. 스마트폰 같은 물건들을 생각해 보세요. 누가 그런 것을 만들 수 있으리라 믿었겠어요."

"그렇겠지. 그런데 스티브 잡스 같은 사람들은 본인의 재능을 잘 알고 있었기에 해낼 수 있지 않았을까. 자신을 잘 파악해야 해. 그래야 시간을 낭비하지 않을 수 있어."

"충분히 해낼 수 있는 일일지도 모르는데 '내가 변화시킬 수 없는 것들'이라고 단정 짓게 될 수도 있어요. 도전하기를 멈춤으로서 얻는 것은 평온이 아니라 체념의 감정 아닐까요?"

"민석이, 때로는 그런 시간은 도전정신에 의한 것이 아니라 오기에 의한 것일 수도 있어. 도전과 오기는 구분되어야 해."

"선생님 말씀에 틀린 말은 없다고 생각해요. 그러나 저는 이 글귀에서 이야기하는 지혜를 인간은 가질 수도 없고 가져서도 안 된다고 생각해요. 이 시에서 이야기하는 지혜는 모든 결과를 알고 있는 신과 같은 절대자의 지혜이지 인간의 지혜가 아니에요. 이것을 인간의 지혜라고 믿는 사람은 앞으로 이룰 수 있는 수많은 것들을 자기 손으로 포기하게 될 것이에요.

그리고 인간의 지혜가 이런 것이라면 지금 눈앞에 보이는 많은 것을 부정하는 모순에 빠지게 돼요."

"네 말은 충분히 이해하였어. 네가 그 마음을 잃지 않았으면 좋겠구나. 그런데 갑자기 이렇게 나에게 이야기하는 이유를 물어도 되니?"

"그러게요. 모르겠어요. 그냥 이야기하고 싶었나 봐요."

그 기도문이 나를 부정하는 것 같았다. 그 기도문의 내용을 선생님께서는 굉장히 높이 사셨는데 나는 그런 선생님을 설득하고 싶었다. 당시에는 선생님의 답이 오로지 나에게 반박하기 위해 꾸며낸 말들이라 생각했다. 27살의 나는 선생님께서 주신 답의 많은 부분에 공감한다.

누구든지 노력하면 어떤 일이든 잘할 수 있다고 믿는다. 그러나 굳이 괴로워하면서 재능 없는 일을 억지로 할 필요는 없다. 춤 재능이 약한 나는 굳이 아이돌의 길을 갈 필요가 없다(나를 아이돌로 데뷔 시켜줄 사람이 없다는 것은 알고 있다). 수학 재능이 약한 내 학생은 굳이 수학자가 될 필요가 없다. 재능 있는 일에만 노력을 쏟아도 인생이 짧다. 재능 없는 일에 손대지 말라는 것이 아니다. 일상을 즐기는 데 있어 재능 유무는 중요하지 않다. 우리가 점검해야 할 것은 '하고 싶다는 마음'이다.

재능이 있든 없든 하고 싶으면 하면 된다. 하고 싶다는 이끌림으로 일을 시작한다면 비록 재능이 없더라도 이룰 수 있는 바가 많다. 삶은 의미를 부여하는 과정이다. 비록 남들보다 뛰어나지 못하더라도 본인이 그것을 경험하는 시간 동안 값진 의미를 찾을 수 있으면 된다. 하고 싶은 일을 성실히 하면 된다.

"선생님 그게 춤이에요? 진지하게 못 추시는데요."

"나도 알아. 너희 웃으라고 춘 거야. 그래도 좀 비슷하지 않아? 엊그제보다는 잘 추잖아."

"모르고 보면 어떤 춤인지 모르겠는데요. 태권도 같아요."

종례 시간에 세 번 정도 〈러브 다이브〉를 틀어놓고 교실 앞에서 춤을 췄다. 학생들은 처음에는 웃다가 중간부터는 진지하게 감상했다. 담임 교사라는 사람이 진지하게 임하고 있다는 것을 느껴서였을까? 어설펐지만 흉내는 낼 수 있었고 그에 만족했다. 춤을 통해 높은 수준의 예술을 하고 싶다는 목표를 이루지는 못했다. 그러나 춤을 연습한 시간 덕분에 학생들 앞에서 공연할 수 있었다. 또 그를 계기로 학생들과의 관계도 확장할 수 있었다.

동탄 호수공원에서 회식 후 춤을 보여 달라는 동료 교사의 요청에 춤춘 기억도 있다. 웃기려고 춘 것은 아니었지만 그날 호수 공원의 한 맥줏집에서는 웃음소리가 들렸다.

나는 "너는 그렇게 될 수 없어!"라는 말을 싫어한다. '하고 싶다.'라는 의욕과 '해낼 수 있다.'라는 가능성에 대한 믿음만을 품는다. 확률이 낮다는 것은 불가능하다는 것과 다르다. 물론 불가능한 일이 있을 수 있다. 설령 그런 일이 있더라도 나는 그것을 모르고 죽을 것이다.

나에게 허락되지 않은 것 중 하나는 '할 수 없는 일과 할 수 있는 일을 구별하는 것'이다. 이렇게까지 말하는 것이 오만일 수 있다. 그러나 '할 수 없는 일과 있는 일을 구별하는 것' 또한 오만이라 말하겠다. 인류사의 마지막 페이지를 보지 못하고 죽는 나에게, 자신의 한계 같은 것을 정할 근거나 이유는 없다.

나는 죽는 날까지 최선을 다해야 하는 존재다. 마지막 순간까지 노력해도 이룰 수 없는 일이 있다면 슬픔을 안고 신께 가서, 열심히 살았노라 이야기할 것이다. 신이 계신다면 그런 영혼을 신께서는 불쌍히 여기실 것이다. 위로는 그때 받으면 된다. 살아있는 한, 노력하는 몸짓은 신도 막을 수 없다.

9.

포각포각 학부모들이
찾아온 날

꼰대

"어머니들, 정말 속상하셨죠?
2반 선생님도 아이들과 잘 지내보려고 노력하셨는데
뜻대로 잘 안되어 힘들어하시는 것 같아요."

MZ

"얘들아 찾아오렴. 무척이나 보고 싶단다."
(또 교실 나가기만 해봐, 이번에는 잡으러 간다.)

♥

토닥토닥, 우리 신규 힘내라

교사들 사이에는 '교사의 삼복'이라는 이야기가 있다. 이는 관리자 복, 학생 복, 학부모 복을 의미한다. 나도 딸이 있는 학부모로서 담임 복에 관해 이야기하곤 하는데, 이와 같은 맥락이다. 관리자 복이 있는 해는 유독 우리 반 아이들로 인해 힘든 경우가 많고, 학생 복이 있는 해는 묘하게도 학부모와의 갈등이 심해지는 경우가 있다. 아이들도 최고고, 학부모와의 관계도 좋은 해에는 관리자가 힘들게 하는 경우가 생기기도 한다.

어느 직장이나 별반 다르지 않겠지만, 서로 영향을 주는 모든 구성원과의 관계가 완벽하기란 어렵다. 복까지는 아니더라도 모든 관계가 원만하다면 교사의 삶은 참으로 행복할 것이다. 그래도 굳이 꼽으라고 한다면, 학생과의 관계가 좋을 때 교사가 가장 행복하다고 생각한다. 교사의 존재 이유는 학생들이고, 교사와 학생의 관계가 잘 맺어질 때 교사로서 자존감도 높아지기 때문이다.

그런데 학생과의 관계는 좋지만, 학부모와의 갈등이 간혹 발생하는 경우가 있다. 이런 상황이 가장 난감할 때이다. 학생이 없으면 교사와 학부모의 관계는 성립되지 않지만, 중간 다리 역할을 하는 학생과의 관계가 무난한데도 학부모의 지나치게 주관적인 추측과 감정 몰입으로 뜻하지 않게 갈등이 생기기도 한다. 하지만 이런 경우는 매우 드물고, 대부분 학부모와의 갈등은 학생과의 갈등으로부터 시작된다.

예민하고 복잡한 관계 속에서 생활하는 교사들은 요즘 자신을 스스로 '극한 직업'이라고 표현하기도 한다. 내 생각에 이 '극한 직업'은 상황에 따라 바뀌는 것 같다. 교사를 둘러싼 관계에서 어려움을 겪었을 때는 '극한 직업'이라는 말이 딱 들어맞는다. 그러나 이 관계들이 원만할 때는 반대로 극적으로 행복한 직업의 의미로 '극행 직업'이라는 표현이 잘 어울린다.

다른 직업 세계의 사람들이 '뭘 저런 걸로 좋아하나?'라고 갸우뚱할 만한 것으로도 교사는 참으로 행복해한다. 아이들을 키워 본 부모들은 이해할지도 모른다. 부모는 아이들의 사소한 작은 움직임에도 미소를 머금는다. 교사는 하루 종일 많은 아이들에 둘러싸여 지내면서 이러한 작은 소확행을 수시로 경험한다. 이것이 교사를 '극행 직업'으로 만든다.

이 행복을 위해 교사들은 공부하고, 경험하고, 인내한다. 교사도 다양한 사람들의 집단이라 모두가 그렇지는 않겠지만, 교사 대부분은 긴 수련의 과정을 거치며 나름의 노하우를 쌓는다. 즉, 예측 불가능한 다양한 상황 속에서 교사와 다른 구성원 간의 관계를 어떻게 관리하며 본래의 교육적 목표를 실행해야 하는지를 터득해 간다는 뜻이다.

이런 면에서 후배 교사들은 선배 교사들에게 배울 점이 많다. 직접 경험하기 전에 선배 교사의 노하우를 좀 더 쉽게 습득하면 좋지 않겠는가? 하지만 그것은 말처럼 쉽지 않다. 후배 교사가 선배 교사의 노하우를 알고자 해도 각자의 교실이 칸칸이 벽으로 막혀 있어 이를 다 들여다볼 수는 없다. 선배 교사와 후배 교사가 충분히 이야기를 나눌 시간적 여유도 부족하다. 또한 각자의 교육 철학과 개인의 성격이 다 다르므로, 후배 교사가 선배 교사의 노하우를 그대로 받아들이기 위해서는 많은 내적 토론이 필요하다.

그날은 이유는 알 수 없었지만, 옆 반 민석샘의 발걸음이 유난히 분주해 보였다. 민석샘의 표정은 어두웠고, 불안한 기색이 역력했다. 2반 아이들마저 어딘가 떠 있는 느낌이었다. 무슨 일이 있는지 물어보려 했지만, 쉬는 시간이 끝나 이어지는 수업을 해야만 했다. 아이들이 모두 하교한 후, 민석샘에게 다가가 무슨 일이 있었냐고 물으려는데, 민석샘이 먼저 입을 열었다.

"부장님, 저희 반 여자 아이들 네 명이 급식도 먹지 않고 아무 말 없이 집에 가버렸어요."

"뭐? 그게 무슨 말이야? 그래서? 어디 있는지 찾았어요?"

"예. 도서관에 있었다고 하더라고요."

"학교 도서관?"

"아니요, 동네 도서관이요."

"학부모님들께는 연락했어요?"

"예. 전화해서 상황을 설명드렸더니 다행히 이해해 주시고, 집에서 잘 이야기해 보겠다고 하셨어요."

민석샘의 표정이 이상하다고 느꼈을 때 바로 물어봤어야 했다. 아이들이 사라지는 일은 학교에서 긴급 상황이나 다름없다. 거의 비상에 가까운 일인데, 민석샘은 그것을 혼자 해결하려고 했다. '아무리 고학년이라도 애들은 애들인데….' 나는 가슴이 철렁 내려앉았다. 내일 아이들과 잘 이야기하고 갈등을 해결해 보라고 민석샘에게 당부했다. 민석샘도 아이들이 돌아오면 이야기를 해보겠다고 진지하게 답했다.

젊은 남자 선생님과 고학년 여학생들 사이의 미묘한 갈등은 종종 있는 일이다. 사춘기에 접어드는 여학생들이라면, 섬세한 접근과 약간의 심리적 전략이 필요하다. 유연한 성격의 남자 선생님들은 오히려 이런 갈등을 무난히 해결한다. 반면, 진지하거나 우직한 성격의 남자 선생님들은 사춘기 여학생들의 미묘한 불편함을 읽는 데 어려움을 겪는다. 민석샘은 후자에 가까워 조금 걱정스러웠다.

다음 날, 여전히 민석샘의 표정은 어둡고 2반 아이들 또한 허공을 떠다니고 있는 듯한 모습이었다. 아이들이 하교한 후, 교실 정리를 하고 있는데 옆 반에서 여자아이들의 울먹이는 목소리가 들려왔다. 민석샘의 목소리도 점점 높아져 갔다. 이 크기의 소리는 매우 위험했다. 나는 상황이 심상치 않음을 느껴, 하던 청소를 멈추고 서둘러 2반으로 달려갔다. 교실 안에는 여자아이들이 울고 있었고, 민석샘은 화를 억누르지 못한 듯 보였다.

이대로 놔두면 상황이 더 악화될 것 같아, 서둘러 아이들을 진정시키며 하교하도록 했다. 아이들을 다독이며 보냈지만, 눈시울이 붉어진 아이들의 마음은 쉽게 풀리지 않아 보였다. 아이들도 아이들이지만, 민석샘 또한 걱정되었다. 아이들과 원만하게 대화를 나누려 했던 것 같은데, 무언가 민석샘의 마음을 건드린 듯했다. 이 순간에 말을 많이 하기보다는, 일단 민석샘의 기분을 진정시키는 것이 필요해 보였다. 잠시 혼자 있는 시간을 갖게 하고, 나는 교실로 돌아왔다.

잠시 후, 우리 반 교실로 전화가 걸려 왔다.

"박부장님, 잠깐 교무실로 와보세요."

교감 선생님의 호출이었다. 뭔가 좋지 않은 일이 시작된 것 같은 느낌이 들었다. 교무실로 내려가니, 교감 선생님께서 심각한 표정으로 자리에 앉으라고 하셨다.

"아니, 2반 여자아이들이 방금 교무실에 와서 울면서 선생님을 바꿔 달라고 하던데, 도대체 무슨 일인지 알아들을 수가 없어요. 일단 애들한테 교감 선생님이 담임 선생님하고 이야기해 볼 테니 걱정하지 말고 집에 가라고 했어요. 김민석 선생님 반에 도대체 무슨 일이 있었던 거예요?"

이럴 때가 가장 난감했다. 나도 자세히 알지 못하는 상황을 교감 선생님이 이해할 수 있도록 설명해야 했고, 민석샘에 대한 오해가 생기지 않게 하면서도 아이들의 속상한 마음을 전달해야 했다. 그동안 여학생들과 민석샘 사이에 갈등이 있었던 것은 교감 선생님도 어느 정도 알고 계셨기에 아주 생소한 이야기는 아니었다. 어제와 오늘 벌어진 일은 그간 쌓여왔던 감정이 결국 폭발한 결과로 보였다. 상황을 들은 교감 선생님은 민석샘을 만나러 5학년 교실이 있는 4층으로 올라가셨다. 말리고 싶었지만, 교감 선생님은 최대한 조심스럽게 민석샘과 이야기를 나누고 가셨다.

교감 선생님이 교무실로 내려가고 얼마 지나지 않아 다시 교감 선생님으로부터 전화가 걸려 왔다.

"박부장님, 지금 2반 학부모님들이 김민석 선생님을 만나러 오셨어요. 잠깐만 교무실로 내려와 주세요."

다른 일은 모두 접어두고 서둘러 교무실로 향했다. 2반의 갈등이 무사히 해결되기를 간절히 빌며 교무실에 도착하니, 세 분의 학부모님이 이미 자리에 앉아 계셨다. 학부모님들은 다소 흥분된 듯했지만, 애써 화를 누르고 계신 모습이었다. 그래도 선생님과 대화를 나누려는 의지를 가지고 오셨다는 점에서, 해피엔딩의 작은 희망을 보았다.

세 분의 어머니들과 함께 5학년 2반 교실로 올라가 자리를 안내해 드렸다. 학부모님들이 민석샘과 이야기를 나눌 수 있도록 책상을 돌려 드렸다. 잠시 후, 복도에서 '또각또각'하며 급하게 걸어오는 구두 소리가 들려왔다. '또각또각' 구두 소리가 가까워질수록 내 가슴도 점점 '쿵쾅쿵쾅' 뛰기 시작했다. 그렇게 '또각또각' 소리와 함께 네 분의 학부모님이 2반 교실에 오셨다.

조금이나마 어머니들의 마음을 진정시켜 보려는 생각으로, 나는 연구실에서 차를 준비해 가져갔다. 학교생활을 하다 보면 다양한 학부모님을 만나지만, 오늘 오신 분들은 그래도 대화하려고 오신 것 같았다. 분위기가 부드러워지길 바라며, 나는 특유의 친근한 아줌마 대화 톤으로 말문을 열어 학부모님들이 이야기를 시작할 수 있도록 유도했다.

"아이고, 어머니들 정말 속상하셨죠? 아이들도 속상한 마음으로 하교하는 걸 보니 저도 마음이 많이 쓰이더라고요. 2반 선생님도 아이들과 잘 지내보려고 여러 가지로 많이 노력하셨는데, 뜻대로 잘 안되어 힘들어하시는 것 같아요. 우리 아이들 마음이 빨리 풀려서 선생님과 잘 지냈으면 좋겠습니다. 혹시 제가 필요하시면 바로 옆 반에 있으니 불러주세요."

혹여 민석샘이 감정을 다스리지 못하고 하고 싶은 말을 쏟아낼까 싶어 계속 곁에 있고 싶었다. 그러나 제 3자로서의 위치를 유지하는 것이 민석샘이 2반의 담임으로서 권위를 세우는 데 도움이 될 거로 생각해 조용히 우리 반 교실로 돌아왔다. 그러나 마음이 조마조마해서, 교실 앞문을 활짝 열어 놓고 이리저리 안절부절못하며 복도를 내다봤다.

다행히 어머니들이 민석샘을 달래듯 이야기를 나누시는 소리가 들렸고, 얼마 지나지 않아 '하하 호호' 웃음소리도 들려왔다. 대화의 내용이 어떻든 상관없었다. 어머니들의 웃음소리를 듣자, 온몸의 긴장이 풀리며 큰 안도감이 밀려왔다. 그 웃음소리가 천사의 노래 소리로 들렸다.

우리 학부모님들은 참으로 최고였다. 충분히 화나고 속상할 수도 있었지만, 그들은 초보 담임 선생님을 이해하고 응원하려 했다. 한 어머니는 본인도 일을 처음 시작할 때의 힘들었던 기억을 꺼내며 오히려 민석샘을 격려해 주셨고, 또 다른 어머니는 민석샘이 3월 첫날 보낸 담임 인사 글에 대해 언급하셨다.

"선생님, 3월 첫날 보내주셨던 인사 글을 읽으면서 선생님이 아이들을 얼마나 진심으로 가르치고자 하시는지 고스란히 느껴졌어요. 그때 엄마들 사이에서 선생님이 진정성 있으시다고 감동받았다는 분들이 많았어요."

"맞아, 맞아. 그때 우리도 선생님 글 읽고 마음이 한결 놓였다고 다들 얘기했었지."

학부모님들은 민석샘의 진심이 담긴 첫 편지를 뚜렷이 기억하고 있었다. 민석샘도 아이들과 잘 지내고자 하는 마음을 보여 왔기에, 이날의 대화는 따뜻하게 마무리될 수 있었다.

학부모님이 모두 돌아가고, 민석샘과 나는 교실 앞문에 서서 마주 봤다. 나는 무슨 말을 해줘야 하나 고민했지만, 막상 그 순간엔 선배 교사다운 멋진 말을 떠올리기가 어려웠다. 눈앞에 서 있는 젊은 청년 교사의 눈시울이 붉어졌고, 금방이라도 눈물이 쏟아질 것 같았다. 안아 주고 싶은 마음이 들었지만, 말없이 그의 어깨를 토닥토닥만 겨우 해 줄 뿐이었다.

그때, 교실 전화가 울렸다. 이번에는 교장 선생님이었다. 학부모님들이 다녀간 이야기를 들으신 모양이었다.

"박부장님, 김민석 선생님 괜찮아요? 오늘 여러모로 속상하고 힘들었을 텐데 내가 학교 근처 식당에 결제해 놓을 테니 두 분이 저녁 드세요. 박부장님이 대신 잘 챙겨주시고요."

"네, 교장 선생님. 그렇지 않아도 제가 밥 사 먹이려고 했는데 감사합니다."

누구에게나 처음은 있다. 민석샘은 교사로서 첫 아이들과의 갈등을 겪었고, 첫 학부모 민원도 경험했다. 하지만 민석샘은 '교사의 삼복'이 있었다. 학부모님들이 진심으로 다가와 주었고, 그를 조용히 걱정하고 응원해 주는 교장 선생님도 계셨다. 그리고 무엇보다도, 민석샘은 그 여학생들과 함께 무사히 5학년을 마칠 수 있었으니, 민석샘의 처음이 그렇게 나쁘지는 않았던 것이다.

김장을 앞두고 소금에 절인 배추처럼 축 처진 민석샘을 보니, '자신의 교육 철학을 지키면서 아이들과 잘 지내려고 얼마나 애를 썼을까?'라는 생각이 들었다. 그의 노력이 대견하게 느껴졌다. 민석샘은 그나마 교사로서의 '삼복'을 갖추었지만, 그렇지 않은 신규 교사들도 곳곳에 있을 것이다. 그들도 민석샘처럼 꿋꿋하게 초보 교사의 삶을 살아가길 진심으로 응원한다. 대한민국의 모든 초보 교사, 화이팅!

♡

다시 하면 잘할 수 있어요!

"논리상 따져보면 분명 거짓말이에요. 거짓말로 불리한 상황을 교묘히 피해 가려는 것임을 아시잖아요. 그런 모습을 보며 참을 수가 없었어요."

"저희는 선생님을 믿었어요. 오늘 오후에 아이들을 대면하신다길래 당연히 갈등을 잘 풀어주실 것이라 믿었죠. 적어도 오늘 일은 잘못됐어요."

"자녀분들이 제게 뭐라 하였는지 들으셨지 않습니까. 오늘만큼은 아이들도 저에게 솔직하게 이야기했어야 합니다."

"그렇다고 하셔도 이건 너무 과해요. 최소한 오늘은 잘 타일러서 보내주셨어야죠."

"예, 잘 타이르려 했죠. 그런데 오늘 아이들이 보인 태도가 말이 된다고 생각하십니까?"

"지금 그게 중요한 문제는 아니죠. 저희도 편들어 드릴 수가 없네요. 선생님께서도 이번 일은 분명 잘못하신 부분이 있으세요."

"저도 잘 해결하고 싶었죠."

격양된 목소리가 교실 안에 울렸다. 복도에서 얼핏 들어도 교실 속 사람들이 싸우고 있다는 것을 누구나 알았을 것이다.

네 분의 학부모님께서 연락 없이 급작스럽게 교실에 오셨다. 그분들의 표정은 좋지 않았다. 나도 좋은 표정을 지을 수 없었다. 너무 많은 일들이 쌓여 벌어진 사건이었기에 '누가 어찌해서 그렇게 됐다.'라는 식으로는 집어 말할 수 없다. 사실 무슨 일이 있었는지 잘 기억나지도 않는다. 다만 전말을 요약하자면 이 이야기는 25살 신규 교사가 12살 여학생 네 명에게 휘둘림당한 사건이다.

무리 지어 다니던 여자아이 네 명이 있었다. 그 넷은 아이돌에 관심이 많았다. 급식 시간에 보면 매운 것을 잘 먹지 못하는데도 마라탕을 좋아한다고 했다. 그 네 명은 화장실에 항상 같이 갔고 한 번 들어가면 나올 생각이 없었다. 보건실에 갈 때도 마찬가지였다.

네 명 중 한 명이 급우와 다툴 때의 일을 소개하겠다. 그 네 명은 팀을 이뤄 자신들의 무리가 아닌 급우를 몰아세웠다. 아주 의리가 넘쳤다. 그러나 세상을 의리로만 살 수는 없다. 그런 태도는 잘못된 것이라 설득하고 싶었다. 스스로 기준을 세우고 스스로 판단하며 살아가야 함을 전했다. 격양된 목소리에 화를 담아 말이다.

"꼭두각시니? 친구와 친하게 지내는 거 좋아. 그러나 자신을 잃어 가면서 친구를 위하는 것은 잘못됐어. 너희 네 명은 지금 친구 한 명을 너무 몰아세우고 있어. 내 생각에 너희 세 명은 이 남자애가 그렇게 잘못하지 않았다는 것을 알아. 그런데도 친한 친구 편을 들기 위해 그런 생각들을 무시하며 이 남자애를 몰아세우고 있어. 그건 자신을 속이는 일이야."

"그런 적 없거든요? 그리고 저 애가 먼저 잘못해서 뭐라고 하는 거거든요? 그렇지 얘들아?"

"맞아요. 선생님은 알지도 못하면서 왜 또 저희한테만 뭐라고 그러세요?"

"이 남학생에게 잘못이 없다는 것은 아니야. 무슨 일이 있었는지는 이미 다 들었어. 그럼에도 내가 너희 반대편에 잠시 서는 이유는 지금 이 아이의 편을 들어줄 사람이 없기 때문이야. 내가 없어도 너희는 네 명이나 되니 서로를 위로할 수 있잖아."

"그런 것이 어디에 있어요. 선생님은 맨날 우리를 혼내기만 하고, 미워요."

"그리고 너희, 바로 전 시간에 수업 시작 후 15분이나 지나서야 들어오던데 또 어디 있다 온 거야."

"수희가 손을 다쳐서 보건실 갔다 온 거예요."

"보건실에 갈 거면 이야기라도 하고 가야지. 네 명이 몰려가서 수업 시간에 단체로 15분 지각하는 게 말이 되니?"

"봐봐요. 만약에 보건실에 수희 데려다주겠다고 말했으면 선생님은 분명 안 보내 주셨을 거예요."

"너희 네 명이 모두 다 같이 갈 필요가 있어? 얘가 손을 다쳤지 발을 다친 것은 아니잖아. 수희 혼자 다녀오면 되는 거 아니야?"

"친구가 다쳐서 아파하는데 그걸 보고만 있어요? 선생님은 선생님 친구가 다쳐도 그렇게 놔둘 거예요?"

누구도 물러서지 않았다. 그 여자아이들은 어느 순간 나에게 등을 돌렸다.

결론부터 말하자면 나는 설득에 실패했다. 실패 요인이 설득하려던 내용에 있다고 생각하지 않는다. 글을 쓰며 돌아봐도 나는 교사로서 전해야 할 것을 말했다. 다만 전략적이지 못했다. 내가 한 것은 설득이 아니라 13살 차이 학생들과의 말싸움이었다. 초등학교 5학년 아이들에게 갑론을박을 따졌다. 논리적으로 차근차근 설명하며 이해시켜야 하는 문제들도 물론 있다. 그러나 태도 및 습관을 다듬어 주고 싶을 때 갑론을박을 따지는 식의 논조는 의도치 않은 반감을 불러일으킨다.

"너희의 태도는 잘못됐어. 내가 하라는 대로 해!"와 같은 말을 대놓고 한다면 진정한 설득은 불가능하다. 그보다는 교사가 본인의 태도로서 모범을 은연중에 꾸준히 보여줘야 한다고 생각한다. 교사는 높은 인품으로 학생들을 품어야 한다. 그렇게 교사는 학생들이 좋아하면서도 믿을 수 있는 존재가 되어야 한다. 학생들에게 '좋은 사람'으로 인정받는 교사는 내가 실패했던 설득을 해낼 것이다.

근거는 하나다. '좋은 사람'이 하는 말과 제안을 누가 굳이 거역하겠는가. 신뢰하고 좋아하는 인물이 권하는 삶의 태도를 따르고 싶을 것이다. 또한 같이 시간을 보내고 싶은 좋아하는 사람이 교사로서 앞에 있다면 수업 시간도 즐거울 것이다. 그렇기에 나는 교사가 학생들이 본받을 만한 사람이어야 한다고 생각한다. 그 네 명의 여학생에게 나는 존경할 만한 인품의 교사가 아니었다.

갈등이 지속되던 어느 날 결정적인 일이 일어났다.

"너희 또 어디에 갔다 오니? 지금 11시야, 11시! 3교시 시작이 10시 40분인데 20분 동안 어디 있다가 오는 거야?"

"희은이가 배 아프다고 해서요."

"좋아. 희은이는 그렇다고 쳐. 나머지 세 명은 뭐니?"

"저희도 갑자기 배가 아파서 화장실에 있었어요."

"너희는 학교에 왜 오니? 그렇게 수업 시간도 무시할 정도로 같이 있는 것이 좋다면 그냥 점심 먹고 밖에 나가 놀도록 해. 어떤 책임도 묻지 않을게. 학교에 있어도 수업에 관심이 없고 하고 싶은 일도 없다면 그편이 나을 수 있어."

나도 악에 받쳤다. 내 말을 듣고 아이들은 아무 말도 하지 않았다. 점심을 먹고 오니 반이 술렁였다.

"선생님, 그 애들 진짜 갔는데요?"

"뭐, 언제? 어디를 갔다는 거야?"

"가방 없는 거 보니까 집 간 것 같은데요? 신발장에 신발도 실내화에요."

"전화해서 오라 해봐."

"몇 번 해봤는데 안 받는데요?"

정신이 아찔했다. 아이들이 정말로 나갈 것이라 예상하지 못했다. 해당 학부모들에게 상황을 알렸다.

"선생님, 죄송합니다. 저도 잘 타이를게요."

"아닙니다. 제가 과했습니다. 내일 저도 잘 이야기해 보겠습니다."

학부모들의 이야기를 들어보니 그 네 명은 학교 옆 동네 도서관에 3시까지 있었단다. 멀리 가지 않은 것을 보면 애들도 교실에서 나가놓고 겁이 난 모양이었다. 학부모들과 통화하며 마음을 다잡았다. 크게 나무라지 않겠다고 다짐했다.

다음날 학생들이 교실에 왔다. 그런데 그날 아침, 그중 한 명이 이런 말을 했다.

"그냥 궁금해서 묻는 것인데 선생님은 월급을 누가 줘요?"

"나라에서 주지. 왜?"

"제가 대통령이었다면 선생님 잘랐을 것이에요."

"그래."

표정과 어조에 심술이 가득했다. 아마도 전날 부모님에게 된통 혼나 화가 나 있던 상태였던 것 같다. 지혜롭게 화답하고 싶었으나 짓궂은 말을 부드럽게 받아칠 만큼의 순발력이 나에게는 없었다.

6교시가 끝난 오후 2시 30분부터 대화의 장이 열렸다. 의자를 동그랗게 배치했다. 네 명의 학생들과 나는 둘러앉았다. 그간 있었던 일들에 대한 솔직한 마음을 이야기했다. 학생들은 내 마음을 이해한다고 하였다. 그 후 학생들은 자신들이 왜 그런 일을 벌였는지에 대한 이야기를 나에게 전했다. 그런데 그 말을 잘 들어보니 거짓말이 많았다. 미리 말을 맞추어 놓은 것 같은 거짓말들이 눈에 띄게 드러났다. 아이들의 거짓말은 능숙하지 못하다. 잘 숨겼다고 안심했겠지만 실로 어설픈 솜씨였다.

"지금 이런 상황에서까지 거짓말을 해야 하니?"로 훈계를 시작했다. 훈계 시작 후 얼마 되지 않아 네 명의 아이들은 엉엉 울었다. 서러운 목소리를 듣고 박세은 선생님께서 교실 문을 여셨다. 선생님께서는 나를 말리셨고 아이들을 하교시키셨다.

창밖은 흐렸다. 그날은 추적추적 비가 내렸다. 아이들이 하교하고 얼마 되지 않아 또각또각, 복도에 구두 소리가 들렸다. 학부모들이 찾아온 것이다. 박세은 선생님께서 변변찮은 다과상을 급히 준비하시는 동안 학부모와 나는 학부모들과 신경전을 벌었다. 이 챕터 첫 부분에 나오는 대화가 학부모들과 나누었던 대화이다. 그때의 대화를 더 들려주겠다.

"자녀분들이 밉거나 한 것이 아닙니다. 그런 것이 아닙니다. 다만 아이들의 그런 행동을 가만히 놔둘 수가 없었습니다."

"제 아이가 잘했다고 생각하지 않아요. 제 배로 낳은 자식이지만 같이 지내다 보면 대하기 힘들 때가 많아요. 이해 안 되는 부분도 많고요. 그런 상황을 마주할 때 여러 방법을 다 써보았죠. 어른이 아무리 이해할 법하게 말해도 아이들은 당장 변하지 못할 수도 있어요. 시간이 필요한 부분이 분명히 있어요. 아이들의 말이 거짓말인 것, 저희도 들으면 알죠. 그런데 가끔은 눈감아주고 참는 것도 필요해요."

한 학부모가 차분히 말하였다. 나는 맥이 풀렸다. 학부모들은 문제를 해결하러 온 것이지 싸우려고 온 것이 아니라는 것을 깨달았다. 학부모들의 인품이 나와 학생들을 품었다. 그런 상황에서까지 나를 인간적으로 존중하며 대우할 수 있는 사람들이었다. 경험에서 우러나온 학부모의 말에 그 상황을 풀어갈 수 있는 지혜가 담겨 있었다.

"여유를 잃었습니다. 학생들을 좋은 방향으로 이끌기 위해 훈계하고 있다고 착각했습니다. 지금 되돌아보니 어느 순간부터 아이들에게 화만 냈을 뿐이네요. 제가 아이들을 품지 못했습니다. 너그럽지 않았어요. 다시 한번 문제를 해결해 보고 싶습니다."

학부모들은 돌아갔다. 다음날 학생들과 나는 서로 사과를 주고받았다. 그 후 몇 주간 학교에 가기가 싫었다. 속이 답답했다. 반 학생들조차 품을 수 없는 인품이었다는 사실에 스스로가 환멸스러웠다. 교사로서 어떤 가치관을 가져야 하는가에 대한 깊은 고민을 많이 하였다.

시간은 흘렀다. 전에는 해결하기 어려웠던 학급 내의 많은 일들을 신규 교사 시절 보다 부드럽게 해결할 수 있다. 학생의 날카로운 말과 행동까지도 부드럽게 끌어안으려 노력하는 중이다.

지난 몇 년간 네 명의 여학생들이 감행했던 일보다 더한 일들도 경험했다. 연필깎이를 맞은 적도 있고 얼굴에 침을 맞은 적도 있다. 창의력 풍부한 욕설을 들은 적도 있다.

그런데 사실 고의로 그 정도 일을 벌이는 학생들은 보통 나름의 사정으로 마음의 병을 얻은 아이들이다. 교사가 되고 나니 알게 되었는데 참 안타까운 사연이 많다. 안타까운 사정으로 여유를 잃고 방황하는 내 학생의 인생이 앞으로 얼마나 가혹할 수 있을지를 지나온 경험으로 안다. 그렇기에 혼내고 싶지 않다. 담임 교사마저 밀어낸다면 더 이상 갈 곳 없는 그런 삶이 있다.

  학생이 진실로 잘되길 바라는 마음을 담아 대화하려 노력한다. 마음의 문을 닫은 학생도 자신을 포기하지 않으려는 담임 교사를 보면 넌지시 손을 잡으리라 믿는다.

  이 글을 읽는 사람 중 많은 이들이 나의 믿음이 미화된 상상이라 생각할 수 있다. 비정상적인 행동을 일삼는 학생을 반에 두고 매일 고군분투하는 선생님께 "너무 힘 빼지 마요. 그런다고 걔가 옳게 바뀔 것 같아? 우리가 그렇게 바꾸기는 힘들어."라는 이야기를, 교사들은 서로 자주 한다. 나도 그 말들에 공감한다. 가정에서 10년간 습관들인 것을 교사가 학교에서 1년간 바꾼다는 것은 쉽지 않다. 그럼에도 나는 '마지막으로 한 번만 더'라는 생각을 버리지 못한다. 나는 학생이 손을 잡을 때까지 손을 내밀어 볼 것이다.

  이런 결심은 교육에 대한 해석에서 시작된다. 나에게 교육은 '변화에 대한 믿음'이다. 교육은 변화를 전제한다. '변화시킬 수 없는 교육'이라는 문장에는 어폐가 있다. 학생이 변할 수 없다는 생각이 바탕에 있는 교육은 교육이 아닌 무언가다. 학생들을 좋은 방향으로 이끌 수 있다는 강한 믿음과 그를 바탕으로 하는 교육적 노력이 교사라는 존재라고 나는 믿는다.

말은 멋지게 해도 교사로서 쉽지 않은 면들이 많다.

"걔가 저한테 연필깎이를 던졌다니까요."

"화날 만해. 나도 맞아봤어. 솔직히 맞는 건 괜찮은데 이왕이면 다른 것을 던졌으면 좋겠어. 흑연 가루는 치우기 너무 힘들더라."

화를 내며 하루를 보냈다는 신규 교사의 이야기를 들을 때가 있다. 교사도 사람이기에 기쁨에 환호하거나 홧김에 소리칠 수 있다. 그럼에도 나는 교사다. 매 순간, 교사로서 어떤 모습을 학생들에게 보여줄지 생각한다.

겪어보니, 큰 소리로 학생들을 혼내는 일은 쉽다. 어려운 것은 잠잠한 분위기 속에서 깊이 공감하며 고개를 끄덕이게 하는 일이다. 진심으로 축복하며 학생을 대할 때 마음을 움직일 수 있다. 교육은 그때 시작된다.

10.

뮤지컬 보러 간 날

꼰대

"우리 학년은 단둘이 뮤지컬 보러 가요. 부럽죠?
학년 친목 스케일이 이 정도는 돼야죠."

MZ

(집에서 쉬고 싶다....) "예 부장님. 아, 출발하자고요?
교실 청리하고 곧 나갈게요! ㅠㅠ"

♥

단둘이라도 갈 거야

예전 중·고등학교 시절, 시험이 끝나면 학교에서 단체로 영화관에 갔던 기억이 난다. 평일 낮, 손님이 거의 없는 시간에 극장은 중·고등학생 단체 손님을 받아 두 편의 영화를 연속으로 상영하곤 했다. 당시에는 학교가 시험공부로 지친 학생들을 위로하려고 이런 행사를 한다고 생각했다. 그런데 교사가 된 지금 생각해 보니, 시험이 끝난 학생들이 홀가분한 기분으로 동네를 휩쓸며 사고를 치지 않도록 하기 위한 선생님들의 전략이었던 것 같다.

그렇게 시험이 끝나면 찾아가던 영화관은 성인이 되어 데이트 코스가 되었다. 결혼 후 아이가 생긴 이후로는 아이의 눈높이에 맞춘 애니메이션 영화를 보러 가는 가족 나들이 장소가 되기도 했다.

그러던 어느 날, 나는 늘 다니던 영화관 대신 대형 공연장에서 뮤지컬을 보게 되었다. 내용은 잘 기억나지 않지만, 그날의 강렬한 사운드와 화려한 조명, 라이브로 부르는 노래와 오케스트라 연주 소리는 아직도 생생하다.

스크린으로 보는 영화와는 전혀 다른 차원의 감동이었다. 하지만 영화관과 달리, 가격이나 접근성 등 여러 이유로 어느 정도 마음을 먹고 가야 하는 일이었다. 다행히 이제는 보고 싶은 뮤지컬이 있으면 큰 고민 없이 보러 갈 수 있게 되어 기쁘다.

한때 나는 뮤지컬 배우 '임태경'에게 흠뻑 빠져 있었다. 방학 중 낮에 혼자서 뮤지컬 〈모차르트〉를 보기 위해 세종문화회관까지 찾아갔다. 지금은 혼자서도 공연을 즐기러 다니지만, 얼마 전까지만 해도 혼자 공연을 보러 간다는 것은 상상조차 하지 못했다. 하지만 팬심에 힘입어 좌석 하나를 예매하고 공연장에 앉았다. 바로 옆자리에 나보다 열 살 정도 더 많아 보이는 분이 혼자 와 앉으셨는데, 임태경 님이 노래할 때마다 눈물을 흘리셨다. 나름 팬심이 크다고 생각했는데, 이분을 보니 진정한 팬이 무엇인지 깨닫게 되었다.

이렇게 잔잔한 추억이 있는 뮤지컬도 코로나19의 영향을 피할 수 없었다. 한동안 뮤지컬 공연장을 찾지 못하고 유튜브로 아쉬움을 달랬다. 2022년부터 공연들이 다시 활기를 되찾기 시작하면서 나도 뮤지컬 관람에 대한 갈증이 다시 솟아올랐다. 이전 학교에서는 교직원들이 함께 문화행사로 뮤지컬을 보러 가기도 했다. 동학년 선생님들과 연극이나 뮤지컬을 보며 친목을 다지기도 했는데, 공연장 앞에서 함께 찍은 사진을 보면 그때의 즐거웠던 추억들이 떠오르며 절로 미소가 지어진다.

이 열정 교사가 이런 좋은 경험을 추억으로만 남겨두지 않았다. 틈이 나면 휴대폰으로 예전 사진들을 넘겨보곤 했는데, 몇 년 전 동학년 선생님들과 공연장 의자에 줄지어 앉아 손하트를 만들며 찍은 사진이 눈에 들어왔다. 그 순간, 두 반밖에 없는 동학년이지만 이번에도 친목 행사를 해보기로 결심했다.

'민석샘이 클래식을 좋아하니 음악회를 가볼까?'

'아니야, 처음 가는 공연인데 클래식은 너무 정적일 수 있어. 뮤지컬이 좀 더 흥겹고 재미있겠지?'

고민 끝에 첫 친목 행사이니 뮤지컬이 좋겠다고 마음먹고, 적당한 뮤지컬 공연을 찾으며 좋은 좌석을 찾아 예매했다. 사랑스러운 후배 교사에게는 뭐든 아끼고 싶지 않기에 시원하게 R석 두 장을 끊었다. 뮤지컬은 옥주현이 주연인 〈엘리자벳〉으로 정했다.

"민석샘! 뮤지컬 좋아해요?"

"예? 뮤지컬이요? 어떤 거요?"

"우리 옥주현 나오는 〈엘리자벳〉 보러 갑시다. 학년 인원이 적어도 할 건 해야죠! 예전에는 동학년 선생님들끼리 연극이나 뮤지컬도 자주 보고 그랬거든요. 우리도 가요."

"예. 저야 좋죠."

그런데 민석샘의 표정이 그렇게 좋아 보이지는 않았다. 진짜로 좋은 건지 살짝 의심이 들었지만, 나는 괜히 신이 나서 주변 선생님들에게 자랑을 해댔다.

"우리 학년은 민석샘이랑 단둘이 뮤지컬 보러 가요. 부럽죠? 학년 친목 행사 스케일이 이 정도는 돼야죠."

"네? 뮤지컬이요? 야, 부장님 대단하십니다. 저희도 한 번 데려가 주세요."

이 자랑은 집에서도 이어졌다.

"여보, 나 민석샘이랑 학년 친목 행사로 뮤지컬 〈엘리자벳〉 보러 간다. 부럽지? 당신 회사는 바빠서 직원들이 이런 시간도 없잖아? 헤헤."

그런데 남편의 대답이 날 멈칫하게 했다.

"여보, 그 선생님이 진짜 같이 뮤지컬을 보러 가고 싶대? 혹시 당신이 그냥 막 가자고 한 거 아냐? 요즘에는 윗사람이 가자고 하면 '갑질'이라며 싫어하는 사람도 많아."

"아니, 민석샘도 좋다고 했는데…."

"그럼, 부장이 가자는데 누가 대놓고 '싫어요.' 할 수 있겠어? '네.'라고 대답하고 속으로는 싫어할 수도 있어. 무조건 하고 싶은 대로 하지 말고 요즘 MZ들 눈치도 좀 보고 말이야."

듣고 보니 틀린 말이 아니었다. 나는 혼자서 예전의 좋은 기억을 떠올리며 이번에도 같은 방식으로 하면 될 거로 생각했다. 민석샘이 싫어할 수도 있다는 점은 전혀 염두에 두지 않았다.

다른 학교에 근무하는 친한 선생님들에게도 이번 뮤지컬 행사를 이야기했더니, 돌아오는 것은 남편과 또 다른 관점의 걱정이었다.

"나 10월 21일에 민석샘이랑 친목 행사로 〈엘리자벳〉 뮤지컬 보러 간다."

"엥? 둘만?"

"응. 학년에 두 반밖에 없는데 둘이라도 가야지."

"어머, 이 언니 위험하다. 아무리 나이가 많이 차이 나도 남녀 단둘이 공연 보러 가는 건 좀 그렇지 않아?"

"그래, 맞아. 학부모라도 보면 괜히 오해할 수도 있지."

이건 또 무슨 걱정인가! 듣고 보니 일리가 있었다. 친한 동료들이 이런 이야기를 할 정도라면, 전혀 모르는 사람들이 보면 이상하게 생각할 가능성도 있을 것 같았다.

이런저런 고민이 있었지만, 특유의 열정이 여기에도 작용했다. 나는 '한 번 계획을 했으면 실행도 해야지. 걱정된다고 쉽게 접으면 아무것도 할 수 없다.'라고 생각했다. 모든 문제는 해결하라고 있는 법이니 찜찜하면 물어보면 될 것 아닌가. 다음 날, 연구실에서 민석샘과 학습 준비물을 정리하며 말을 꺼낼 타이밍을 보고 있었다. 그런데 민석샘이 먼저 입을 열었다.

"어제 〈엘리자벳〉 넘버를 유튜브에서 찾아 들어봤어요. 가기 전에 좀 들어보고 가면 좋을 것 같아서요."

그 말에 용기를 얻어 나는 잽싸게 물어보았다.

"나 어제 남편한테 혼났잖아. 부장이 그렇게 가자고 하면 싫다고 말하기 힘들다고. 혹시 가기 싫은데 내가 가자고 해서 억지로 가는 건 아니지?"

이 질문도 약간은 꼰대스러웠지만, 더 자연스러운 질문이 딱히 떠오르지 않았다.

학습 준비물을 정리하는 손이 점점 빨라졌다. 질문을 하고 대답을 듣기까지의 시간은 거의 눈 깜짝할 사이였지만, 나는 괜히 긴장되어서 학습 준비물만 열심히 정리했다.

"아니에요. 저도 오랜만에 뮤지컬 보러 가는 거라 좋아요."

다행이었다. 분명히 좋다고 했으니 억지로 끌고 가는 게 아니라고 떳떳하게 말할 수 있었다. 나는 다음 질문도 꺼내 보았다.

"한 사람만 더 있었으면 셋이 가서 좋았을 텐데, 어쩔 수 없지. 단둘이 가도 괜찮은 거지?"

"예? 괜찮아요."

마지막 질문은 하지 않은 편이 나았을 뻔했다. 질문 자체를 이해 못 하는 눈치였다. 아줌마 친구들을 어쩌면 좋아.

여러 걱정을 뒤로하고 마침내 뮤지컬을 보러 가는 날이 되었다. 일찍 학교를 나서서 서울 공연장으로 향했다. 차가 밀릴까 봐 서둘렀더니, 공연장 주차장 개방 시간까지는 20분 정도 남아 있었다. 우리는 이태원 길을 드라이브하며 서울 구경을 했다. 경기도에서 올라온 사람들이라 낯선 이태원 거리가 흥미로웠다. 하지만, 그날로부터 약 일주일 후, 그 거리에서 많은 사람들이 목숨을 잃는 안타까운 일이 벌어졌다. 특히 우리 민석샘 또래의 젊은 사람들이 많아서 더욱 마음이 아팠다.

20분쯤 돌아보고 오니 공연장에 주차할 수 있었다. 차를 주차한 후 근처 맛집을 찾아갔다. 뮤지컬 표는 내가 산 대신에 민석샘은 저녁을 사기로 했다. 우리가 찾은 이탈리안 음식점은 가정집을 개조해 만들어서 분위기가 힙했다. 화덕에 구운 버섯 피자와 양철통 같은 곳에 가득 담긴 홍합 파스타가 그곳이 맛집임을 증명해 주었다.

우리는 서로 매일 급식실에서 식판에 밥 먹는 모습만 봐왔었다. 이렇게 분위기 있는 곳에서 마주 앉아 맛있는 음식을 먹으니, 우리도 사람다운 모습이 된 것 같았다. 표현에 오해가 없기를 바라며 좀 더 설명을 덧붙이자면, 급식실에서 식판에 얼굴을 묻고 급히 밥을 먹는 모습은 그저 지친 몸과 마음을 달래기 위해 먹는 것과 같았다. 반면 이곳에서는 얼굴을 마주보고 천천히 이야기를 나누며 맛있는 음식을 즐기게 되어 절로 미소가 가득했다. 이곳은 분위기와 음식도 좋았지만, 좋은 추억 덕분에 그 후 공연장에 올 때마다 서너 번은 더 찾아가게 된 맛집이 되었다.

공연 시작 전, 포토 존에서 민석샘과 나는 〈엘리자벳〉의 상징인 금색 새장을 배경으로 사진도 찍었다. 줄 서있던 분이 친절하게도 우리 둘이 함께 찍을 수 있도록 도와주셔서 이번 단둘이 친목 행사 기념사진도 남길 수 있었다.

늦게 예매하는 바람에 좌석은 약간 옆쪽이었지만, 앞쪽이라서 오케스트라의 연주와 등장인물들의 노래를 아주 생생하게 들을 수 있었다. 평소 음악에 예민한 민석샘은 마이크와 스피커를 거친 음악과 노랫소리가 아주 훌륭한 편은 아니라고 평가했다. 대공연장이라 어쩔 수 없기는 했지만, 이 공연장의 음향이 썩 좋지 않다는 이야기를 나도 들은 기억이 있었다. 몇 번을 와도 음향에 대해 크게 생각해 보지는 않았는데, 역시 민석샘 같은 음악 귀는 이런 세밀한 부분이 다르게 들리나 보다.

인터미션 때 민석샘에게 공연의 중간 평을 물었더니 이렇게 답했다.

"이거, 내용이 거의 아침드라마인데요."

참으로 신선한 해석이다. 〈엘리자벳〉을 아침드라마의 고부갈등으로 볼 수 있다니, 정말 편견 없는 젊은이다. 그래도 인기 뮤지컬답게 노래는 정말 시원하고 멋졌다. 뮤지컬 후기를 나누며, 20년 운전 경력자인 나는 민석샘을 집까지 안전하게 태워다 주고 동학년 친목 행사를 무사히 마쳤다.

좋았던 동학년 친목의 기억만으로 내가 밀어붙였던 민석샘과의 뮤지컬 여행. 많은 걱정도 있었지만 여러 가지를 깨닫게 해 준 또 하나의 에피소드가 되었다. 나의 무모하고 성급한 열정을 조금은 식혀야겠다는 생각도 들었고, 다른 사람의 관점도 고려해야겠다고 다짐했다. 그리고 평소와 다른 환경 속에서 보게 되는 상대의 새로운 모습도 흥미롭게 다가왔다.

이 뮤지컬을 계기로 민석샘과 나는 예술의 전당 음악회도 여러 번 함께 가게 되었다. 여전히 아줌마 친구들은 둘만 다니는 외부 활동에 대해 걱정하지만, 민석샘과 다니는 음악회는 옆에 해설가가 있는 것 같은 최고의 장점이 있다. 그리고 2시간이 훌쩍 넘는 피아노 독주를 함께 할 사람이 주변에 흔치는 않다. 민석샘은 이런 면에서 최적의 클래식 파트너이다. 다른 활동은 아줌마 친구들의 걱정을 고려하겠지만, 클래식 음악회만큼은 앞으로도 민석샘과 함께 다닐 생각이다.

♡

뮤지컬 공연장에 끌려간 MZ

헤드폰을 끼고 집에서 음악 듣는 것을 즐긴다. 유튜브나 멜론에 있는 음원들은 대가들이 발휘할 수 있는 최대 기량일 것이다. 적어도 수십 차례는 이루어졌을 녹음 중 가장 창의적이며 무결한 순간이 음원에 담겼다. 그런 음원을 듣다 보면 '이걸 이렇게 표현할 수 있네?'라는 생각에 웃음이 갑자기 나온다. 탁월한 해석을 무한정 반복해 들을 수 있는 시대다.

연주가는 공연장에서 찰나의 묘미를 보여야 한다. 표현에 불만족이 있더라도 유튜브 영상을 10초 전으로 되돌리듯 되감을 수는 없다. "지금 연주한 이 부분은 별로네요."라고 연주가가 관객들에게 나지막하게 이야기한 후 연주를 멈췄다가 다시 연주하는, 그런 장면을 본 적이 있는가? 장담하는데 말을 못 해 그렇지 모든 연주자는 공연 도중 그러고 싶은 기분을 느껴보았을 것이다.

아쉬움이 남더라도 끝을 향해 나아가야만 하는 것이 공연이다. 사람이

하는 일이기에 공연장에서 실수는 있을 수밖에 없다. 녹음된 음원으로부터 흘러나오는 그런 완벽한 연주를 공연장에서 듣기는 힘들다. 또한 각자 좋아하는 색깔이 다르듯 음악적 취향도 다양하다. 공연장에서 취향에 맞는 음악적 해석이 들려올 확률은 높지 않다. 이런 까닭으로 혼자서는 음악 공연장에 잘 가지 않는다.

큰 매력을 느끼지 못할 뿐 공연 관람이 싫은 것은 아니다. 박세은 선생님께서 뮤지컬 공연 관람을 제안하셨는데 기꺼이 가고 싶었다. 공연에 대한 기대감보다는 직장 동료와 좋은 관계를 형성하고 싶은 마음이 컸다. 박세은 선생님께서도 그렇게 되길 원하셨을 것이다.

당시 나에게는 박세은 선생님이 유일한 동학년 교사였다. 신규 교사였던 나는 박세은 선생님께 의지할 수밖에 없었다. 그러나 박세은 선생님은 항상 바쁘셨다.

"부장님, 저 또 까먹었어요. 이지에듀에 행사입력 어떻게 하는 거였나요?"

박세은 선생님께서는 컴퓨터 모니터에서 눈을 떼지 못할 정도로 분주하셨다.

"내가 좀 있다 알려줄게. 다른 것 좀 하고 있어봐. 오늘 정신이 없네."

달리 할 일이 교실 청소 말고 떠오르지 않으나 "예."라고 하고 나올 수밖에 없었다.

"어제 이야기했던 이지에듀 행사입력법을 혹시 오늘은 알려주실 수 있으신가요?"

"어제 언제 알려 달라고 했지? 기억이 안 나는데."

도와주겠다고 하셨던 박세은 선생님께서는 바로 전날 내가 왔었다는 사실을 잊으실 정도로 바쁘셨다. 그럼에도 모르는 것이 생길 때마다 5학년 1반을 찾아가야 했다. 나만 한가한 것 같아 찾아뵐 때마다 항상 죄송스러웠다. 제대로 하는 일이 없음을 스스로 너무도 잘 알았다. 유일한 학년 구성원이 신규 교사였던 탓에 더욱 바쁘셨을 것이다. 딱히 무언가를 지시하시지도 않으셨다. 그래서 무엇을 해야 할지 더욱 감이 없었다. 도움이 되고 싶다는 바람은 항상 있었다. 박세은 선생님께서 하시는 제안을 거절하고 싶지 않았다.

공연명과 내용에 대해 공연 시작 15분 전 팸플릿을 읽고서야 제대로 알게 됐다. 저녁 먹으며 박세은 선생님께서도 뮤지컬의 내용에 대해 간단히 이야기해 주셨었는데 그때까지도 관심 있게 듣지 않았다. 나는 뮤지컬을 그날 처음 보았다. 관람이 끝나고 공연장 불이 켜질 때 '엄마, 아빠에게도 이 뮤지컬을 보여주고 싶다.'라고 생각했다. 언제부터인가 좋은 것을 경험하게 되면 가족 생각이 괜스레 난다.

뮤지컬 〈엘리자벳〉은 종합예술이라 부를만했다. 음악뿐만 아니라 문학적 서사, 연기, 춤동작 및 동선 등 즐길 거리가 참 많았다. 아무런 배경지식이 없는 나도 시간 가는 줄 모르고 보았다.

아쉬운 부분도 있었다. 엘리자벳이 죽음의 품으로 가는 절정부는 나에게 카타르시스를 주지 못했다. 엘리자벳이 산뜻하고 즉흥적인 가벼운 캐릭터였던 나타냈던 반면 죽음은 이름이 주는 인상 그대로 무거운 캐릭터였다. 극의 절정에서 엘리자벳이 죽음이라는 캐릭터에게 너무 쉽게 갔다. 엘리자벳이 죽음의 품으로 가기 전 고뇌를 조금 더 드러내 주기를 바랐다. 엘리자벳이 그런 면모가 있는 캐릭터였다면 더 내 취향의 내용이었을 것이다.

그래도 전체적인 내용은 흥미로웠다. 남편의 외도, 고부갈등, 아내의 가출 그리고 역사적 배경들이 이해하기 쉽게 전달됐다. 들었던 가사와 음악의 멜로디도 좋았다. 그러나 전자음이 섞인 노래를 별로 좋아하지 않기에 현장에서 즐겼을 뿐 공연장을 나와서는 잊었다.

대학로에서 연극을 봤다. 뮤지컬을 본 후 연기에 관심이 생겼다. 뮤지컬로 유명한 영화 〈레미제라블〉도 OTT로 봤다. 주요 인물들의 심경을 더 탐색하고 싶어 도서관에서 『레미제라블』 민음사 판을 빌렸다. 한 권인 줄 알았는데 5권이었나, 꽤 길었다. 2년 전 3권 중간까지 읽었는데 어느 순간부터는 손이 잘 안 나갔다. 아직 다 읽지는 않았지만 확실하게 말할 수 있는 점은 영화보다는 서적에서 느끼는 감정이 더 복합적이란 것이다. 물론 그래야 한다. 책에 투자되는 시간의 단위는 영화와 다르다.

이처럼, 뮤지컬을 본 이후 관심 없던 것들에 관심을 가지게 됐다. 뮤지컬 관람이라는 색다른 경험이 삶에 활력을 불어넣었다. 뮤지컬 관람은 또 다른 새로운 영역으로 나를 이끌었다. 이렇게 새로움은 또 다른 새로움을 낳는다. 새로움을 찾아 헤매다 보면 일상은 풍요로워진다. 이미 주위는 아름다운 것들로 가득하기 때문이다.

주변이 이미 아름다운 것들로 차 있기에 새로움을 찾아 헤매다 보면 행복을 발견할 수 있다. 삶에 대한 나의 이런 해석은 예술이라는 단어의 의미와 밀접하게 관련된다. 음악을 좋아했던 나는 어릴 적부터 예술이 무언인지에 대해 고민했다.

지금까지 결론 낸 예술의 정의는 이렇다. 예술은 '아름다움을 향한 새로움'이다. 그리고 나에게 삶은 예술이다. 나는 삶이 더 아름답길 바라고 그렇기에 끊임없이 새로움을 갈구한다. 내 학생들이 행복하길 바라기에 내 학생들도 삶 속에서 예술을 했으면 한다. 나는 그런 욕심을 미술 수업 시간에 노골적으로 드러낸다.

학생마다 능력은 다르다. 똑같은 과제를 받아도 과제를 해결하는 시간과 결과의 질은 천차만별이다. 미술작품을 손에 쥔 채 "선생님 다 했어요. 이제 뭐 해요?"라고 들뜬 마음으로 뛰쳐나온 학생이 말한다. 그런 말을 들을 때마다 "넌 더 잘할 수 있단다."라고 답한다. 덧붙여 작품 속 어느 부분이 아쉬운지, 구체적인 의견을 전해준다. 더 높은 완성도를 요구하며 학생들을 자리로 돌려보낸다.

미술 수업 시간 동안 학생들을 가만히 앉혀 놓기 위해 그러는 것만은 아니다. 능력이 출중함에도 성격이 급해 밀린 숙제를 처리하듯 대충 일을 처리한 후 "하긴 했다."와 같은 말을 하는 학생들의 태도가 나는 아쉽다. 숙제를 끝낸 듯한 안도감을 얻는 일에 초점을 맞추는 학생들을 가만히 놔둘 수 없다. 성심이 담기지 않은 꾀죄죄한 미술작품을 목격할 때 난 벌떡 일어난다.

"서희의 평소 능력을 고려할 때 이것이 서희의 최선이라고 나는 생각하지 않아. 너희들은 정해진 수업 시간 동안 맡은 바를 끝없이 보완해야 해. 더욱더 아름답게 만들어야 해."

"그러다 못 끝낸다면 어떻게 해요? 숙제로 해야 하잖아요."

"숙제로 해도 되겠지. 숙제로 하기 싫다면 내일 아침에 해도 돼. 그렇게 해도 부족하다면 내일모레 아침을 활용하면 돼. 이곳은 교실이고 열심히 하는 사람에게는 충분한 기회가 주어질 거야."

"여태 힘들게 했어요. 더 하고 싶지 않아요."

"이해해. 힘든 일이지. 그렇더라도 작품을 더 아름답게 만들려는 노력을 끝없이 해야 해. 우리는 지금 예술을 하는 거야. 여기서 이렇게 포기하면 그건 예술이 아니야."

"예술 같은 것은 관심도 없고 하고 싶지도 않아요."

"그렇지 않아. 서희야, 너는 지금보다 더 멋진 사람이 되고 싶지 않니?"

"지금도 괜찮긴 한데 멋져지면 좋죠."

"예술은 전에 없었던 멋짐을 추가하는 일이야. 네가 미술작품을 만드는 일도 예술이어야 해, 그리고 너의 일상도 예술이어야 해. 멋져지고 싶다며."

"선생님, 그런데 추가가 무슨 뜻이에요?"

"'원래 있던 것에 더한다.'라는 의미란다. 음식점에 가면 추가 주문을 하곤 하지."

"아, 맞네요. 하여튼 이걸 더 마음에 들도록 만들라는 이야기를 하시는 거죠? 일단 무엇을 해야 할지 생각해 볼게요."

미술 시간 대충 작품을 제출하고 쉬러 나온 학생들은 내 예술론을 듣다가 질겁해 들어가곤 한다. 태도를 바꾸고 다시 작품 제작에 전념할 때까지 나의 설득은 계속된다. 먼저 백기를 드는 쪽은 결국 학생들이다. 이런 설득의 시간을 한 학기 거치면 더 이상 "작품을 완성했다."라고 말하며 활동 시간 도중 나오지는 않게 된다.

학생들을 괴롭히는 듯한 나의 이런 행위가 괜한 아집은 아니다. 미술작품에 새로움을 부여해 아름다움을 탐색하려는 노력은 분명 삶으로 이어질 것이다. 새로움을 꾀해 아름다움을 끊임없이 위했으면 한다.

작고 귀여운 입에서 아름다운 새싹이 빼꼼 고개 내미는 소리를 듣는다.

"완성했다. 드디어 끝났다."

"그렇게 해서 가져가면 선생님께서 통과 시켜주시지 않으실걸? 봐봐, 여기 색이 비었어. 그리고 내 생각에 이 나무의 이런 부분들은 성의 없이 그려진 것 같아."

"그런가. 오케이, 좀 더 다듬어야지. 또 어디 고칠 것이 없나? 흠…. 구름이 없네! 구름 그려야지."

11.

다면평가 대혼란

꼰대

"동료 교사를 깎아내려야 내가 올라가는 구조.
가장 쉽게 피해를 보는 것은 누구겠습니까?
바로 저경력 교사들입니다."

MZ

"제 글로 인해 상처받으신 분들께
오늘 찾아가 사과드리고 싶습니다."

♥

끌어내려야 올라가는 구조, OUT!

'평가'는 인간과 애증의 관계이다. 우리는 평가로부터 벗어날 수도 없고, 이를 무시할 수도 없다. 그렇다고 함께 있자니 불편한 것도 사실이다. 교사의 중요한 역할 중 하나는 학생을 평가하는 일이다. 교과 평가는 비교적 명확한 기준이 있어 평가 자체가 큰 고민이 되지 않았다. 하지만 요즘에는 단순한 지식 평가뿐 아니라 학생의 역량까지 평가해야 하니, 이제는 깊이 고민을 하지 않을 수 없다. 기존의 지식 평가가 그 의미를 점점 잃어 가는 시대에 역량 평가로의 전환에는 충분히 동의하지만, 문제는 역량이 한 학기 안에 크게 변화하거나 뚜렷이 드러나지 않는다는 것이다. 그래서 교사들은 이러한 평가 항목을 최대한 객관화할 수 있는 도구 개발에 많은 노력을 기울이고 있다.

교사도 평가 대상자이다. 특히 동료 교사가 서로를 평가하는 다면평가가 있다. 넓게는 '학생 · 학부모 만족도 조사'도 교원 평가에 포함할 수 있으나, 이번 이야기는 동료 교사 간의 다면평가에 대해 다루고자 한다. 나 역시 평가를 받으면서 동시에 다른 동료 교사를 평가하는 입장에 놓여 있다. 이 다면평가는 성과평가와 통합되어 말 많고 탈 많은 성과급과도 연결되기도 한다.

남편은 대기업에 다니는 직장인이라 성과급 제도에 대해 별다른 불만이 없다. 미리 올해 성과급이 얼마나 될지 예측할 수 있고, 부서나 계열사 간 성과급의 차이도 자연스럽게 받아들인다. 하지만 교사인 나로서는 교원평가, 특히 다면평가에 대해 매년 불편한 이야기를 들을 수밖에 없다. 교사들이 단순히 불평하는 것이 아니라, 교사의 직업 특성상 다면평가가 부작용을 초래한다고 본다. 부작용이 발생하면 이를 분석하고 수정하는 것이 맞지만, 분석의 결과는 늘 같고 수정할 수 있는 범위도 제한적이다. 이 제도 자체가 '부작용'보다는 교사의 직업적 특성에 맞지 않는 본질적인 '거부 반응'을 일으킨다고 표현하는 편이 더 적절할 것이다.

다면평가 정량평가의 기준 중에는 '일주일에 누가 더 많은 수업을 했느냐'가 포함된다. 그러나 여기에서는 수업의 질이 반영되지 않는다. 단지 주당 22시간 수업한 교사가 교육과정을 분석하고 고민하여 주당 21시간 수업한 교사보다 더 높은 점수를 받는다. 생활지도 역시 마찬가지다. 반 학생들에게 얼마나 진심으로 관심을 기울였는가는 평가에 반영되지 않으며, 단순히 몇 학년이 더 힘든 학년인가에 따라 점수가 결정된다. 같은 학년에서도 한 반의 교사는 비교적 평화로운 한 해를 보내지만, 다른 반의 교사는 특정 학생과의 어려운 관계로 인해 두 배의 에너지를 소모해야 하는 경우가 흔하다. 그러나 이러한 상황은 평가 기준에 전혀 고려되지 않는다. 업무 역시 마찬가지다. 교사들 간에는 모든 업무를 번갈아 가며 수행해야 한다는 이야기가 종종 나온다. 이는 업무의 종류와 무관하게 '내 업무가 항상 가장 힘들다.'라는 인식 때문이다.

다면평가 방식에는 교사가 스스로 작성하는 자기 실적서도 있지만, 가장 논란이 되는 부분은 바로 정량적 기준에 의한 다면평가이다. 이러한 평가 항목이 세부적으로 합리적일 수 있더라도, 결국 '교사는 무엇으로 평가해야 하는가?'라는 근본적인 의문이 필요하다. '교사라는 직업이 과연 평가 가능한 것인가?'에 대한 본질적인 질문도 중요하다. 그리고 '동료 교사 간의 평가가 바람직한가?'에 대한 물음도 던져야 한다.

최근 한 영상을 통해 들은 이야기이다. 핀란드 국민의 행복지수가 세계 1위를 계속 이어가고 있는 이유에 관해 설명하던 전문가의 말을 인상 깊게 들었다. 여러 가지 이유가 있겠지만, 그 전문가에 따르면 핀란드를 포함한 북유럽 국가들은 개인주의가 발달했으며, 이 개인주의는 이기주의와는 다르다. 북유럽에서의 개인주의는 타인에 대한 존중과 포용성이 바탕이 된다고 한다. 다시 말해, 행복지수가 높은 북유럽 사람들은 서로의 삶에 대해 평가하지 않고, 타인의 삶을 존중하며 인정한다고 한다. 그 결과, 서로의 삶을 존중하고 본인의 삶도 존중받는 문화가 형성되어 자연스럽게 행복지수가 높아질 수밖에 없다는 것이다.

이 이야기를 듣고 왜 우리 교사들이 매일 "힘들다."라는 말을 반복하며 교직 만족도가 바닥을 치고 있는지 조금은 이해할 수 있었다. 현재 교직 내 다면평가 정량평가 제도에는 교사 간의 존중과 인정이 없다. 심지어 서로 간에 있었던 존중도 평가표를 마주하면 사라지기 마련이다. 나를 높이기 위해 동료를 깎아내리는 구조가 형성되기 때문이다. 아이들을 가르치고 평가하는 교사 집단에서 이런 구조가 존재한다는 것은 매우 우려스럽다. '우리 아이들에게도 서로를 깎아내려야만 내가 올라간다는 식으로 가르치는 것이 아닐까?'라는 무서운 생각마저 들 정도다.

다면평가 위원회에 여러 차례 참석해 본 나는 이런 제도와 더 이상 씨름하고 싶지 않았다. 그래서 2023년에는 나의 작은 외침으로는 도저히 바뀔 것 같지 않은 제도라면 나의 정신 건강을 위해 한 발짝 뒤로 물러나기를 선택했다. 그러나 그 선택이 나를 더욱 힘들게 하였다.

동료 교사를 깎아내려야 내가 올라가는 구조 속에서 가장 쉽게 피해를 보는 사람들은 누구이겠는가? 바로 저경력 교사들이다. 선배 교사들이 꺼리는 업무는 결국 빙빙 돌아 신규 교사나 저경력 교사에게 돌아간다. 선배 교사들이 기피하는 학년의 빈자리는 저경력 교사나 새로 전입해 온 교사로 메꿔지기 일쑤이다. 물론 인사 내규에 따라 학년과 업무가 배치되지만, 이런저런 이유를 대는 선배 교사들에게 밀려 저경력 교사들이 드러나지 않은 짐을 지고 가는 경우가 많다.

하지만 저경력 교사들도 학교생활을 하다 보면 선배 교사들의 얍삽한 태도를 알아차리게 된다. 때로는 분노를 느끼지만, 이를 표출할 곳이나 하소연할 곳이 없어 가슴속에 묻어두게 된다. 만약 이런 부당함과 억울함을 다면평가에서 인정하고 보상해 줄 수 있었다면, 이들은 이를 하나의 깨달음으로 삼고 넘어갈 수 있었을 것이다. 다시 말하지만, '남을 깎아내려야 내가 올라가는' 구조가 유지되는 한 더 올라가고자 하는 사람들이 생기게 마련이다. 결국 누군가는 또다시 깎여 내려가야 하는 상황이 반복된다. 모두가 생존을 위해 몸부림치는 것이기에 누구를 탓할 수도 없다.

이렇게 극한으로 치닫는 다면평가 논의는 결국 저경력 교사들의 반란으로 이어졌다. 상황은 갈수록 복잡해져 수습하기 어려운 지경에 이르렀다. 나는 민석샘을 비롯해 괴로워하는 후배 교사들의 모습을 지켜보며 나 자신을 심하게 꾸짖었다. 비겁하게도 정신 건강을 이유로 뒤로 물러나 있던 내 모습이 너무나 부끄러웠다. 며칠 밤을 뒤척이며 잠을 이루지 못했다. 나뿐 아니라, 나처럼 자기 행동을 자책하고 있을 몇몇 선배 교사들 또한 같은 고민에 빠져들었다. 이 사태를 온몸으로 겪어야 했던 저경력 교사들 역시 혼란 속에서 불면의 며칠 밤을 보냈을 것이다.

한없이 꼬여버린 상황 속에서 나는 '내가 할 수 있는 일이 무엇일까?'를 고민했다. 당장 시원하게 해결할 방법이 떠오르지는 않았다. 하지만 가만히 뒤로 물러나 있는 비겁한 선택을 계속할 수도 없었다. 일요일이었고, 내일이면 혼란스러운 학교로 다시 출근해 동료 교사들을 마주해야 했다. 밤이 깊었지만, 도저히 잠이 오지 않았다. 나는 컴퓨터를 켜고 호소문을 써 내려가기 시작했다. 각 학년에서 쏟아내는 불만은 끝이 보이지 않았고,

그 과정에서 상처받는 교사들만 늘어가고 있었다. 서로의 감정을 조금이라도 식혀주고, 더는 서로를 향한 한이 서린 의견서가 이어지지 않기를 바라는 마음이었다. 그때 작성한 호소문을 여기에 실어본다.

다면평가 정량평가 개인별 평가표에 대한 의견을 낼 수 없는 이유

요즘 교사들에게 가슴 아픈 이야기들이 많아서 매우 안타깝습니다. 교사가 어려움을 겪을 때 가장 큰 힘이 되어주는 존재는 바로 동료 교사입니다. 많은 선생님이 서이초 선생님의 일을 안타까워하는 것도 그 이유일 것입니다. 저 역시 소식을 접했을 때 가장 먼저 든 감정은 '미안함'이었습니다. 같은 일을 하고 있기에 누구보다 그 마음에 공감할 수 있었고, 그 일이 남의 일이 아닌 내 일이 될 수 있다는 생각에 동료 교사의 존재가 더욱 소중하게 느껴졌습니다.

그런데 요즘 다면평가로 인해 많은 교사가 마음의 상처를 받고 어려운 시간을 보내는 모습을 보게 됩니다. 서로에게 가장 큰 힘이 되어야 할 사람들이 오히려 서로의 에너지를 빼앗고 있는 상황이 안타깝고 부끄럽게 느껴집니다. 그래서 저는 평가표에 대해 어떤 의견도 내지 않기로 했습니다. 단지, 더는 평가표의 숫자로 인해 소중한 동료 교사들이 마음의 상처를 입는 일이 없었으면 하는 마음에서 이 글을 씁니다.

다면평가 정량평가 개인별 평가표에 대한 의견을 낼 수 없는 이유는 다음과 같습니다.

첫째, 교사의 일은 매우 복잡하며, 그 성과를 즉각적으로 나타내기가 어려워 숫자로 표현할 수 없습니다. 국어사전에서 '수'는 '셀 수 있는 사물을 세어서 나타낸 값'이라 정의하고 있습니다. '점수'는 '성적을 나타내는 숫자', '평가'는 '사물의 가치나 수준 따위를 평함. 또는 그 가치나 수준'을 뜻합니다. 그렇다면 교사의 일의 가치나 수준을 과연 숫자로 나타내는 것이 가능할까요? 평가표에 제시된 평정기준과 배점들은 교사의 실제 본질을 반영하는 것이 아닌 허상일 뿐입니다. 결국, 교사의 일에 대한 가치나 수준을 제대로 평가했다고 보기 어렵습니다.

둘째, 교사로서 우리는 평가받고 싶은 걸까요, 아니면 인정받고 싶은 걸까요? 평가표에 대한 불만이 터져 나오는 이유는 '평가를 잘 받고 싶다'기보다 '인정받고 싶다'라는 외침으로 들립니다. 서로 다른 교육 철학을 가졌고 학생을 대하는 방식은 다를 수 있어도 어느 선생님이든 매일 최선을 다하고 있습니다. 수업과 업무 속에서 하루에도 몇 번씩 웃고 울면서 교사 자신을 다독이며 노력해 왔습니다. 그런데 이러한 노력과 헌신이 인정받지 못하거나 타인보다 부족하다는 평가를 받게 된다면 교사는 무기력함에 빠질 수밖에 없을 것입니다. 이런 평가표가 아니라 서로 격려하고 인정하는 문화 속에서 생활할 수 있다면, 특히 인정과 격려가 필요한 저경력 교사들이 더욱 힘을 얻지 않을까 생각합니다.

셋째, 현재의 평가 기준이 정말로 합의가 가능한 것일까요? 합의가 가능한 기준이란 과연 무엇일까요? 우리 학년과 내가 인정받기 위해서는 결국 의미 없는 숫자를 계산하고 조정할 수밖에 없습니다. 이는 마치 신문지를 펼쳐놓고 점차 접어가며 남은 공간에서 서로를 신문지 밖으로 밀어내는 게임과도 같습니다. 내 자존심과 노력의 가치를 인정받기 위한 일이다 보니, 양보와 합의가 참으로 어렵습니다.

그렇다면, 다면평가 정량평가를 굳이 해야만 한다면, 어떤 기준이 합의 가능한 기준이 될 수 있을까요? 무엇보다 모든 교사의 노력을 인정할 수 있는 기준이어야 할 것입니다. 개인을 세로줄로 세우는 방식이 아니라, 모두를 가로줄에 놓고 평가하는 기준 말입니다. 만약 현실적으로 이런 합의 가능한 기준을 만들 수 없다면, 그 또한 안타까운 일이 아닐 수 없습니다.

평가의 궁극적 목표는 개개인의 재능이나 가치를 최대한 발휘할 수 있도록 촉진하는 데 있다고 생각합니다. 1등부터 순위를 매기는 방식이 아닌, 누구나 동등한 가로줄에서 자신의 가치를 인정받아야 합니다. 특히 우리는 학생을 평가하는 사람이기에, 우리 역시 이러한 방식으로 평가받아야 하지 않을까요?

이 글은 문제를 해결하거나 답변을 듣기 위해, 또는 어떤 특정 대상을 두고 쓴 것이 아닙니다. 처음에 말씀드렸듯, 안타까운 동료 교사들의 상황을 지켜보며 더는 어떤 교사도 다면평가로 인해 좌절하지 않기를 바라는 마음으로 적어보았습니다.

이 글을 월요일 아침 교내 메신저를 통해 전 교원에게 보냈다. 그리고 민석샘을 비롯한 저경력 후배 교사들에게는 이제 선배 교사들이 나서서 이야기할 테니 한 발짝 뒤로 물러나 있어 달라고 부탁했다.

가슴 아팠던 다면평가의 대혼란은 시간이 지나며 어느 정도 정리되었다. 하지만 매년 다면평가 철이 다가올 때면 여전히 많은 교사가 이 고통을 겪는다. 이제는 그 호된 경험을 바탕으로 최선의 방법을 찾기 위해 모두가 함께 고민하고, 서로를 최대한 이해하려 애쓰고 있다. 그런데도 교사들을 순위에 따라 세로로 줄 세우는 방식에 거부 반응이 뚜렷한 이 다면평가 구조는 그 존재 여부를 깊이 고민해 볼 필요가 있다.

$\heartsuit$

저는 B등급 교사입니다

"교감 선생님, 어떻게 6학년을 맡았을 때 받게 되는 학년 점수가 다른 학년들을 맡았을 때 받게 되는 학년 점수보다 낮을 수 있나요. 이 평가는 잘못됐어요."

"그렇다면 김민석 선생님께서 말하시는 옳게 된 평가 기준이 뭔데요? 모두가 동의하면 되는 것 아니에요?"

"싸우기 싫어서 잠자코 계신 분들이 분명히 있어요. 교감 선생님께서도 아시리라 생각해요. 조금 더 회의를 거쳐 평가 기준을 조정해야 해요."

"이 평가 기준이 몇 번의 회의를 거쳐 나온 것인지 알고 계시죠? 이것이 최선이에요."

"최선이라고 말하기에는 산출되는 결과가 이상하잖아요. 최선이 아닌 게 눈에 보이는데 어떻게 가만히 놔둘 수가 있나요."

공자와 플라톤이 부활해 며칠을 밤새워 평가 척도를 짠다면 모두가 만족할 수 있었을까? 성인들이 평가 척도를 제시하더라도 어떤 교사는 "난 받아들일 수 없소."라고 응할 것 같다. 제도 설계 자체의 문제로 누군가는 양보해야 하는데 양보하고 싶은 사람이 없을 수도 있다.

딜레마 상황이 존재함에도 현재의 '성과급제도'가 최선임을 부정하지는 않겠다. 더 공정한 틀을 상상하기 어렵다. 애초에 설명할 수 없는 것을 설명해야 하는 모순에 근간한 과제다. 이런 문제에 대한 해결책은 그 첫인상이 아무리 지혜로워 보여도 막상 작동시키면 삐걱거리기 마련이다. 즉 완벽한 해결은 불가능하다.

공정한 성과급 배분을 위해 교사는 자신이 맡은 학생들이 1년 전보다 성장했음을 증명해야 한다. 혹은 자신이 1년간 학교와 학생들을 위해 한 모든 노력을 점수로 표현해야 한다. 총수업 시간, 상담 이력, 업무 강도 등에 점수가 부여되고 서열화는 이루어진다. 어떤 교사의 1년 성과는 S나 A이다. 그리고 누군가는 B를 받는다. 나는 첫 3년간 B를 받았다.

분배를 위한 서열화가 사라져야 함을 주장하는 것이 아니다. 상대적으로 더 무거운 짐을 진 교사가 있다는 것은 명백하다. 그들에게는 당연히 더 많은 빵과 음료가 제공되어야 한다. 노력에 의한 것이든 능력에 의한 것이든 차이가 존재한다면 분배는 달라야 한다. 문제는 우열을 가릴 수 없는 난도의 업무들이 존재한다는 것이다. 비슷한 정도의 일을 한 교사들의 공로를, 공정을 위한다는 이유로 서열화할 때 부정의는 발생한다.

서열화의 결과는 알파벳 낱자로 드러난다. 직업생활 1년이 한글도 아닌

알파벳 낱자로 낙인찍힌다. 치밀하게 설계한 평가 기준으로 학생들의 수행 정도를 '매우 잘함', '잘함', '보통', '노력 요함'으로 분류해 도장 찍는 우리 교사들도 자신의 1년 성적을 보며 낙담할 수 있다.

성과 성적표를 서랍에 거칠게 넣으며, 기분이 나쁜 상태임을 표현하는 정도로 끝날 단순한 일이 아니다. 수많은 현대소설의 핵심 모티프인 돈과 관련된 일이다. 등급마다 100만 원 정도 차이가 난다. 성과급과 그에 따라오는 성과금을 잘 받기 위해 사람들은 목소리를 낸다.

현대 사회에서 개인은 권리를 쟁취해야 한다. 입을 다물고 고개 숙인 자는 자격이 되더라도 권리를 누리기 힘들 수 있다. 바라도 되는 바를 정중한 태도로 확실하게 이야기해야 한다. 대화와 타협으로 결론을 도출하는 과정은 결코 형식적인 절차가 아니다. 우리 삶 전반을 지배하는 양식이 되어야 한다. 이 양식은 사회를 건강한 방향으로 발전시키는 유일한 메커니즘이다. 합당하게 주장해 볼 만한 이야기를 마음에 품었음에도 모든 상황에서 "내가 양보하겠소."라는 태도를 택함은 점잖은 것이 아니다. 그런 태도는 사회를 병들게 하는 무책임이다. 자기 권리에 대해 목소리를 내지 않는 것은 자기 권리를 과하게 요구하는 것과 다르지 않다. 불유과급이다.

그러나 신규 교사 시절 나는 침묵하며 살았다. 나는 권리를 주장할 줄 몰랐다. 양보하며 살았다는 것은 아니다. 가진 것이 없어 양보할 것도 없었다. 교사가 된 처음 2년은 성과급을 정하는 '다면평가'라는 일에 대해 무관심했다.

학교에서 근무하며 힘들다는 생각을 한 적이 없었다. 다른 교실 속 내 동료가 힘든 업무를 맡아준 연유로 편할 수 있었다. 부정할 수 없는 사실이다. 그렇기에 어떤 결과라도 수긍할 수 있었다. 최하의 성과급을 받아도 만족했다. 어차피 최하의 성과급을 받을 생각이었기에 다면평가에 관심가지지 않았다.

교사는 학기 초에 교육과정을 설계하며 교과별 평가 계획을 세운다. 학기가 시작되기 전에 평가 기준과 도구가 만들어진다. 그렇지 않는다면 어떤 일이 벌어질까? 학생들이 문제를 풀고 난 후 "네가 틀린 이 문제는 사실 4점짜리였고 맞은 이 문제는 3점짜리란다. 몰랐지?"라고 교사가 말한다면 학생과 학부모는 평가 결과에 불만을 표할 것이다. "그런 줄 알았다면 4점짜리 문제에 시간을 더 투자하였죠!"라고 학생이 말할 때 교사가 "안타깝게도 네 운이란다."라고 말할 수는 없지 않은가. 우리가 흔히 치르는 시험에서 문제별 배점은 평가 이전에 정해져야 한다.

다면평가도 '평가'다. 업무를 배정받기 전 업무별 점수가 정해져 있어야 공정한 평가가 가능하다고 생각한다. 그러나 그 당시 학교에서 진행되었던 다면평가는 그렇지 않았다. 당시 내 학교는 업무를 배정받은 후 한참이 지난 1학기 여름 방학 직전부터 업무별 점수를 정하기 시작했다.

목소리 큰 사람의 업무가 높은 점수를 배정받게 되는 판국이었다. 다면평가 회의가 여러 차례 있었다. 학년 부장님들께서 의견을 취합할 때 나는 동료 교사들의 의견을 듣기만 할 뿐 발언하지 않았다. 그런데 회의가 거듭

될수록 내가 속해 있던 학년과 어떤 학년 사이의 점수 차이가 점점 벌어졌다. 총 1점 차이었던 점수는 총 2.5점 가까이 차이가 나게 됐다(다면평가에서는 1점 차이도 결정적이다). 그렇게 점수 차이가 날 정도로 업무량이 달랐는지 의문이 들기 시작했다. 또 불만을 나만 품지는 않았을 터인데 왜 조율의 손길이 없는지 의아했다.

교직 생활을 하며 처음으로 동료들에게 화가 났다. 다면평가 회의 결과에 대한 이의서를 작성하여 교감 선생님께 제출했다. 교직 생활을 하며 선배 교사들의 의견에 처음 든 반기였다. 화가 난 티를 내고 싶었다. 이의서에는 공격적인 문장들이 즐비했다. 날 선 문장들에 상처 입을 것이 뻔했으나 이의서를 적을 당시에는 고려하지 않았다. 나는, 기분이 상한 것을 알아줬으면 하는 어린아이였다.

내 글은 싸움을 일으켰다. 내 글을 화두로 다면평가 전반에 대한 회의가 진행됐다. 나는 참여하지 않았다. 참여할 수 없었다고 표현함이 적절하다. 교실에서 난동을 피우는 학생을 진정시키기 위해 잠시 교실에서 분리할 때가 있다. 다면평가 회의 시간, 나는 교무실에서 분리된 문제아였다.

친밀하다 느꼈던 교감 선생님께서는 엄중하신 태도로 신규 교사의 이의 제기에 불만을 표하셨다. 그런 교감 선생님의 태도가 낯설었다. '내가 터무니없는 이야기를 한 것일까.'라는 생각이 들었다. 교감 선생님께서는 내가 누군가를 끌어내려 A등급을 받고자 하는 것이라고 말하셨다.

나는 시간이 지난 지금 이런 글에서까지 체면 세우며 가식 부리고 싶지 않다. 나는 그렇게까지 솔직한 면이 없는 사람은 아니다. 고백하는데 누군가를 끌어내리며 성과 등급을 높이고 싶은 마음은 없었다. 나는 그저 내가 맡은 업무에 대해 마땅한 점수를 받고 싶었다. 더불어 교감 선생님께 나의 1년을 인정받고 싶었다. '마땅한 점수'에 대한 설명을 위해 고등학교 시절의 일화를 끌어오겠다.

　"그러니까 그 친구의 점수를, 네가 이 문제에서 받은 점수인 2점 이하로 깎아달라는 것이니?"

　"아니요. 그 친구의 답이 5점을 받을 답이라면 제 답도 최소한 4점은 받아야 한다는 이야기에요. 제 답도 4점 혹은 5점을 받을 만한 하다고 생각해요."

　"나도 네 답을 채점하며 2점을 주기는 아쉽다고 생각했어. 그 말은 일리가 있어. 물론 다른 선생님들과 이야기를 나눠봐야겠지만. 그런데 내가 알기로는 네가 이 문제에서 4점 혹은 5점을 받더라도 이 과목에서 네가 받게 되는 내신등급이 바뀌지는 않을 거야."

　"제 답안이 마땅히 받을 만한 점수를 받으면 돼요. 그것이 제안의 요지에요. 다른 것들은 부가적인 요소죠."

　고등학생 때 채점된 답안지를 들고 가서 선생님들과 이런 내용의 대화를 자주 나눴다. 1점 차이로 등급이 바뀌는 일들은 비일비재했다. 그 작은 차이가 대학 입시에서 결정적으로 작용했을 것이다. 그런 비애를 이해하고 있어도 차마 나만의 이윤을 위해 남을 깎아내리고 싶지는 않았다. 대학 입학을 포기할지언정 창피하게 살고 싶지는 않았다.

니체는 『차라투스트라는 이렇게 말했다』에서 남을 끌어내리며 평균 위하는 사람들을 비판한다. 고등학생 때 그 부분을 읽으며 그 의견에 공감했다. 우리는 서로를 위로 이끌며 평균을 높여가야 한다.

신규 교사였던 내가 2년 동안 B등급을 받고 침묵했던 것은 탈속적인 까닭이 아니다. 내가 마땅한 점수를 받았다고 생각했기 때문일 뿐이다. 내게는 A등급이나 S등급을 탐할 만한 자격이 없었다. 동료 교사들의 업무는 내 업무보다 무거웠다.

한편으로는 풍문을 통해 학교의 전체적인 사정을 대강 들었었다. 의견의 마찰이 심해 교감 선생님께서 곤란하신 상황임도 알았다. 그렇기에 교감 선생님께서 "어쩔 수 없었다."라는 말이라도 터놓고 하셨다면 다면평가에 대한 이의서는 쓰지 않았을 것이다. 혹은 격려해 주셨다면 감사를 표하며 더 논하지 않았을 것이다. 나에게도 대화의 기회가 열려 있는 줄 알았으나 실상은 달랐다.

되돌아가도 다른 상황들이 바뀌지 않는다면 이의서를 쓸 것이다. 한껏 부드러움을 담아서 말이다. 차분히 이야기한다면 대화를 기꺼이 해 주셨을 동료 교사들이셨다. 대화의 기회를 완벽히 닫아버린 사람은 나였다. 타인이 읽게 될 공적인 글에 어린아이 투정 같은 화를 담았다는 점을 반성한다.

땅에 입을 맞추고 죄를 고백한 후 더 이상 잘못을 외면하지 말고 자신이 벌인 일을 당당히 책임지라는 『죄와 벌』 속 소냐의 대사가 괴롭던 밤 떠올랐다. 나에게는 미룰 수 없는 일들이 있었다. 다음 날 아침, 양복을 정갈히 차려입고 교장실에 갔다.

"글을 읽고 상처받으신 분들에게 오늘 찾아가 사과드리고 싶습니다. 제가 그래도 될까요?"

"김민석 선생님, 잘 결정하셨습니다. 좋은 결정 하셨어요. 힘드시다면 같이 가드릴까요?"

"아니요. 저의 문제입니다. 혼자 해결해 보고 싶습니다."

"그 과정에서 도움이 필요하시다면 이야기하세요."

교사들이 모두 출근한 8시 30분경 나는 해야 할 일을 했다. 어떤 의도로 글을 썼는지 또 어떤 마음을 전하고 싶은지를 이야기했다. 듣고 계셨던 어떤 분도 말을 끊지 않으셨고 다 들어주셨다. 물론 쌓인 감정이 그렇게 한 번에 쉽게 풀리지는 않으셨을 것이다. 그러나 봄이 오면 응달진 곳의 눈도 언젠가는 녹는다.

다면평가와 관련된 일들을 겪은 후 기른 습관이 있다. 무언가를 결정한다면 그 이유를 학생들에게 혹은 동료 교사들에게 솔직하게 설명한다. 누군가가 내 결정에 설명이나 해명을 요구한다면 친절히 응한다. 아래 대화는 올해 내가 이끄는 3학년 3반 학생과 나눈 대화다.

"선생님, 친구에게 욕을 한 것은 제 잘못이 맞아요. 그런데 다시는 욕하지 않겠다는 문장을 40번이나 쓰는 것은 너무해요."

"수많은 기회를 잃었어. 물론 아직 잃은 기회보다 더 많은 기회가 남아 있지. 이번 일은 너의 담임 교사로서 그냥 넘어갈 수가 없구나. 너무 분명하게 들었거든."

"선생님께서 숙제를 안 한 일과 숙제를 안 해서 회초리로 맞는 일은 관련 없는 일이라고 하셨잖아요. 숙제를 안 한 일은 회초리를 맞음으로써 해결할 것이 아니라 숙제함으로써 해결해야 한다고 그러셨잖아요. 솔직히 40번 동안 욕하지 않겠다는 문장을 쓰는 일이 제가 욕을 하지 않도록 하는 일에 도움이 될지는 모르겠어요."

"네 말이 맞아. 내가 더 좋은 방법을 떠올리지 못했어. 미안하다. 그렇다고 그냥 넘어갈 수는 없어, 난 교사니까. 우리는 이 문제를 해결해야 해. 어떻게 해야 네가 욕을 하지 않을까?"

"욕을 정말로 안 하기로 노력할게요. 정말로요. 그리고 그냥 청소하고 싶어요. 그게 차라리 더 반에 도움이 될 거예요."

"일리가 있어. 네가 그렇게 생각한다면 그리하렴. 다만 정말로 노력해야 해. 우리는 자신을 속여서는 안 돼. 이 교실에서 너는 더 좋은 사람이 되어야 해. 네가 그렇게 할 수 있다고 나는 믿는단다."

담임 교사인 내가 "그렇게 하라면 해!"라는 식으로 밀어붙이면 학생들은 그렇게 할 수밖에 없다. 설명도 필요 없다. 그런 문화가 교실에 자리 잡으면 교사인 나는 편하다. 딱딱하고 강압적인 지시법을 사용한다면 문제 행동을 훨씬 더 빠르고 정확하게 행동을 교정할 수 있다. 행동주의적 관점의 적용이 문제 행동만큼은 정말 효율적으로 교정한다는 것을 나는 인정한다. 서커스의 동물들이 부드러운 대화를 통해 묘기를 부릴 수 있었다고는 생각하지 않는다.

"반 아이가 달려와서 선생님 팔에 매달리거나 선생님 말씀에 꼬박꼬박 대든다면 '올해는 망했구나.' 하고 생각하시면 돼요."

"그런 반 분위기면 학급을 운영하기 힘들긴 하죠. 그래도 학생들이 기죽어 있는 교실 분위기는 싫어요. 조금 과하더라도 학생들이 자유롭게 자기주장할 수 있는 분위기가 저는 좋아요."

어떤 선생님들은, 교사가 학생들의 자잘한 이야기까지 들어주기 시작하면 학생들의 버릇이 나빠진다고 말한다. 엄한 태도를 종종 보여 선을 그어야 한다고 이야기하신다. 나도 경험한 바가 있어 공감한다.

그러나, 그런 점들을 앎에도 나는 그렇게 하기 싫다. 다소 버릇없다 표현할 수 있지만 당돌하게 자기 생각을 말하는 아이를 바라볼 때, 지난날의 내가 떠오른다. 일리 있는 말을 하는 아이를 혼내기에는 내가 아직 젊다.

12.

규식 없는 날

꼰대

"그럼, 월요일에 둘 다 자신 있는 요리를 해보면 되겠네.
우리가 냉철하게 평가해 주겠어."

MZ

"들었지, 안재영. 도망가지 말고 나랑 한판 붙자!
어, 여러분 잠깐만요. 이거 다 소금 탓인 거 아시죠?
내 파스타는 정말 맛있는데...."

♥

새 학년을 준비하는 고소한 향기

아이들이나 교사나 학교생활에서 중요한 일 중 하나는 바로 급식을 먹는 일이다. 아이들도 그렇겠지만, 교사들 역시 다른 학교 교사들과 만나면 급식의 맛에 대해 서로 이야기하곤 한다. 급식이 맛있는 학교에 근무하는 교사는 주변 교사들의 부러움을 사기도 한다. 다행히 우리 학교의 급식은 맛있다. 급식에 대한 설문을 하면 아이 대부분이 "우리 학교 급식 진짜 맛있어!"라고 말하며 긍정적인 반응을 보여준다. 물론 일부 학생들은 반찬 투정하듯이 이런저런 이유를 들며 급식에 대한 불만을 표시하기도 하지만, 각자의 판단이니 뭐라 할 수는 없다.

2024년 올해 나는 경기도 교사연구년 파견 교사로 학교에 출근하지 않기에 급식을 먹을 수 없다. 아이들은 무상급식의 혜택을 받지만, 교사들은 매달 급식비를 내고 밥을 먹는다. 솔직히 말해 급식비를 내고라도 학교에 가서 급식을 먹고 싶은 마음이 들 정도로 나는 급식을 사랑한다.

학교에서는 급식이 멈추는 날이 있다. 바로 여름 방학과 겨울 방학이다.

정규 수업일이 아닌 방학 기간에는 급식을 운영 하지 않는다. 아이들은 학교에 나오지 않으니 급식 미운영이 크게 문제가 되지 않지만, 교사들은 생각보다 방학 중에도 자주 학교에 출근한다. 그럴 때는 학교에 나온 동료 교사들과 점심을 주문해 1/n로 나눠 내거나, 어떤 선생님이 기분 좋은 이유를 대며 밥을 사주기도 한다. 집이 가까운 선생님들은 잠깐 집에 가서 점심을 해결하고 오거나, 여러 날 근무가 이어지면 도시락을 싸 오는 선생님들도 있다.

하지만 이런 다양한 방식의 점심 해결도 여의찮은 기간이 있다. 바로 2월이다. 2월에는 새 학년을 준비하기 위해 거의 모든 교사가 2주 정도 매일 출근한다. 아이들은 3월이 되면 새 학년을 시작하지만, 교사들은 이미 2월 중순부터 새 학년이 시작된 셈이다. 하지만 급식은 아이들이 등교해야 시작되기 때문에, 이 2주 동안은 주로 배달 음식을 먹어야 한다. 배달 음식이 맛있고 다양해 보이지만 이틀 정도 먹고 나면 금세 질리고, 입맛과 위장 모두가 거부 반응을 보이기 시작한다. 우리 주변에는 매일 밖에서 점심을 해결하거나 끼니를 제대로 챙기지 못하고 일하시는 분들도 계시지만, 급식에 길든 교사들은 약간의 사치스러운 투정을 부리곤 한다.

올해도 어김없이 점심 걱정을 하며 2월을 보내고 있었다. 나는 연구년 파견 교사라 학년에 소속되지 않았지만, 3월 1일 자로 파견이 시작되기 전까지는 학교에서 근무해야 했다. 그래서 친한 규진샘과 민석샘, 그리고 나를 반갑게 맞아줄 것 같은 교무부장 태용샘이 있는 3학년에 자리를 잡았다. 나는 3학년 소속이라고 우기며 3학년 연구실의 공용 컴퓨터를 차지했고, 1년 후 돌아왔을 때 사용할 짐도 3학년 연구실 옆 작은 공간에 태용샘 짐 옆에 조심스레 붙여 두었다. 교무부장 짐 옆이라면 내 짐이 소리 없이 사라지는 일은 없으리라 생각하며, 그렇게 2월 내내 3학년에서 더부살이했다.

마무리해야 할 업무가 꽤 많았지만, 새 학년 준비로 바쁜 3학년 선생님들에 비하면 여유가 있었다. 오전 11시쯤 되면 선생님들은 하나둘 "오늘 점심 뭐 먹을까요?" 하고 묻기 시작했다. 서로 눈치를 보며 "아무거나 괜찮아요."라고 말하지만, 그 '아무거나'가 제일 어렵다는 걸 다들 잘 알 것이다. 나는 하루라도 저 '아무거나'의 고민에서 벗어나게 해 주고 싶었다.

"내일은 연구실에서 떡볶이 해 먹읍시다. 내가 준비할게요. 내일 셰프는 접니다."

"와! 너무 좋아요."

"떡볶이 맛있겠다! 내일 점심 기대돼요."

선생님들이 이렇게 좋아하는 이유가 떡볶이를 좋아해서도 있겠지만, 내일 메뉴가 미리 정해진 것이 기쁜 이유도 분명히 있을 것이다.

퇴근길에 대형마트에 들렀다. 내가 신당동 떡볶이의 대가 '마복림 할머니'는 아니기에, 아무런 망설임 없이 양념도 들어있는 떡볶이 밀키트를 카트에 담았다. 그래도 일일 셰프인 만큼 '풍부한 재료로 승부하자.'라는 생각에 어묵, 메추리알, 라면, 비엔나소시지, 순대 등을 카트에 가득 채웠다.

집에 돌아와 한 보따리 장 본 것들을 냉장고에 넣으면서 가족들에게 "이건 내일 학교에 가져갈 거니까 손대지 마세요."라고 신신당부했다.

집에 있는 일회용 접시와 나무젓가락도 미리 챙겨 두었다. 환경을 위해 일회용품을 줄이려 노력하지만, 거의 10명 가까이 되는 선생님들이 떡볶이를 먹은 뒤 설거지할 생각을 하니 일회용이 불가피해 보였다. 가장 중요한 불은 속도도 빠르고 안전한 휴대용 전기 인덕션으로 준비했다.

3학년 선생님들은 아침부터 교실 환경 정리와 쏟아지는 새 학년 준비로 분주한 시간을 보내고 있었다. 나는 11시쯤 연구실 책상을 치우고 떡볶이 요리에 들어갔다. 밀키트와 손질된 재료들이었지만, 주방이 아닌 한정된 공간에서 요리하려니 생각보다 시간이 걸렸다. 중간에 민석샘이 연구실로 들어와 물었다.

"와! 맛있겠는데요. 뭐 도와드릴까요?"

"아니. 거의 다 됐어요. 떡볶이가 부족하지는 않겠지? 김밥이라도 사 올 걸 그랬나?"

"제가 이 앞에 분식집 가서 김밥 좀 사 올게요."

말리지 않았다. 이런 대용량 떡볶이는 처음이라 양을 가늠하기에 어려웠다. 혹시 부족하면 선생님들이 아쉬워할까 싶어 김밥 몇 줄이 있으면 좋겠다고 생각했다. 이제 민석샘과 나는 마치 분식의 영원한 콤비인 떡볶이와 김밥처럼 호흡이 척척 맞는 경지에 이르렀다.

보글보글 끓는 떡볶이 향이 3층 복도에 퍼지자, 3학년 선생님들이 하나둘 연구실로 모여들었다. 학교에서 직접 음식을 해 먹은 경험이 없었던 선생님들은 이 진풍경에 감탄했다. 선생님들이 '하하 호호' 웃으며 맛있게 먹는 모습을 보니 마음이 뿌듯했다. 민석샘이 사 온 김밥도 떡볶이 국물에 찍어 맛있게 먹었다.

다음 날 저녁에는 오랜만에 MZ 회식이 있었다. 올해 4학년을 맡아 3층 후관에 있는 재영샘이 자신도 요리를 잘한다고 당당히 주장하기 시작했다. 떡볶이에서 시작된 요리 이야기는 지난여름 무주 여행에서 민석샘이 큰소리치며 만들었던 감바스와 오일 파스타로 이어졌다. 그때의 오일 파스타는 재영샘, 예은샘, 그리고 나까지 모두 도저히 먹을 수 없다고 거부했던 요리였다. 감바스도 재료 덕에 간신히 먹었던 기억이 난다.

이런 대화를 나누던 민석샘과 재영샘은 서로 자신이 요리를 더 잘한다며 묘한 자존심 대결을 벌이기 시작했다.

"민석아, 너 그 오일 파스타는 정말 올리브유가 아까웠어."

"그래도 형보다는 나을걸? 이제 많이 늘었어. 오일 파스타 한 번 만들어 줄까?"

"너 내 덮밥 실력을 몰라서 그래. '오야코동'이라고 들어나 봤니? 네 오일 파스타랑은 맛을 비교할 수 없다니까."

두 사람의 요리 자존심 대결은 쉽게 끝날 기미가 보이지 않았다. 나는 이 의미 없는 대화를 마무리 지어야겠다고 생각했다.

"그럼, 월요일에 둘 다 자신 있는 요리를 해보면 되겠네. 우리가 아주 냉철하게 평가해 주겠어."

"저야 뭐, 자신 있습니다." 민석샘이 먼저 나섰다.

"드디어 나의 요리 실력을 보여줄 때가 온 것 같군. 민석이, 졌다고 울지 나 마라."

재영샘의 자신감도 대단했다. 이로써 월요일에는 3, 4학년 모두 점심 메뉴 고민이 사라졌다. 내가 가져온 요리 장비들은 그대로 연구실에 더 머물러야 했다. 다가올 '세기의 요리 대전'을 위해서였다.

드디어 두 청년 교사 간 한 치의 양보도 없는 요리 대결의 날이 왔다. 아침부터 민석샘은 커다란 장바구니 두 개를 들고 출근했다. 재영샘의 출근 모습은 보지 못했지만 아마도 비슷한 모습이었을 것이다. 저 멀리서 '빰빠라밤' 하는 비장한 음악이 들리는 듯했다. 민석샘은 냉장고에 재료를 차곡차곡 넣으며 "기대하셔도 좋습니다!"라는 인사를 남기고 교실로 갔다. 이 대결은 어느새 3학년과 4학년의 자존심이 걸린 대전으로 확대되고 있었다.

11시가 되자 마치 선수 출전하듯 각 학년 선생님들의 응원을 받고 온 두 사람이 각자의 요리 준비를 시작했다. 조금 과장해서 말하자면, 둘 다 대결에 눈이 멀어 제법 많은 재료비를 쓴 듯했다. 그들에게는 오직 이 요리 대전에서 승리해 학년에 영광을 안기겠다는 결의가 엿보였다.

3, 4학년 선생님들은 오늘의 업무로 바빴지만, 연구실에서 더부살이 중인 나는 이 대결의 준비 과정을 관람할 수 있는 행운을 얻었다. 두 셰프가 동시에 요리하다 보니 요리 장비가 부족해지기 시작했다. 결국 실과실에서 조리 도구들까지 동원되었다. 이렇게 전기를 많이 쓰며 실과실의 휴대

용 가스버너까지 빌려 쓴 사실을 행정실 선생님들이 알까 봐 마음이 조마조마했지만, 곧 열띤 대결 분위기에 이내 잊어 버렸다.

나는 어느새 나만의 중요한 역할을 찾은 듯했다. 전기선이 어딘가에 걸리지 않는지, 가스버너 상태가 안전한지 확인하며, 혹시 주변에 화재 위험이 될 만한 물건은 없는지, 칼은 안전하게 놓여 있는지 꼼꼼히 살피기 시작했다. 두 셰프 요리의 안전을 지키느라 덩달아 바빠졌다.

요리가 거의 완성될 때쯤 3, 4학년 선생님들이 모두 3학년 연구실에 모였다. 두 학년이 모이니 연구실이 꽉 찼다. 자신뿐만 아니라 학년의 자존심까지 걸린 요리 대전의 주인공인 두 청년 선생님은 긴장감을 감추지 못했다.

"와! 정말 맛있어요. 감바스가 지금껏 먹어본 것 중 최고예요!"

"이 덮밥 뭐죠? 이건 돈 주고 사 먹어야 해요. 요리를 어쩜 이렇게 잘하세요?"

"음, 너무 맛있네요. 오늘 요리들이 지금까지 먹은 음식 중 최고인 것 같아요."

"교사 말고 셰프 하셔도 되겠어요. 이렇게 요리도 잘한다니, 미래의 와이프는 정말 행복하겠어요."

냉철하게 평가하겠다던 평가단은 이미 웃음이 떠나지 않았고, 한 입 먹을 때마다 칭찬이 이어졌다. 드디어 4학년 소속 정보부장인 주원샘이 나서야 할 때가 왔다.

"도저히 이 상태로는 승부를 가릴 수 없으니 무기명 투표로 결정하겠습니다. 제가 투표 폼을 만들어서 보내드릴 테니 다들 투표해 주세요."

역시 디지털 기반 교육혁신 연구학교의 정보부장다운 발언이었다. 우리
는 최첨단 온라인 투표 시스템을 구축해 진지하게 투표를 진행했다. 그 순
간 모두가 너무나 진지하게 투표하고 있는 모습이 더 재미있었다. 두 셰프
의 표정에도 긴장감이 가득했다. 도대체 이게 뭐라고. 하하하.

뒷정리를 마치고 각자 교실로 돌아간 오후, 휴대폰에서 '드르륵'하는 알
림이 울렸다. 주원샘이 보낸 요리 대전 투표 결과가 도착한 것이다. 떨리
는 마음으로 결과를 열어보니, 대부분 선생님이 두 셰프 모두에게 5점씩
줬고, 평가단의 사명감에 불타 냉철한 평가로 4점을 주신 선생님도 있었
다. 그런데 재미있는 건 두 사람 모두 1점씩 받은 점수였다. 잠시 생각하다
가 배를 잡고 웃고 말았다. 1점은 민석샘과 재영샘이 서로에게 준 점수였
다. 그 덕에 우리는 또 한 번 큰 웃음을 터뜨렸다. 최종적으로는 간발의 차
이로 재영샘의 승리로 대전이 끝났다.

새 학년이 본격적으로 시작되기도 전, 우리는 즐거운 추억 하나를 더 만
들었다. 나는 동료 교사들이 이 기분 좋은 추억을 에너지 삼아, 올해도 아
이들과 더 많은 행복한 추억을 만들어 나가기를 바랐다.

$\heartsuit$

흑백요리사가 두둥등장

이마트 트레이더스에서 2L들이 올리브유 한 통을 쇼핑카트에 담았다. 진열된 올리브유 중 가장 비싼 제품을 골랐다. 파스타 면도 가장 비싼 것으로 골랐고 새우도 넉넉히 담았다. 동료들에게 최고의 맛을 선사하고 싶었다.

20살부터 자취하며 요리다운 요리를 해본 기억은 없다. 라면을 끓이거나 고기를 굽는 일 외에는 인덕션을 켜는 일이 없었다. 대부분의 끼니를 사 먹었다. 햄버거, 피자, 짜장면이 주가 됐다. 편의점 도시락도 많이 먹었다. 요새도 편의점 도시락이 가끔 생각날 때가 있는데 막상 먹어보면 그때만큼 흡족하지는 않다. 그동안 그것보다 좋은 것들을 많이 먹었나 보다.

헬스장에서 러닝머신을 뛰며 유튜브를 보다가 우연히 백종원 씨가 봉골레 파스타를 만드는 영상을 접했다. 다음날 퇴근하는 길에 롯데마트에서 화이트 와인, 바지락, 페페론치노를 구해왔다. 10분짜리 유튜브 영상을 수십 번 돌려보며 생애 첫 요리를 시도했다. 볶은 재료들에 적당히 익은 면을 넣고 30초 정도를 더 볶으면 끝이었다.

백종원 씨는 2알을 권했는데, 매운 것을 좋아하여 난생처음 만져보는 페페론치노라는 고추를 5알 찢어 넣었다. 만들던 도중 눈을 비볐는데 상당히 곤란했다. 소금 통을 탁탁 털다가 작다고 표현할 수 없는 소금 덩어리가 덩그러니 떨어졌다. 어찌할지를 몰라 그대로 기름에 녹여버렸다. 파스타 면은 예상보다도 잘 익지 않았다. 파스타 면이 익기를 기다리던 새에 마늘은 진갈색이 될 정도로 올리브유에 튀겨졌다. 문제가 될 법한 사항이 많이 있었음에도 그때의 맛을 잊지 못한다. 많이 짜고 맵긴 했는데 감칠맛이 있었다. 그 맛에 빠져 그 해에 봉골레 파스타를 30번은 더 해 먹었을 것이다.

봉골레 파스타를 50번 정도 만들었을 무렵 조개를 쓰는 것이 귀찮아졌다. 냉동이 아닌 생물 조개를 사용하기를 고집했다. 그 때문에 항상 마트에 가야 했다. 해산물을 그다지 좋아하지는 않았고 결국 조개를 포기했다. 파스타에는 면과 마늘 그리고 페페론치노만이 남았다. 그렇게 알리오 올리오만을 만들어왔다. 수십 회의 연구를 거치며 꽤 만족스러운 맛을 낼 수 있게 됐다. 알리오 올리오를 처음 만들 무렵 조리 과정이 비슷한 감바스도 많이 시도했다. 엄마와 아빠는 내가 만든 감바스를 좋아한다.

겨울방학인 2월부터 교사들은 출근을 시작한다. 새 학기 준비를 위해서

다. 2주에서 3주 정도의 새 학기 준비 기간 동안 교사들은 점심을 알아서 해결해야 한다. 구내식당이 없는 일반 직장에서는 당연한 이야기겠지만 학교는 다르다. 교사는 거의 모든 근무일 동안 급식을 먹는다. 학기 중에는 점심 메뉴를 걱정하지 않는다.

점심과 관련된 고민이 있다면 이런 것이다. 나는 출근 후 가장 먼저 급식 메뉴를 파악한다. 그를 근거로 비축해 놓은 육개장 사발면을 학년 연구실에서 먹을 것인지 말 것인지 매일 아침에 결정한다. 기대하는 메뉴가 있다면 전날 저녁부터 식사량을 조절하기도 한다.

제때 나오는 밥을 누리지 못하는 기간이 겨울방학 근무일이다. 점심을 주문하여 해결하는 것이 편하긴 하다. 그러나 반복되는 일상에는 새로움이 필요한 법, 새로 구성된 3학년 동료 교사들에게 파스타를 만들어 주고 싶었다. 실과실의 인덕션과 냄비를 활용해 오랜 연구를 거친 파스타를 선보였는데 더할 나위 없는 결과가 나왔다. "기대 안 했는데 맛있는데요?"라는 동료 교사의 말에 "평소보다 별로라 아쉽네요."라고 답하였다. 으쓱한 거짓말이었다.

"무주에서 만들었던 그때 그 파스타? 그걸 올해 동학년들이 맛있게 먹었다고? 이상한데."

"박세은 선생님은 그때 먹기 싫다고 하며 안 드셨잖아요."

"야, 박세은 선생님 문제가 아니라 그때 그건 그냥 먹기 싫게 생겼었어. 그리고 난 그런 오일 파스타가 요리라고 생각하지 않아. 라면하고 다를 것

없잖아. 면을 물에 넣고 끓이다가 빼서 소스에 볶는 거 말고 하는 게 뭐야."

"안재영, 너도 안 먹어 봤잖아. 평소에 뭐 만들어 먹긴 해?"

"다 만들지. 못 만드는 게 없지. 일단 너보단 잘하겠지?"

"둘 다 말만 그렇게 하지 말고 뭘 좀 입에 넣어 줘봐. 다음 주 월요일 점심에 둘이 음식을 만들고 공평하게 심사받던가."

"좋아요. 그냥 하면 재미없죠. 진 사람이 상대 재료비 내주는 거로 해."

"돈을 그렇게 주고 싶어 하니 받아야지 원. 나중에 다른 소리 하지 마. 다들 들으셨죠?"

무주로 여행 갔던 네 명의 교사들이 선술집에서 나눈 대화다. 동료 교사가 원한다면 혼자라도 점심 정도야 몇 번이든 만들 생각이었는데 어쩌다 보니 안재영 선생님과 요리 대전을 약속했다. 3학년과 4학년 교사 약 열 명에게 점심을 제공하고 평가받게 되었다. 3학년 교사들은 이미 며칠 전 내 파스타를 먹어본 적이 있기에 '메뉴를 바꿔볼까.' 하고 고민했으나 자신 있는 요리가 없었다. 무엇보다 수십 번의 경험을 거치며 정제된 내 파스타가 평가절하당하는 것을 두고 볼 수 없었다.

"음식에 설탕을 들이붓네. 그렇게 설탕을 쓰고 누가 맛있게 못 만들어?"

"너도 소금 쓰잖아."

소금 이야기를 들었을 때 간을 맞추려고 소금 통을 꺼냈다. 한 번에 많은 양의 음식을 만드느라 손과 마음이 분주하였고 그만, 나는 소금 통을 놓쳐버렸다. 소금은 한 알도 남김없이 다 쏟아졌다. 집 바닥이었다면 위쪽에 쌓인 소금을 떠서 썼을 것이다. 제주도 모양으로 쏟아진 소금을 쳐다보며 멍해졌다. "너 설마 그걸 쓸 생각은 아니지?"라는 말이 어디선가 들렸고 나는 바로 편의점으로 내달렸다.

연구실로 돌아왔을 때 파스타 면은 푹 퍼져 있었다. 마늘은 뜨거운 올리브유에 너무 오랫동안 담겨 있었다. 내가 먼저 첫입을 떴다. '소금이 제때 있었더라면.'이라는 안타까움이 안 생길 수 없는 맛이었다. 헤밍웨이의 『노인과 바다』에서 노인이 '소금이 있으면 좋겠다.'라고 되뇌던 장면이 떠올랐다. 그 순간만큼은 그 노인보다 속상했다.

안재영 선생님은 미역국과 일본식 닭 덮밥을 만들었는데 맛이 괜찮았는지 먹어보려 할 때 이미 동이 나 있었다. 감바스는 잘 팔렸으나 파스타는 소외됐다. 파스타는 그날 결국 남았고 버려졌다.

정보부장 선생님이 만든 구글 설문조사로 익명 평가가 진행됐다. 닭요리와 미역국이 없어 먹어보지 못했다. 공급자가 수요를 예측하지 못한 잘못이었다. 그것을 이유로 나는 안재영 선생님에게 최하점을 줬다. 안재영 선생님은 나를 제외한 모두로부터 최고점을 받았다.

나는 두 명으로부터 최고점을 받지 못했다. 한 명은 나에게 최하점을 주었고(누군지 확실히 알 듯하다) 다른 한 명은 최고점에서 1점 빠진 점수를 주었다(그 양심적인 사람은 과연 누구였을까?). 사실 소금을 쏟은 순간 이미 승패는 정해졌다. 내가 먹어도 맛없는 파스타였다. 1점 차이의 패배면 체면은 세우고 끝난 것이다.

막상 일이 끝나고 나서는 안재영 선생님과 그날 일에 관해 이야기한 적이 없다. 안재영 선생님은 나에게 요리 재료비를 보내라는 이야기도 하지 않았다. '보낼까?' 하고 잠깐 고민했는데 그러지 않았다. 요리 대전이 있었던 주의 주말에 보드게임 모임 후 족발을 먹었다. 내가 모든 결재를 맡았다. 차후 정산금을 받는데 안재영 선생님만 돈을 보내지 않았다. 그에 대해 나는 아무런 말도 하지 않았다. 지난 일을 일단락 지었다고 생각했다.

그랬던 것이 서로 의도한 일이었으리라 믿는다. 그러면서도 이 글을 읽을 안재영 선생님이 "기억하는 것은 네가 졌다는 것, 그리고 네가 나에게 재료비를 보내지 않았다는 사실뿐이다."라고 말하지 않을까, 문득 의심된다. 설령 그리 말하더라도 할 말은 없다. 흘러간 일을 들추면 마음만 상한다.

13.

엄마가 1리년생

꼰대

"나의 첫 부장님은 나를 막내딸이라고 하셨어.
잠시만, 그럼 내가 널 아들이라고 불러야 하는 거야?"

MZ

"아니요, 제 엄마는 따로 계십니다.
선생님은 엄마가 아니라 제 동료 교사십니다."

♥

어느새 나도 모르게

누구에게나 스승의 날이 되면 떠오르는 은사님이 계실 것이다. 딱히 그러한 은사님을 마음에 간직하지 않은 사람이라도, 누군가 묻는다면 기억을 더듬어 한 분 정도는 떠올릴 수 있을 것이다. 나 역시 학창 시절 가장 기억에 남는 선생님이 누구냐고 묻는다면 고민 없이 말하는 분이 계신다. 바로 초등학교 5학년 때 담임 선생님이시다.

선생님은 키도 크고 건강한 체격에 피부도 까무잡잡하셔서 12살 5학년 학생들의 눈에는 무척이나 무서운 '호랑이 선생님'처럼 보였다. 남자아이들은 선생님이 아무 말씀을 안 하셔도 선생님 앞에서는 순식간에 예의 바른 아이들이 되었다.

하지만 나는 선생님이 전혀 무섭지 않았다. 나와 친하게 지내던 동네 언니가 바로 전년도에 선생님 반이었고, 거의 매일 언니에게 선생님에 대한 좋은 이야기를 들었기 때문이었다. 이야기로만 듣던 선생님 반에 내가 배정된 것은 내게 큰 행운이었다. 언니가 나에게 심어준 선생님에 대한 기대는 실제로 만난 선생님 덕분에 더 큰 존경과 행복으로 돌아왔다. 선생님 말씀을 잘 따르고 모범생이었던 나는 친구들이 질투할 정도로 선생님의 관심과 사랑을 받았다.

교대 입학시험에는 논술 문제가 있었다. 정확히 기억나지는 않지만, '자신이 생각하는 교사상을 설명하고, 그 이유를 쓰시오.'와 같은 문제였다. 줄곧 건축학과만을 꿈꿔왔던 나는 단 한 번도 교대에 대해 생각해 본 적이 없어서 막막했다. 잠시 고민하다가 5학년 때 담임 선생님에 대해 쓰기로 했다. 나도 선생님 같은 교사가 되고 싶다고 쓰며, 선생님과 함께했던 경험에서 우러나온 이유를 적어 내려갔다.

시간이 흘러 교대를 졸업하고 2000년에 첫 발령을 받았다. 초등학교 졸업 후 한참이 지난 때였다. 어느 날, 어머니가 나와 함께 저녁을 드시다가 문득 떠오르시는 듯 말씀하셨다.

"세은아, 오늘 엄마가 버스정류장 근처를 지나가는데 너 초등학교 5학년 때 담임 선생님을 만났잖아. '안녕하세요? 선생님, 혹시 기억하시려나 모르겠는데 저 박세은이 엄마입니다.'라고 했더니, 선생님이 바로 알아보시더라."

"정말요? 선생님이 아직도 나를 기억하신다고요?"

"응. 선생님이 '세은이 이제 대학교 졸업했겠네요. 요즘 잘 지내고 있나요?'라고 물으시길래, '어머, 선생님! 세은이 교대 졸업하고 지금 초등학교에서 근무하고 있어요.'라고 말씀드렸어. 선생님이 너무 기뻐하시더라."

"연락처라도 받아오시지 그랬어요."

"엄마가 누군데. 여기 어딘가에 연락처 적어 놓은 거 있을 거야."

엄마가 받아오신 연락처를 들고 선생님께 언제 연락을 드려야 할지 한동안 망설였다. 마침 스승의 날을 맞아 학교에서 '은사님 찾아뵙기'로 전교원이 조퇴할 수 있었다. 이때다 싶어 떨리는 마음으로 선생님께 전화를 드리고 찾아뵀다. 선생님께서는 나를 정확하게 기억하고 계셨고, 동갑 친구였던 선생님의 첫째 아들과 나를 따라다니던 귀여운 둘째 아들 이야기도 들려주셨다. 그날의 감동적인 재회를 간직하며, 이후에도 스승의 날이면 선생님께 안부 전화를 드리곤 했다.

발령 5년 차가 되던 어느 날, 아이들이 모두 하교하고 비어 있는 교실에서 컴퓨터를 보며 열심히 일하던 중이었다. 갑자기 싸한 느낌이 들면서 누군가가 나를 쳐다보고 있는 것 같았다. '누가 물건을 놓고 가서 다시 왔나?' 생각하며 별 신경 쓰지 않고 하던 일을 계속했다. 그러면서 "누구니?" 하고 물었는데, 뜻밖에도 "박세은 선생님, 아주 바쁘신가 봐."라는 말이 들려왔다. 깜짝 놀라 고개를 돌려보니, 교실 앞문에 키 큰 남자 선생님이 세상에서 가장 온화한 미소로 나를 쳐다보며 서 계셨다. 바로 나의 5학년 담임 선생님이셨다.

"어머, 선생님! 어떻게 여기까지 오셨어요?"

"오늘 육상 대회에 애들 데리고 갔는데, 옆에 너희 학교 애들이 있는 거야. 대회 끝나고 시간이 좀 남아서 우리 제자가 어떻게 일하고 있나 궁금해서 찾아왔지."

그날의 그 순간은 지금까지 내 인생에서 가장 감동적인 순간 중 하나로 손꼽는다. 어린 시절 나의 선생님과 이제는 또 다른 교실에서 동료 교사가 되어 마주 보고 서 있었다. 당시 선생님의 표정은 영화 속 한 장면처럼 내 기억 속에 선명하게 남았다.

선생님은 우리 아버지와 나이가 같다. 아버지와 나는 28살 차이이고, 선생님과도 마찬가지로 28년의 나이 차이가 난다. 일반 직장에서는 경력에 따라 직급이 세세하게 나뉘어 상하 관계가 뚜렷하지만, 교직은 30년 이상의 나이 차이가 나도 같은 1급 정교사로 함께 일하는 동료가 된다. 다시 말하면 부모님과 같은 동료 교사와 함께 일하는 것이다.

2023년에는 규진샘, 재영샘과 함께 4학년 담임을 맡고, 민석샘은 나와 헤어져 3학년을 담당하게 되었다. 학년이 달라지니 가끔 급식 줄에서 마주치는 것을 제외하고는 민석샘 얼굴을 볼 기회가 거의 없었다. 초등학교에서는 같은 학년이 아니면 선생님들과 자연스레 교류하기가 쉽지 않다. 특히 학급 수가 많은 큰 규모의 학교에서는 새로 온 선생님들을 파악하는 데만도 2학기가 지나야 이름과 얼굴이 겨우 매칭될 정도다.

오랜만에 민석샘의 근황이 궁금했고, 혹시 혼자 마음고생하고 있지는 않은지 살펴보고 싶어 우리의 음악회 관람을 계획했다. 〈라흐마니노프 협주곡 3곡〉 전곡 연주는 친한 친구라도 선뜻 함께 가자고 하기 어렵지만, 클래식을 좋아하는 민석샘에게는 그리 어렵지 않은 일이라 생각했다. 미리 예매하기 전에 의사를 물어보니, 민석샘은 기쁘게 제안을 받아들였다.

피아노 연주회에 집중할 긴 시간을 대비해 민석샘과 나는 예술의 전당 앞에 있는 맛집에서 이른 저녁을 먹었다. 미역국 정찬을 맛있게 먹으며 이런저런 이야기를 나누던 중, 민석샘이 무심코 내뱉은 한마디가 나의 귀를 사로잡았다.

"저희 엄마가 72년생인데요…."

순간 나는 손에 들고 있던 숟가락을 내려놓고, 방금 입에 넣은 음식도 잠시 삼키지 못했다.

"뭐? 엄마가 72년생이라고? 내가 77년생인데!"

그렇다. 민석샘의 어머니가 72년생이란다. 나의 옛 애인이 72년생이었다. 흔히 옛날 어르신들이 하시던 말처럼 첫사랑에 성공했으면 민석샘 같은 아들이 있었을 것이다.

"그래도 내가 아직 엄마까지는 아니잖아? 그냥 작은엄마 정도로 생각하는 것은 노력해 볼게."

민석샘과 꽤 나이 차이가 있다고는 생각했지만, 구체적으로 이렇게 자식 같은 후배일 줄은 몰랐다. 내가 애써 아닌 척하자, 민석샘은 눈치가 없는 건지 일부러인지, 다시 한 방을 날렸다.

"어? 그런데요, 실제로 저희 작은어머니가 77년생이세요."

"야! 그냥 밥이나 먹어."

괜히 그릇을 달그락거리며 밥을 먹는 나와는 달리, 민석샘은 입가에 알 수 없는 승리의 미소를 띠며 밥 한 공기를 뚝딱 해치웠다.

다음날, 연구실에서 교무부장 태용샘과 커피를 마시며 어제의 '엄마가 72년생' 이야기를 하소연하듯이 했다. 태용샘은 나와 동갑이다. 그 이야기를 들은 태용샘은 진지하게 고개를 끄덕이며 말을 덧붙였다.

"그래 맞아, 민석샘 작은아버지가 나랑 고등학교 동창이었으니까. 작은엄마와 동갑일 수 있지."

"그럼, 엄마가 72년생이 맞겠네."

"우리 나이가 벌써 그렇게 된 거지. 이제 받아들여."

"난 받아들일 수 없어. 작은엄마도 싫다. 이모 정도로 해줘야겠어. 그래도 이모가 더 젊어 보이는 느낌이 들지 않아?"

태용샘은 조용히 고개를 끄덕였지만, 아마 속으로는 '참, 애쓴다.' 하고 나를 안쓰럽게 생각했을지도 모른다.

내가 첫 신규 발령을 받았을 때 만난 학년 부장님은 나를 막내딸이라고 부르셨다. 또, 우리 아버지와 동갑이신 나의 은사님은 옆 학교 동료 교사로 내 교실에 찾아오셨다. 이제는 내 후배 교사가 아들이나 조카뻘이 되어버렸다. 어쩌면 나는 여전히 동기들이 가득한 학교생활을 꿈꾸고 있었을지도 모른다. 그래서 젊은 신규 교사들과 어울리려 MZ도 되려고 애썼나 보다. 하지만, 이제 나는 나의 첫 부장님과 나의 은사님처럼 부모와 같은 선배 교사가 되어 있었다. 어느새 나도 모르게….

♡

저도 이제는 어리지 않아요

학교에는 다양한 나이의 선생님이 근무한다. 엄마, 아빠 연배의 선생님들이 계시며 이모, 삼촌 연배의 선생님들도 계신다. 지금 동학년 선생님께서는 아빠와 동갑이시다. 교무부장님께서는 삼촌과 같은 나이이며 심지어 같은 고등학교를 나오셨다. 엄마, 아빠 연배의 선생님들께서는 MZ세대 교사인 나에게 자잘한 일들을 가끔 부탁하신다.

"선생님, 잠깐 나 나이스 쓰는 것 좀 봐줘요. 이번에 사이트가 개편된 후에 항목들이 눈에 잘 안 들어오네."

"선생님께서 찾으시는 그 항목이 없는 것 같은데요? 나이스 담당자께 해당 항목에 대한 권한 부여를 요청하셔야 할 듯해요."

"그런 거였어? 알았어요, 해볼게. 그런데 선생님 혹시 나이가 어떻게 되는지 물어봐도 될까?"

"올해 27살입니다."

"어쩐지, 내 아들하고 비슷하다고 생각했어요. 내 아들이 올해 30이거든."

"27살하고 30살은 차이가 나긴 하는데요. 뭐, 아들이라고 생각하시고 뭐든 편하게 물어보셔도 좋아요."

"학생들이 다 선생님 같았으면 좋겠네. 학생 때 엄청 모범생이었을 것 같아."

"저는 초등학생 때의 저를 제 반 학생으로 들이고 싶지 않아요."

어려서부터 고집이 대단했다. 병원을 싫어했는데 주사 맞는 낌새라도 느껴지면 진료용 침상에 누워 있다가도 바로 도망갔다. 엄마는 도망가려던 나를 꽉 붙잡아 침상에 다시 눕혔고 팔다리가 묶인 나는 병원이 떠나가라 울어댔다. 온몸을 튕기며 저항했다. 괴성을 들은 간호사들도 다급히 와 온몸을 움켜쥐었다. 다섯 살 꼬마가 아무리 기운이 좋았어도 성인 여러 명이 작정하고 달려들면 어쩔 도리는 없었다. 결국 주사기 바늘이 몸에 들어왔다. 아프지는 않으나 분한 감정을 주체하지 못해 한참을 울었다.

초등학교 입학 전부터 동네에 있던 피아노학원에 다녔다. 그곳에서는 받아쓰기도 시켰는데 난 그것이 싫었다. 검은색 원형 테이블 밑의 기둥을 꽉 잡고 매달려 받아쓰기 시험을 거부했다. 울고불고 난리를 피웠다. 한날은 참지 못한 원장 선생님께서 엄마에게 전화하셨고 잠시 후 나는 엄마에 의해 학원에서 끌려 나왔다. 학원 뒷골목에서 꾸중을 들었는데 무슨 내용이었는지 잘 기억나지 않는다. 혼나는 와중 엄마의 우는 모습을 본, 그런 날이 있었다.

초등학교 입학 직후에는 차분하였다. 오히려 힘없이 지냈다. 초등학교 3

학년 담임 선생님은 정년퇴직을 앞두신 할아버지 선생님이셨다. 나는 거의 모든 수업 시간 책상 위에 엎드려 있었다. 왜 그랬던 것인지, 내 마음속에서 진행된 인과의 과정을 기억하지는 못한다. "선생님, 민석이는 왜 엎드려 있어요?"라는 주변 친구의 물음과 "놔두렴."이라고 대답하시던 선생님, 그런 교실 속 대화가 아직도 또렷하게 들린다. 엎드린 상태로 눈은 감되 잠드는 일은 없었다. 선생님께서는 나를 가만히 놔두셨다. 당시 그렇게 나를 놔두는 선생님을 이해할 수 없었다. 지난 추석에 엄마에게 물어보니 담임 선생님께서는 "애가 그래서 되겠습니까? 큰일입니다."라고 하셨더란다.

"애 때리거나 혼낼 필요 없더라. 민석아, 난 좀 후회한단다. 나도 처음이라 잘 몰라서 그랬던 거야. 굳이 그럴 필요 없었는데 어떻게 할 줄 몰라서 그랬던 거지."

"그만 이야기해, 알았어. 요새 때리면 경찰한테 잡혀간 후 법정에 끌려가."

"잡혀가고 말고가 문제가 아니야. 잘못하면 혼은 내야 하지. 그런데 과하게 혼내면 문제는 해결되지 않아. 오히려 나쁜 감정을 속에 품을 수도 있어."

'엄마가 나를 때렸다.'라는 이야기를 전해 억울함을 풀고자 하는 의도는 없다. 두세 번 정도 맞은 기억이 있을 뿐, 그렇게 많이 맞고 자라지도 않았다. 나는 "처음이라 잘 몰랐다."라는 엄마의 회상에 대한 내 감상을 이 마지막 챕터에서 풀고 싶다.

학생들의 싸움을 말리다 보면 상황을 정리하기 위해 고함을 치고 싶을 때가 있다. 상대를 약 올리는 불성실한 태도로 대화에 임하는 학생들을 볼 때면 쥐어박고 싶을 때도 있다. 그럴 때마다 받아쓰기가 하기 싫다며 책상 밑에 매달려 울던 유년을 회상한다. '어찌할지 몰라 때릴 수밖에 없었다.'라는 문장을 떠올린다. 엄마의 당부까지 떠올리고 나면 구박을 유발하는 원초적인 감정을 떨칠 수 있다. 얄미운 이 학생까지도 좋은 방향으로 인도하겠다는 다짐을 속으로 다시금 하고 나서야 입을 연다.

매일 같은 말을 반복한다. "친구 말을 끝까지 들어주렴.", "화가 나더라도 손가락질은 안 돼.", "복도에서 뛰지 말아야 해."와 같은 이야기를 수백 번은 했다. 진작 큰 소리로 혼냈다면 행동이 금방 교정되었을 수 있다. 강한 충격을 주어 행동을 즉시 교정하는 것이 학생들에게 더욱 도움 될 수도 있다. 즉 내 방식이 틀렸을 수도 있다.

그를 인정함에도 나는 큰소리로 아이들을 혼내기 싫다. 혼을 낼 때 필요한 만큼의 화만을 입에 담을 수 없었다. 선한 마음으로 훈계를 시작해도 불필요한 화가 중간중간에 섞인다. 훈계할 때면 '내가 훈계한다며 하는 이 행동이 정말로 내 학생을 위하는 일일까? 나는 정말 이 사람을 위하고 있는가?'라는 내 행동의 진실성에 대한 의심이 항상 든다. '나는 그저 화를 내고 싶어서 화를 내는 것이 아닐까?' 하는 의심을 훈계하는 와중 한다. 훈계를 길게 하면 할수록 그런 생각은 확신으로 바뀐다. 문득 '너무 과했구나.'라는 생각이 든다. 결국 "앞으로 그러지 않았으면 해. 너무 혼낸 것 같아 미안하구나. 가서 놀렴."이라고 나지막하게 말한다.

어쩌면 나는 내 인간성을 해치기 싫어 훈계하기를 꺼리는 것일 수도 있다. 즉, 내가 택한 방식은 학생들을 위한 것이 아니라 나를 위한 것일 수 있다. 아이들을 지도하는 우리나라 선생님들의 훈계를 폄훼하려는 의도는 없다. 나는 단지 교사로서 내가 택한 하나의 모습을 보여주고자 할 뿐이다. 이런 선택에 있어 엄마의 말은 분명히 나에게 영향을 주었다. 또한 아홉 번째 챕터 속 그 네 명의 여학생과의 사건도 나의 교육관에 큰 영향을 주었다.

네 명의 여학생이 나와 싸운 후 교실을 나간 날의 오후였다. 아빠와 나이가 비슷하신 한 선생님께서 나를 찾아오셨다.

"김민석 선생님, 무슨 일이 있었는지 이야기를 들었어요. 아이들이 잘못했죠. 그러면 안 됐지. 잘못한 부분을 확실히 알 수 있도록 교사가 짚어줘야 해요."

"학부모님들께는 내일 아이들을 잘 달래보겠다고 이야기했어요. 그런데 사실 저는 여전히 그 네 명이 스스로 반성하도록 이끌어야 한다고 생각해요. 자기들이 무엇을 잘못 했는지 알아야죠."

"우리가 혼냈을 때 아이들이 자기 잘못을 바로바로 깨달으면 참 좋겠죠. 그런데 선생님, 하루 만에 이루어지는 일은 없어요. 제 생각에 선생님께서는 이미 그 네 명한테 충분히 의견을 전하셨어요. 되든 안 되든 기다려 보는 것도 좋다 생각해요. 특히 우리 일은 시간이 필요한 것 같아요."

"동의해요. 그러나 아이들이 변하기를 마냥 기다릴 수가 없어요. 말을 이렇게 주야장천 해도 안 되는데 가만히 놔둔다고 바뀔 수 있을까요. '지금은 바꿀 수 없을 것 같으니 기다리자.'라는 생각으로 지도하면 결국 포기하게 되는 것들이 생기더라고요."

"학생들에게 최선을 다하려는 선생님의 자세를 존중해요. 그런데 선생님, 가야 할 길이 참 길어요. 처음부터 너무 다 이루려고 하면 금방 지쳐요. 저는 나눗셈을 이해하지 못하는 학생들을 억지로 붙잡아 놓지는 않아요. 설명할 만큼 한 후에는 좀 틀려도 놔둬요."

"저는 성격상 그런 아이들을 놔둘 수가 없어요. 교실의 학생 모두가 맡을 일을 해내어 성취감을 얻었으면 해요."

"그럼 좋죠. 그런데 우리가 25명을 40분 동안 꼼꼼하게 다 봐주기는 힘든 것 같아요. 심지어 수업이 4, 5개잖아요. 하루 이틀은 그렇게 할 수 있겠지. 그런데 매일은 힘들어요."

"선생님 말씀이, 앞으로 지칠 것을 걱정해 지금 최선이기를 포기하라는 의미로 들려요. 제게는 그 뜻이 아이러니해요. 지금은 받아들일 수 없을 것 같아요."

"제가 옳다는 것은 아니에요. 오해 안 했으면 하는 게 애들을 포기하라는 이야기는 아니에요. 다만 전 아이들을 있는 그대로 받아들여요. 수학을 좀 못하면 '그렇구나.' 하고 체육을 좀 재미있어하면 '그렇구나.'라고 받아들여요. 아이들이 보여주는 모습 그대로를 저는 받아들여요. 그대로의 모습에 사랑을 주면 돼요. 선생님께서 열심히 하시면 좋은 것은 맞지만 어쨌든 지나고 때 되면 애들은 커요."

　당시의 나는 아이들을 남기고 혼내서라도 해야 할 일들을 끝내게 했다. 내 행동이 아이들을 위하는 것이라 믿었다. 올바른 일을 수행하고 있다는 기분에 정의감까지 들었다. 그런 감정에 고취되어 내가 당연한 일을 하고 있다고 생각했다. 지금 와서 돌아보면 그때의 나는 '내 학생들이 이걸 하도록 하겠어!'와 같은 욕심을 학생들에게 강요한 것 같다. 2022년 그 네 명의 여학생들은 내게 이런 깨달음을 안겨주었다. 나는 학생들을 축복하는 마음으로 그렇게 행했던 것이 아니다. 나에게는 그렇게까지 헌신적인 신념과 사랑이 없다.

　선배 선생님과의 대화에는 거짓말이 들어있는데, 사실 학생들의 성취감은 나에게 중요하지 않았다. 최선을 다하지 않는 아이들을 볼 때 드는 '내가 나를 포기하는 듯한 기분'이 꺼림직했다. 학생이 무언가를 포기하는 모습을 볼 때, 마치 게임에서 패배하는 듯한 기분이 들었다.

　신규 교사 시절, '이 아이를 이렇게 놔두면 나는 나를 포기하는 거다.'라고 생각했고 그런 생각에 얽매여 아이들을 괴롭혔던 듯하다. 물론 내가 한 일 중 아이들에게 나쁠 일은 없었다. 선배 선생님께서 전하고자 하신 의미를 지난 4년간 경험하며, 엄마가 했던 말들과 어린 시절 엄마가 보였던 모습들을 서서히 이해해 나가며 '조금 더 부드럽게 대해줄 수 있었는데…' 하는 후회가 남을 뿐이다.

　여전히 아이들을 남기는 욕심은 부린다. 그러나 그 욕심이 과하지는 않은지 중간중간 생각하게 됐다. 또한 귀여운 모습들을 바라보며 싹튼 작은 사랑이 욕심을 뒷받침한다는 게 2년 전과 다르다.

하여튼 당시의 나는 '앞날을 위해 지금 최선이기를 포기해라.'라는 의미로 선배 선생님 말씀을 꼬아 들었다. 선배 선생님께서 주신 말씀을 이해하면서도, 깊이 공감할 수는 없었다. 좋은 의미를 전하러 오셨다는 것은 알았다. 또한 그 말씀의 복합적 의미를 머리로는 이해할 수 있었다. 그럼에도 아이러니한 기분이 드는 것은 어쩔 수 없었다. 선배 선생님의 말씀이 '조금 포기하고 살아도 괜찮아요.'라는 말로 들렸다. 그리고 사실, 그런 의미가 전혀 없는 말은 아니었다고 회상한다.

네 명의 여학생과 싸운 후 낙담했던 심정은 '남의 애를 맡아 학교에서 가르치는 일은 내 인생에 도움이 되지 않는다.'라는 생각으로까지 이어졌다. 아무리 잘 가르쳐 놓아도 1년 후 떠나갈 사람들이고 그렇기에 내가 학생들에게 들이는 정성은 결국 내 인생과 무관한 것이 아닌가 하며 슬퍼했다. 나는 교직을 포기하고 싶었는지도 모른다. 사실 그런 고민은 꽤 오래전부터 하고 있었다.

교육대학교 1학년 재학시절 반수를 했다. 1학년 1학기를 마치고 반수를 하기 위해 휴학을 신청했다. 가족에게 말하지 않고 휴학을 신청한 후 나중에 통보했는데 엄마가 어마어마하게 화를 냈다. 그 화는 며칠에 걸쳐 진정됐고 결국 엄마로부터 휴학을 동의받았다. 공주 자취방의 모든 짐을 5개

월 만에 김천으로 가져왔다. 아빠가 차로 김천과 공주를 두 번 왕복하여 다 옮길 수 있었다. 김천의 독서실에서 공부하던 9월, 굳이 휴학할 필요는 없겠다는 생각에 복학을 결심했다. 그 결심에 따라 아빠는 다시 김천과 공주를 두 번 왕복했다. 내 학번은 윤리교육과 4번이었다. 그런데 3일간의 휴학을 마치고 복학하니 30번이 됐다. 복학생은 끝 번호를 받는다더라.

나는 2017년 11월에 수능을 다시 쳤다. 수업당 최대 결석 허용 일수는 3일이었다. 한 수업을 4번 이상 참여하지 않으면 그 수업에서 F 학점을 받는 것이 학칙이었다. F 학점을 받을 수는 없었고, 나는 모든 수업을 3번씩 결석해 가며 도서관에서 공부했다. 그런데 지진 때문에 1주일 정도 수능이 연기되는 일이 있었다. 곤란했지만 어쩔 수 없이 결석을 단행했다. 대학교 1학년 2학기 종강 무렵, 수업을 해 주셨던 교수님들은 나를 교수실로 불렀다.

"이번 학기에 왜 4번이나 결석했죠? 과제는 다 괜찮게 제출했는데 왜 그랬을까요. 출석이 이러면 F 학점인 것 알죠?"

"수능을 준비하다 그랬습니다."

"그래요? 수능은 잘 봤어요?"

"그럭저럭 봤습니다. 그런데 생각이 바뀌었어요. 저는 교대에 남고 싶습니다. D 학점을 주시는 배려를 해 주실 수 있으신지요. 이 학교를 졸업하고 교사가 되고 싶습니다."

교수님들께서 배려해 주시지 않았다면 내 호봉은 1호봉 낮을 것이다.

수능을 다시 쳤던 2017년 겨울에 엄마, 아빠와 많은 대화를 했다.

"학교를 옮겨볼까. 수능도 잘 봤고 옮길 만한 것 같은데."

"네가 결정하는 거지. 그런데 다시 이야기하지만 사실 우리는 네가 교대에 남았으면 해."

"또 그 소리야. 오늘 수능까지 봤잖아. 내가 여태 한 것이 의미 없는 일인 거야? 교사라는 직업이 내 적성에 안 맞는 것 같다고 몇 번을 말해야 해? 남의 애를 보는 삶이 내 인생인 게 싫어. 여기 남으면 불행할지도 몰라."

"네가 지금 잘 지내고 있기에 아쉬운 거야. 지난 1년간 교육대학교에서 만난 친구들하고도 즐겁게 지내고 있지 않니. 전반적인 생활도 중고등학교 때 비해서 여유롭지 않았어?"

"즐겁기도 했고 여유롭기도 했지. 그런데 난 아직 젊잖아. 학문하며 뭔가를 이뤄야지. 가만히 있을 수만은 없잖아."

가만히 듣던 아빠가 대화에 참여했다.

"갈 거면 가. 아무도 말리지 않아. 사회적으로 성공하면 좋겠지. 그런데 그게 전부는 아니야."

"엄마도 아빠 말이 이해돼. 너 하고 싶은 대로 다 되면 좋겠지. 한편으로는 네가 철학과 같은 학과에 가서 고생할 것 같아 걱정돼. 인생이 항상 뜻대로 풀리지는 않아."

"믿지 못하는 거네. 해낼 수 있다니까. 뭐, 그래. 잘 안될 수도 있겠지. 그랬다고 포기하란 말이야?"

"그게 아니야. 일상을 즐기며 살았으면 해. 그걸 놓치는 게 아쉬운 거지.

우리가 네가 잘 안되기를 원하겠니?"

"일상을 즐기며 산다는 그 말을 솔직히, 이해할 수 없어. 포기하고 사는 것과 뭐가 달라? 이곳에서의 일상은 목장의 양과 같은 삶이야. 때 되면 밥 먹고 좀 걷다가 밤이 되면 자. 정직하게 말해서 즐겁고 여유롭긴 해. 그러나 이런 생활에서는 아무것도 이룰 수 없어."

"잘 선택하길 바라. 결과는 아무도 모르지. 다만 네가 잘되길 바랄 뿐이야. 그런데 좀 여유롭게 사는 것도 나쁘지 않아. 엄마 아빠가 불행해 보이니?"

"지금 그런 이야기를 하고자 하는 게 아니잖아."

"민석아, 포기하고 살라는 것이 아니야. 평범한 일상에서도 행복을 발견할 수 있다고 말하는 거야. 네가 정말 바라는 것이 무엇인지 생각해 보렴."

바라왔던 것은 찬란한 단어였다. '명예'와 같은 단어를 지금도 좋아한다. 나는 교사에게 명예가 없다고 생각하지는 않는다. 그러나 이것이 내가 원했던 명예는 아니다. 그럼에도 교대에 남았다. 다른 곳에 갔을 때 뜻하던 바를 이루지 못할까 두려워 교대에 남은 것은 아니다. 그 정도로 겁이 많거나 앞날에 대해 신중한 성격은 아니다. 나는, 일상에서 행복을 찾을 가능성을 보았다. 잔잔하게 이어지던 나날 속에서 사람들과 웃으며 보냈던 순간들이 아른거렸다. 그 잔상에 마음이 동요했다.

이 글을 쓰면서도 한때 다른 선택을 했다면 지금 무엇을 하고 있었을지에 대해 상상한다. 택하지 않은 길의 모습이 궁금할 뿐 후회의 감정이 일지는 않는다. 포기한 만큼 얻은 것도 많다. 모든 걸 다 가질 수는 없다. 명예가 나를 비추면 좋겠지만 지금의 내게 꼭 필요한 것은 아니다. 바랐던 것들을 얻기 위한 과정에서, 나는 충분히 인내했다. 스스로 선택해 교사가 되었고, 이 글을 쓴다. 지나온 날들을 떠올릴 때 '교사이길 선택했다.'라는 말은 나에게 매우 뜻깊다.

인간은 행복이라는 감정을 그 시기를 지나고 나서야 깨닫는다고 한다. 내가 지금 행복한지는 잘 모르겠다. 다만 한가지 확신은 있다. 나는 불행하지 않다. 요새 교직에서 새로운 가능성을 본다. 교사로서 이룰 수 있는 일이 많다.

이해할 수 없는 엄마, 아빠, 어른들의 말들이 있었다. 이해할 수 없던 그 짧은 말 속에 세월의 기쁨과 슬픔 그리고 망설임이 담겨 있음을 이제는 안다. 나의 엄마, 아빠, 동료 교사들 모두에게는 선택의 순간이 수없이 있었을 것이다. 모두가 그 앞에서 수없이 망설였을 것이다. 어떤 진로를 택할지 고민하였을 것이다. 다니던 회사를 그만둔 후 다른 일을 시작하고 싶다고 고민했을 수도 있다. 엄마, 아빠는 어지간히 고집 강했던 나를 어떻게 인도해야 할지 고민했을 것이다.

27살의 나는 이제 부모를 탓하고 싶지 않다. 엄마, 아빠뿐만 아니라 누구도 탓하고 싶지 않다. 엄마, 아빠, 어른들에게 "왜 이 문제를 해결해 주지 않나."라며 불평을 품을 때가 있었다. 쉽게 해결해 줄 수 있는 일들을, 해 주기 싫어 미루는 것이라고 여겼다. 지금 그 나이가 되어보니, 단박에 해결할 수 있는 일이 세상에는 많지 않음을 실감한다. 어떻게 해결해야 할지 윤곽이 잡히는 문제들을 마주하는 중이라면 그나마 다행이다. 어떻게 풀어나가야 하는지 감도 잡히지 않는 일들이 실로 많다. 우리가 경험하는 매 순간이 삶의 첫 순간이기 때문이다. 모든 걸 해결할 수 있을 것이라 믿었던 어른들은, 그리고 지금의 나는 경험의 부재 앞에서 동등하다.

신규 교사 때 학교 선생님들을 동료 교사라 부르면서도 직장 상사로 여겼다. 나는 엄마, 아빠의 지시를 따르는 어린아이 같았다. 그러나 이제는 그들이 거쳐온 시기와 그 시기의 고민을 하나둘 경험해 가며 같이 나이 먹는 처지임을 느낀다. 오해 말라. 경험의 가치는 무시될 수 없다. 내가 내리는 결정과 선배 선생님들의 결정에는 작게는 20년, 많게는 30년이라는 경험의 차이가 존재한다. 선배 선생님들은 무릎을 치게 하는 혜안을 근무 중 보여준다.

그럼에도 '삶의 매 순간이 처음'이라는 대전제는 모두에게 통한다. 매 순간은 온통 처음 겪는 일로 가득하다. 처음이라 잘 모르기에 누구나 시행착오를 겪기 마련이다. 이 대전제를 느끼기에 지금의 나는 누구에게나 의견과 소신을 떳떳하게 말할 수 있다. 어렵게 여겨졌던 엄마, 아빠, 삼촌 나이의 선생님들을 동료라는 이름으로 받아들인다. 그와 동시에 부모님의 삶을 전보다 깊이 들여다본다. 엄마, 아빠가 지나온 수많은 선택을 존중한다. 그리고 변해버린 우리의 모습과 함께 지나온 세월을 떠올린다. 한편으로는, 처음이라 잘 몰랐기에 그럴 수밖에 없었을 모든 상황 속에서의 엄마, 아빠가 가련하다.

작은 슬픔이 깃듦에도 살아감은 생의 숙명이자 묘미다. 지난날을 되돌아보며 산다는 것은 선택한다는 것임을 직감한다.

"얘들아, 선생님 오신다. 조용히 해."

뒷문에서 망을 보던 여자아이가 교실 안으로 쏙 들어가 소리친다. 나는 그 모습을 멀리서부터 지켜보며 교실로 걸어간다. 교실에서는 웅성거리는 소리가 들린다. 교실 앞문에 잠시 멈춘 후 부드럽게 문을 연다.

"지아야, 그런 것은 친구들만 듣게 작게 이야기해야지. 마치 친구들이 떠들고 있었던 것 같잖아."

"맞아요, 선생님. 선생님 없을 때 얘네들 엄청 시끄러웠어요."

"야, 너도 시끄러웠었거든!"

"응, 니가 더 시끄러웠어."

"둘 다 그만. 교실은 원래 조금 시끄러운 법이야."

나를 기다리는 귀여운 존재들이 교실에 있다. 상상했던 수많은 삶의 모습 중 이 장면을 택했다. 그다지 특별한 것 없는 교실 속 이 한 장면에 대한 기억을 누군가가 상기시켜 준다면, 다시 태어나더라도 나는 또다시 교직을 택할 것 같다. 나의 신규 교사 시절이 담긴 지난 4년의 결론이다.

에필로그

Q&A

Q1 (꼰대가 MZ에게) 처음 책을 쓰자는 제안을 받았을 때 어떤 생각이 들었니?

A1 드디어 올 것이 왔구나!

'올 것이 왔다.'라고 생각했어요. 같은 학년을 맡았던 2022년, 선생님께서는 일을 펼치시는 스타일인 것을 파악했어요. 그렇기에 언젠가 기막힌 제안을 하실 것이라 짐작은 했죠. 물론 함께 책을 쓰게 될 줄은 몰랐지만요.

'내 이름이 박힌 책을 만든다.'라는 문장을 항상 마음에 품고 살았어요. 책을 언젠가 혼자서라도 출간하리라 생각은 하고 있었죠. 그런 생각을 평소에 하고 있었기에 제안을 받아들이는 데 있어 고민은 없었어요. 무턱대고 해보겠다 답하기는 했어요. 책을 쓴다는 일이 어떤 과정과 노력을 요구하는지는 상상하지 않은 채 말이에요. 그래도 이렇게 책을 썼으니 터무니없는 결정은 아니었던 거죠.

"나 책 쓴다. 올해 출간할 거야."와 같은 말들을 주변 사람들에게 하고 다니기도 했어요. 선생님께 책 쓰기를 제안받은 후 줄곧 말이에요. 처음 그런 말을 사람들에게 했을 때는 단 한 장의 챕터도 쓰지 않은 상태였죠. 사람들에게 공표해 책 쓰기를 해내고자 하는 의도도 있었지만, 그냥 그런 일을 시작한다는 사실만으로도 기분이 좋아서 그랬던 듯해요.

Q2 (MZ가 꼰대에게) 제 글을 읽고 어떤 생각이 드셨나요?

A2 퍼즐의 완성

거의 완성된 퍼즐에서 몇 개의 빈칸이 마침내 맞춰진 느낌이었어. 아무리 이해하려고 애써도 내 입장에서는 도무지 풀리지 않던 의문들이 민석샘의 글을 읽으면서 해결되었어. 다른 사람을 온전히 이해하기 위해서는 그가 겉으로 드러내는 모습뿐만 아니라 그 뒤에 숨겨진 스토리와 맥락까지 알아야 한다는 것을 다시 한번 깨달았어. 그러면서 나의 호기심도 자극되어 다른 동료 교사들의 이야기도 무척 궁금해졌어. '선생님, 뭐하세요?' 2탄, 3탄도 준비해야 할 것 같아.

Q3 이 책을 쓰면서 달라진 점은?

A3 꼰대: 오해가 이해로

나만 간직하고 있던 경험과 생각들이 글로 기록되고, 다른 사람들과 공유될 수 있다는 점에서 큰 매력을 느꼈어. 특히, 혼자만의 오해로 남을 뻔한 일들도 서로의 관점에서 글을 쓰고 읽다 보니, 나만의 오해로 묻혀버릴 이야기들이 이해로 바뀌는 계기가 되었어. 그리고 학교생활을 글로 정리하다 보니, 교사로서의 삶이 순간순간 더 소중하게 다가왔어. 연구년을 마치고 하루빨리 학교로 돌아가 아이들과 동료 교사들과 새로운 이야깃거리를 만들어가고 싶어.

A3 MZ: 학교에 정이 든 듯해요

책에 좋은 의미를 담기 위해 일상을 전보다 자세히 관찰했어요. 교실에서 아이들의 말 한마디 한마디를 세심히 들었죠. 그 말들을 책에 옮겨 생동감을 주고자 했어요. 또 교사로서 아이들 앞에 선 저를 묘사하기 위해 제 모습도 들여다봤는데 '내게 이런 면이 있었네.'라는 생각을 문득 하기도 했답니다.
책을 쓰며 학교를 더 좋아하게 됐어요. 무감각했던 덩어리진 기억을 곱씹으며 그 속에 담긴 맛들을 새삼 알게 됐죠. 돌아보니 무미한 시간은 없었어요. 모든 경험이 나름의 의미로 이어져 지금에 이르렀음을 이해했어요. 책을 쓴 후 저는 더욱 애정 어린 눈으로 학교를 바라보게 되었어요. 학교에 참 정든 듯해요.

Q4 이 책을 읽는 독자분들께 꼭 하고 싶은 말이 있다면?

A4 꼰대: 아하, 우리 선생님은 이렇게 생활하시는구나!

우리는 살면서 다양한 사람을 만나고 수많은 일을 경험합니다. 행복이란 일상 속 작은 경험들에 관심을 기울이고 이를 이해하려는 노력에서 출발한다고 생각합니다. 학교에서 만나는 학생, 학부모, 그리고 동료 교사들은 교사의 행복에 큰 영향을 미칩니다. 이 책은 교사의 일상적 학교생활을 담아내며, 우리 사회가 진심으로 아이들을 교육하는 교사의 삶을 인정하고 존중해주기를 바라는 마음으로 쓰였습니다.

인정과 존중을 받는 교사는 자존감을 회복하고 행복감을 느낄 수 있습니다. 이는 우리 아이들의 교육에도 긍정적인 영향을 줄 것입니다. 이 책을 통해 독자분들께서 멀게만 느껴지고 알기 어려웠던 교사들의 학교생활을 조금이나마 이해하시고, 우리 아이들과 어떤 마음으로 함께 호흡하며 교육하는지 관심을 갖고 응원해 주시기를 바랍니다.

A4 MZ: 이 책에 사랑을 담았어요

초고를 쓴 이후 퇴고를 꽤 많이 거쳤습니다. 지금에 와서 제 초고를 읽어보면, 많은 의미가 정신없게 뒤섞여 있다는 생각이 듭니다. 독자들에게 진정으로 보여주고 싶은 것이 무엇인가를 정리하지 않고 글을 썼던 것이죠.

김민석이라는 사람과 그의 일상을 이 글로써 보여주고 싶습니다. 그러기 위해 최대한 진솔하게 글을 적었습니다. '내 글은 정직한가?'라는 끊임없는 물음을 정성 들여 풀어낸 바가 여러분이 읽으신 제 글입니다.

훗날 책을 썼던 시간을 회상할 때 일말의 후회는 없을 듯합니다. 만약 제가 이 책에 좋은 의미를 담지 못했다면, 정성이 부족했다기보다는 현재로서의 능력이 부족한 탓입니다. 여러분이 이 책을 읽고 어떤 것을 느끼실지 저는 알지 못합니다. 다만 저는 이 책을 읽으며 지나온 26년에 대한 애정을 느꼈습니다. 저는 이 책에 사랑을 담았습니다.